AM KRONLEUCHTER HÄNGEN WIR NICHT IMMER.
WIE TRUDE HERR DIE WELT SAH

AF202864

Marina Barth, Jahrgang 1960, ist Kabarettistin und seit 2001 Chefin des Klüngelpütz-Theaters in Köln. Die Theater- und Buchautorin arbeitet zudem als Regisseurin, Moderatorin und historische Stadtführerin. 2014 schrieb sie ein Stück für das Kölner Hänneschen-Theater und begegnete dort der Protagonistin ihres ersten historischen Romans »Lumpenball«, mit dem diese Reihe begann: Fanny Meyer, einer jüdischen Puppenspielerin im Kölner Hänneschen-Theater in den 1930er Jahren.

Dieser Roman basiert auf dem Leben der Trude Herr, eingebettet in ihr zeitgenössisches Umfeld. Alle Personen haben gelebt oder leben noch. Die Schilderung der Charaktere und Handlungsweisen folgt so nahe wie möglich den dokumentierten oder überlieferten Fakten, erzählt wird fiktiv aus der Perspektive Trude Herrs. Die Autorin hat die Dinge nicht persönlich erlebt, doch die Geschichten haben sich so oder so ähnlich ereignet. Einige wurden mit künstlerischer Freiheit zum Leben erweckt, andere ergeben sich plausibel aus dem Kontext, könnten aber auch anders passiert sein. Der Roman stützt sich auf Sekundärliteratur, die Sie im Nachwort genannt finden, und zitiert immer wieder gekennzeichnet *Trude Herrs O-Ton*.
Analog zu Trude Herrs mindestens vier großen Abschieden von Köln kommt auch das Buch nicht mit einem einzigen Ende aus: Es gibt ein Ende, einen Epilog, ein Nachwort und ein Glossar.

MARINA BARTH

AM KRONLEUCHTER HÄNGEN WIR NICHT IMMER

WIE TRUDE HERR DIE WELT SAH

ROMAN

emons:

Bibliografische Information der Deutschen Nationalbibliothek
Die Deutsche Nationalbibliothek verzeichnet diese Publikation
in der Deutschen Nationalbibliografie; detaillierte bibliografische
Daten sind im Internet über http://dnb.d-nb.de abrufbar.

© Emons Verlag GmbH
Alle Rechte vorbehalten
Umschlaggestaltung: Nina Schäfer, unter Verwendung eines
Motivs von Rudolf Alert aus dem Buch »Trude Herr. Ein Leben«
Gestaltung Innenteil: DÜDE Satz und Grafik, Odenthal
Lektorat: Hilla Czinczoll
Druck und Bindung: CPI – Clausen & Bosse, Leck
Printed in Germany 2024
ISBN 978-3-7408-2252-1
Roman
Originalausgabe

Unser Newsletter informiert Sie
regelmäßig über Neues von emons:
Kostenlos bestellen unter
www.emons-verlag.de

Dieser Roman wurde vermittelt durch die Autoren- und
Verlagsagentur Peter Molden, Köln.

*Trude Herr ist mir nie begegnet.
Ich habe sie niemals auf der Bühne erlebt.
Für mich gehörte sie zum Boulevard, wie Ohnsorg
und Millowitsch, und das zu einer Zeit, in der ich mich
eher für Zadek, Fassbinder oder Polański interessierte.
Sie sang Schlager, als meine Welt
sich der Beatmusik zuwandte.
Ich bin froh, dass ich ihr durch dieses Buch
wenigstens posthum begegnen durfte.*

1

»Pass auf, du bist gleich dran!«

»Ja doch, Schätzelein. Ich muss dir was erzählen, Gustl!«, flüstere ich, so leise ich kann, zurück. Leider ist das nicht besonders leise.

»Schschsch!«, kommt es von irgendwoher zurück. Ich kann es kaum aushalten. Mein Herz möchte in tausend Stücken nach allen Seiten springen und die ganze Welt umarmen – wenigstens den Teil, den ich gut leiden kann.

»Die sind schon beim Schneider!« Gustl kann sehr leise flüstern.

»Sag du mir nicht, wann ich dran bin – ich hab noch Zeit! Und weißt du, was ich *noch* habe?«

Gustl hört mir gar nicht zu, sondern macht »Schschsch!« und lauscht auf die Schauspieler draußen vor dem Vorhang.

Wir kauern beide hoch oben in der nächtlichen Kulisse der Bühne, die von unten so viel größer aussieht, als sie in Wirklichkeit ist. Ich frage mich jedes Mal, wo sie den Schuhlöffel hingetan haben, mit dessen Hilfe ich auf meinen vorgegebenen Platz flutschen könnte.

Um uns herum sind lauter angedeutete Spitzgiebelhäuschen schwach von innen beleuchtet, damit man aus dem Zuschauerraum hübsch angeordnete Silhouetten eines nächtlichen Köln erkennen kann, das es so gar nicht mehr gibt. Der Mond wurde prächtig leuchtend in den Bühnenhimmel heraufgezogen. Ich habe ein fein gesäumtes Zipfelmützchen auf dem Haupt und sitze auf einer klitzekleinen Stufe ganz oben auf der Bühnentreppe, die Laterne fest in der Hand.

Die Treppe führt quasi im Inneren eines der Häuser in den Keller, der sich unten auf der Bühne zum Zuschauerraum hin als Schneiderwerkstatt öffnet. Jedenfalls jetzt in der Nachmittagsvorstellung. Abends gehört die Treppe zum Bühnenbild vom »Stadtschreiber von Köln« und kennzeichnet einen hochherrschaftlichen Eingang.

Im Dunkel der Kindervorstellung hocken die Treppenstufen hinunter links und rechts lauter Heinzelmännchen. Ganz unten wartet meine kleine Nichte Gigi, während hier oben bei uns der Schneider auf der Pritsche liegt und schnarcht.

»Du glaubst es nicht – ich habe unser Theater gesehen!«

»*Unser* Theater? Du spinnst ja.«

»Das hat der Papa auch gesagt, als ich mit sechs Jahren in der Schule erklärte, Schauspielerin werden zu wollen – und was soll ich sagen … tataa!« Ich mache eine ausladende Geste und vergesse, dass an dieser Hand ja die Laterne baumelt, die durch den plötzlichen Ruck ordentlich scheppert.

»Schsch!«, macht der Schneider.

Gustl hält die Streichhölzer parat wie immer, um beim »… Bürgermeisters Rock bereits gemacht« die Kerze in der Laterne zu entzünden. Wir haben es schon hundertmal gemacht. Es ist ein furchtbar langweiliges Stück für ein furchtbar langweiliges Publikum, das vor lauter Vorfreude, weil es natürlich weiß, wie gleich die Heinzelmännchen die Treppe hinunterpurzeln werden, das Lachen kaum noch zurückhalten kann. Sogar Gisela giggelt unten schon wieder mit.

»Schsch!«, mache ich. Meine Nichte ist das kleinste Heinzelmännchen, und ich bin das größte. Genau genommen bin ich das dickste. Seit es wieder alles gibt, habe ich das unstillbare Bedürfnis, alles auch zu essen, und man sieht es fast ein bisschen.

»Ich stelle mir das anders vor auf dem Theater. Meinst

du, ich will bis ans Ende meiner Tage mit der Laterne in der Hand diese Treppe als geölter Blitz in Moll runterkugeln?«
»Jeder muss klein anfangen.«
»Klein? Das sagst du mir? Guck mich an! Ich will spielen, die Leute wirklich zum Lachen bringen und im nächsten Moment zum Heulen. Ich will, dass sie klüger werden, dass sie lernen, dass Freude und Schadenfreude zwei verschiedene Paar Schuhe sind. Ich ...«
Der schnarchende Schneider verschluckt sich.
»Hier werde ich gar nix. Mal geht die kleene Dicke von links nach rechts und dann wieder von rechts nach links. Mal kichert sie, mal knickst sie vorm Zigeunerbaron, und bei den Heinzelmännchen darf sie die Treppe runterfallen. Nee, Gustl – ich hab das Zeug zum ganz großen Star. Unser Kohlenhändler hat in Ehrenfeld eine Baracke auf dem Hinterhof, die will er vermieten, hat er gesagt, und ich habe sie mir angesehen. Da richten wir beide – du und ich – *unser* Theater her, und weißt du, wie es heißen wird? ›Kölner Lustspielbühne‹!«
»Kölner – was?«
»... bereits gemacht!«
»Gustl – die Laterne, schnell! Ich muss raus!«
»... Bürgermeisters Rock bereits gemacht!«, wiederholt der Kollege unten auf der Bühne, aber das hastig angerissene Streichholz ist Gustl runtergefallen und hat mir ein kreisrundes braunes Loch ins Heinzelmännchenwams gebrannt. Die Laterne ist immer noch aus.
»Der Rock ist gemahacht!«, ruft ein wenig verzweifelt der Kollege draußen zum dritten Mal in unsere Richtung herauf, als ich endlich mit brennender Latüchte und Loch im Gewand oben auf dem Treppenabsatz erscheine.
Im Schein meiner Laterne purzeln und kugeln, fallen mit Schallen, Lärmen und Schreien und Vermaledeien erwachsene Heinzelmännchen mit Zipfelmützen, grauen Bärten,

ulkigen Schuhen, die ihnen viel zu groß sind, durcheinander die Treppe hinunter, als hätte Shakespeares Puck statt eines Sommernachts- einen ziemlichen Alptraum. Und das kleinste steht ganz unten und hält sich den Bauch vor Lachen, weil ich als Letzte herunterkegele. Den fleißigen Heinzelmännchen ist des Schneiders neugieriges Weib mittels hinterrücks ausgestreuter Erbsen mal wieder auf die Schliche gekommen! Das ist nun wirklich der Brüller – das Publikum tobt.

Geschafft. Nach dem Schlussapplaus eilen wir in die zugige Garderobe, um uns umzuziehen.

Ich beeile mich besonders, denn ich will Gustl heute noch zeigen, was ich meine. Er muss es mit eigenen Augen sehen. Es ist nämlich perfekt. Aber zuerst muss ich die kleine Gigi nach Hause bringen, sie ist nicht mal sieben, und es wird bald dunkel.

»Was war denn schon wieder los?«

Willy steht wütend und bereits in voller Stadtschreiber-Montur für die Abendvorstellung in der Garderobentür. Sein imposanter Schnäuzer bebt, und die – verbliebenen – Löckchen kräuseln sich unheilvoll um seine Stirn.

»Kannst du nicht einen einzigen Einsatz sicher nach Hause bringen, ohne dass man dich bis in die zehnte Reihe tuscheln hört?«

Er meint mich. Und ich denke, wie so oft, dass er doppelt so alt ist wie ich und dass man das sieht. Gustl und er sind zwar ein Jahrgang, aber dennoch so grundlegend verschieden wie Flönz und Appeltaart. Der eine feingliedrig, zart und sensibel, wenn auch groß, der andere mit dem Charme eines Bullenkalbes. Wie zufällig lege ich die Hand über das Brandloch in meinem Hemd. Wenn er das auch noch sieht, bin ich geliefert.

Und schon geht der übliche Sermon los, und zwar beifallheischend in die ganze Runde: »Die Leute haben bezahlt, es kann doch nicht sein, dass die die einfachsten Aufgaben nicht bewältigt, vielleicht muss sie einfach weniger essen und mehr zuhören! Ein hübsches Gesicht ist nicht alles! Da gibt man einem jungen Ding eine Chance, und dann das!«

Das junge Ding guckt mit demonstrativer Verzweiflung an die Decke und wagt nicht, weiter sein hart gekochtes Ei im Mund zu kauen. Was soll ich sagen? Ich habe halt immer ein Pausenbrot dabei.

»Die Streichhölzer sind feucht«, rettet mich Gustl. »Es war meine Schuld. Sie kann ja nicht rausgehen, wenn ich die Laterne nicht ankriege.«

Ein kurzer wütender Blick in meine Richtung. »Ihr seht doch, dass immer weniger Leute kommen! Nach der Währung haben alle kein Geld mehr. Und die paar, die noch kommen, vergrätzt ihr mir mit einer schlechten Vorstellung! Und wonach stinkst du zum Teufel noch mal so – bestialisch?«

Dann trollt sich der Theaterchef, ohne meine Antwort abzuwarten, er hat natürlich zu tun. Vor Gustl hat er Respekt, obwohl der im Augenblick kaum ernst bleiben kann.

Parallel zu seinem Vortrag habe ich hinter Willys Rücken ein paar klitzekleine willytypische Grimassen geschnitten: die Augenbrauen erzittern und schwindelerregende Höhen erklimmen lassen, den Finger tänzelnd wie eine Kobra in die Luft gereckt und bei »junges Ding« kräftig mit dem inzwischen wieder stattlichen Arsch gewackelt.

Was hätte ich ihm erzählen sollen? Dass meine Schwester letztes Silvester ein Schwein gewonnen hat und dieses seitdem bei uns auf der Etage wohnt, weil meine Mama Freundschaft mit ihm geschlossen hat, statt es zu verwursten? Das glaubt mir kein Mensch, aber man riecht es halt! Ich schicke Gisela zur Abendkasse, um ihre zwei Mark Gage abzuholen. Drei Zigaretten bekäme man für diese zwei Mark, muss ich sehnsüchtig denken, Gigi kauft sicher Schokolade.

»Nimm's ihm nicht krumm, er hat mit seinen vierzig Jahren eine riesige Verantwortung und weiß auch nicht, wie es jetzt weitergehen soll!«, beschwichtigt mich Gustl, noch immer leise kichernd, und wir stehen draußen.

Adenauer, unser alter Oberbürgermeister, hatte Willy und seine Schwester Lucy direkt 1945 höchstpersönlich gebeten – das kann der Chef noch vier Jahre später gar nicht oft genug erzählen –, das Theater ihres verstorbenen Vaters bloß wieder aufzumachen, damit die Leute auf andere Gedanken kämen. Das scheint mir in der Tat bitter nötig, nachdem genau diese Leute den furchtbarsten Weltenbrand angerichtet haben, den man sich nur vorstellen kann. Die Millowitschs haben seither sieben Tage die Woche Vorstellung, nachmittags für Kinder und abends für Erwachsene, um die Leute möglichst durchgehend auf andere Gedanken zu bringen.

Der lange, dünne Gustl ist Schauspieler, aber vor allem Regisseur und Schreiber bei Millowitsch. Wie durch ein Wunder hat der Bombenhagel das Haus in der Aachener Straße fast verschont. Bloß im Augenblick pfeifen es die Spatzen von den Dächern: dass die Millowitschs nicht mehr weiterkönnen. Sie werden zum nächsten Ersten ihren Laden zumachen müssen, und damit sind Gustl und ich arbeitslos. Dabei gibt es keine bessere Zeit fürs Theater. Ich bin felsenfest davon überzeugt! Wenn ich allein daran denke, wie viele Leute zur Traber-Familie auf den Heumarkt gekommen sind! Hoch oben über unseren Köpfen balancierten die tollkühnen Seiltänzer. Die Menschen waren begeistert.

Die Leute wollen staunen und sich beeindrucken lassen. Überall schießen kleine private Bühnen wie Pilze aus den Schuttbergen! Der große Circusbau Williams macht glänzende Geschäfte mit seiner Revue »Rund um die Freude«.

Man muss es halt richtig anfangen und nicht bloß Geschichten von gestern erzählen. Von verklemmten Grafen, die kleinen Dienstmädchen unter die Kittelschürze greifen. Nach meiner Überzeugung ist es dringend nötig, gerade den kleinen Leuten eine andere Welt zu zeigen. Eine friedliche, bunte und vor allem gerechtere Welt. Nicht eine rückwärtsgewandte Welt, in der die, die schon immer was hatten, alles behalten dürfen und die anderen auf Almosen warten oder für kostenlose Arbeit die Treppe runterfallen ... Schon meine Lehrerin in der Schule wusste: Ich bin kommunistisch verseucht.

Ecke Aachener Straße/Ringe, vorbei an der Moritz-Oper, von der in den Sternen steht, ob und wann sie wieder aufgebaut werden kann, steigen wir in die Tram. Auf dem Perrong steht niemand mehr, aber der Schaffner weiß, dass wir wie jeden Abend mitfahren wollen, und wartet auf uns.

Es gibt Leute, die sagen, sie wird gar nicht wieder instand gesetzt, die Oper, obwohl sie gar nicht so sehr kaputtgegangen ist. Ein modernes Theater soll an anderer Stelle errichtet werden. Als Zeichen für das Neue. Für den Aufbruch in eine hellere Welt. Solange ist das Stadttheater in der Aula der Universität untergebracht, und eine kleine Kammerbühne hat im Rautenstrauch-Joest-Museum am Ubierring eröffnet. Bis die ein richtiges neues Theater gebaut haben, kann ich nicht warten. Für mich klingt das wie Sankt-Nimmerleins-Tag. Wir wissen doch alle, wie lange diese Stadt allein für den Dom gebraucht hat.

Selbst ist die Frau. Wir heißen nicht umsonst »Herr«!

Mama hat vorgemacht, wie eine Frau Herr allein durchkommt, ohne Beruf mit drei kleinen Kindern, nachdem sie Papa eingesperrt hatten. Was wäre ihr anderes übrig geblieben? Das dritte Kind, also genau genommen: ich, hätte nach ihrem Geschmack wirklich nicht auf die Welt kommen müssen. Papa Rudolf hatte einen kleinen Rudolf und Mama Agnes eine kleine Agnes. Eine Gertrud hätte sie nicht mehr unbedingt gebraucht, aber Frauen sind die Letzten, die da gefragt werden. Und dann war ich auch noch ein Sieben-Monats-Kind, klein, dünn, dauernd krank – nichts als Ärger.

Unser Bruder Rudolf hat es inzwischen zu etwas gebracht und eine eigene Familie gegründet. Meine große Schwester hat eine Spedition, eine Tochter und einen Lebensgefährten. Lkw-Fahrerin war eine ungewöhnliche Idee. Sie hat schon mit neunzehn den entsprechenden Führerschein gemacht und in Daun in der Eifel angefangen, Sand und Kies für den Autobahnbau zu fahren. Als »Herr Agnes« statt Agnes Herr ist sie später von der Wehrmacht eingezogen worden, um in Frankreich Straßen für die Infanterie zu räumen. Als sie mit dickem Bauch zurückkam, um ihr Baby daheim in Köln zu kriegen, hat sie gleich wieder Arbeit bei Ford gehabt. Während der letzten Bombenangriffe ist ihr auf dem Ford-Gelände der erste Lkw »zugelaufen«. Damit konnte sie ihre Spedition aufmachen, denn in einer Stadt muss ständig etwas an einen anderen Ort transportiert werden als den, wo es gerade ist. Milch muss in die Molkerei gefahren, Flüchtlinge müssen aus der Stadt gebracht, die heil gebliebenen Steine aus den Trümmerbergen zu den Baustellen gefahren werden. Agi ist sehr tüchtig. Inzwischen hat sie sogar für Papa Arbeit und einen zweiten Laster. Du musst erfinderisch sein und furchtlos, niemand baut einer Frau eine goldene Brücke, außer vielleicht die in einen Käfig. Fehlt also in unserer Familie nur noch meine glänzende Karriere.

Ich werde ein eigenes Theater aufmachen. Ein Theater für die einfachen Leute. Ein reformiertes Volkstheater, und ich werde das schaffen. Hermann Hesse, Mamas Lieblingsschriftsteller, sagt: »Leute mit Mut und Charakter sind den anderen Leuten immer sehr unheimlich.« Damit kommen wir klar, wir Herrs, das sind wir gewohnt.

Die Straßenbahn fährt links den Ring herunter, an der Hahnentorburg und immer noch endlosen Trümmerhaufen vorbei, Ehrenpforte, weiter Richtung Rhein. Dunkel ragen rechts und links unseres Weges Häuserruinen in den Himmel wie hohle Backenzähne und haben so rein gar nichts mit der lieblichen Köln-Silhouette zu tun, die auf der Theaterbühne zu sehen ist. Dieser Geruch nach nassem Putz, nach Kalk, nach zerbröselten Ziegeln ist so allgegenwärtig wie der Brandgeruch. Überall gibt es offene Feuerstellen. Immerhin fährt die Bahn wieder fast in der ganzen Stadt. Brücken gibt es auch wieder, so richtige aus Stein, nicht wie der alte provisorische »Tausendfüßler« in Deutz. Agi erzählt noch immer, wie die Brücke in den letzten Kriegstagen direkt hinter ihr in den Rhein gestürzt ist, als sie das rettende Deutz gerade erreicht hatte. Eine Menge Fahrzeuge hinter ihr sind in den Fluten untergegangen.

Am Ende des Ringes unmittelbar an der Bastei steht die imposante »Patton-Brücke«, benannt nach dem General der Amerikaner, Patton, obwohl die britischen Besatzer sie gebaut haben. Die erste feste Brücke nach dem Krieg, die hoch genug war, um den Schiffsverkehr durchzulassen. Sogar die Hohenzollernbrücke ist inzwischen befahrbar, obwohl sie immer noch streiten, ob man den Bahnhof nicht besser woandershin verlegen sollte, denn auch der scheint nicht an dem Ort zu sein, wo er sein sollte. Möglicherweise wird das ein neues Betätigungsfeld für Agi – Baumaterial in der Stadt an den richtigen Ort bringen, darin ist sie der Profi. Zum Glück spricht keiner mehr davon, gleich die ganze Stadt abzureißen.

In Nippes haben wir Wohnraum zugewiesen bekommen als Wiedergutmachung, weil unser Vater Kommunist ist und gleich 1933 ins KZ gesteckt wurde. Zusammen mit anderen Kommunisten und den wenigen Juden, die überlebt haben, wohnen wir jetzt recht ordentlich in der Mauenheimer

Straße 62. Papa haben sie 1945 wieder rausgelassen, aber es ist schwer, mit ihm auszukommen, er will alles bestimmen, daran können wir uns nicht gewöhnen.

Wir haben jetzt sogar Strom und Gas, keine Petroleumleuchten mehr, aber wir sind die Enge nicht gewohnt, so mitten in der Stadt. Eigentlich waren wir auf der »Insel« in der Nähe der chemischen Kalkfabrik zu Hause, unser Papa war dort Lokführer. Auf der schäl Sick im Niemandsland zwischen Mülheim, Deutz und Kalk, wo es nichts gab bis auf die paar Arbeiterhäuser, die alle die »Insel« nannten. Hier gab es keine Nazis, nur Kommunisten, bis auf die Friseurfamilie, erzählt Agi gern. Ich war zu klein, um davon etwas zu verstehen.

In der Nähe der Insel wuchs zu Beginn der dreißiger Jahre bereits die »Weiße Stadt« im Buchforst heran, eine neue, moderne Siedlung, die ein junger Architekt namens Riphahn baute und die das Ende unseres Inseldaseins besiegeln sollte. Doch so weit war es da noch nicht. Papa wurde arbeitslos, und wir hatten zwar im Sommer keine Schuhe, aber unendlich viel Platz und Freiheit. Brachen, Wäldchen, ein Kiesloch zum Schwimmen mit lauter Kaulquappen drin und Richtung Mülheim den Strunder Bach. Und wir hatten Bücher.

Hesse sei genauso eigensinnig wie Mama, sagte Papa immer. Ihm komme es manchmal so vor, als schreibe der nur für sie.

»Von den vielen Welten, die der Mensch nicht von der Natur geschenkt bekam, sondern sich aus eigenem Geist erschaffen hat, ist die Welt der Bücher die größte«, sagt Hesse, und wir finden das auch.

Dann haben sie Papa abgeholt, ich war sechs Jahre alt, und die nächsten zehn Jahre mussten wir uns allein durchschlagen. Nachdem wir ausgebombt waren, hat uns Agi mit ihrem Lkw nach Hessen gebracht, wo Opa und Oma wohnen. Die Leute in Nippes hocken so eng aufeinander, dass sie sich gegenseitig in den Suppentopf gucken können. Was sie auch sehr gerne tun!

Seit man in die Stadt zurückkehren darf, sind von überallher nicht nur die Kölner zurückgekommen, sondern jede Menge Flüchtlinge aus dem Osten, »Rucksackdeutsche«. Blasse, halb verhungerte Gestalten, die in Baracken wohnen, wenn sie Glück haben. Dreißigtausend Menschen hausen immer noch in Kellern, schreiben sie in der Zeitung. Besonders gern werden die nicht gesehen, die Flüchtlinge mit ihren slawischen Wangenknochen und den großen Ohren. Sie klauen, heißt es überall, sind verlaust und sprechen seltsames Deutsch. Man versteht kein Wort, wenn die sich unterhalten. Wir haben ja nicht mal genug Wohnraum für die Kölner, wie sollen da die ganzen Vertriebenen noch unterkommen? Wo sollen die Arbeit finden, wenn die keiner versteht?

Um sich ein bisschen mehr zu Hause zu fühlen in Nippes, baut Mama im Hof Kappes an. Und hält ein paar Hühner. Und jetzt ein Schwein, unser Silvesterschwein Max. Das gefällt auch nicht jedem, aber es ist ihr egal. Was scheren sie andere Leute? Wenn sie die Hühner füttert, trällert sie die »Königin der Nacht«, und das Federvieh antwortet gackernd und gurrend, als kenne es die Partitur. Mama liebt die Oper. Sie ist überglücklich, dass es wieder Vorstellungen gibt, und spart eisern auf ein Billett.

»Die eine Hälfte des Menschen will fressen, saufen, morden und dergleichen einfache Dinge, die andere will denken, Mozart hören und so weiter«, zitiert Mama ihren Lieblingsschriftsteller.

Wir sind inzwischen ausgestiegen. Vor uns auf der Mauenheimer Straße huscht eine Ratte davon. Es gibt nicht mehr viele von ihnen. Im Hungerwinter sind die meisten im Kochpott gelandet, erzählen sich die Leute. Ich war zu der Zeit als Statistin mit der Wanderbühne »Hinterm Vorhang« in der Eifel unterwegs, und wir wurden oft in Naturalien ausgezahlt, was gar nicht so schlecht war. Man wurde einmal am Tag sicher satt. Aber zu rauchen gab es wenig. Was ich mir heute von meiner Gage kaufen werde, weiß ich genau ... Außerdem platze ich vor Neugier, was er sagen wird, der Gustl, zu *unserem* Theater in der Ottostraße 32.

2

Am 26. Februar 1950 ist Premiere für das erste Abendstück auf unserer kleinen »Kölner Lustspielbühne« im Hinterhof der Ehrenfelder Kohlenhandlung, denn wir haben es wirklich gewagt. Bis jetzt haben wir nur Märchen für Kinder gespielt, aber damit verdient man zu wenig. Wir haben unseren Oberbürgermeister und den Bezirksbürgermeister eingeladen, beide lassen sich entschuldigen und wünschen uns alles Gute! Sie beglückwünschen unsere »Notgemeinschaft arbeitsloser Künstler«, die natürlich nur aus Gustl und mir besteht, aber das wissen sie ja nicht. Sie loben uns, dass wir Verantwortung übernehmen und uns selbst aus der Arbeitslosigkeit befreien. Salbungsvolle Worte haben »solche« immer in der Hosentasche.

»Worte, Worte, keine Taten, immer Soße, keinen Braten!«, um den guten alten Heinrich Heine diesmal zu bemühen.

Nicht nur Bürgermeister haben gerade eine Menge zu tun. Auch viele andere Leute sind offenbar stark beschäftigt, denn es kommen ganze vierundzwanzig Zuschauer zu unserer Premiere, die meisten sind Freunde, Familie und damit Gäste. So ergibt sich brutto eine Einnahme von achtzehn Mark. Die zweite Vorstellung ist noch schlimmer. Vielleicht liegt es am kalten Winter. Schon im Dezember lag jede Menge Schnee in der Stadt, und die zugeteilten Briketts reichen hinten und vorn nicht.

Am 8. März 1950 muss Gustl einen demütigenden Bettelbrief an den Bürgermeister Görlinger schreiben, weil wir schon jetzt nicht mehr weiterwissen. Wir haben zwei fürchterliche Pleiten erlitten, schreibt er, und bitten dringend um Hilfe.

Bürgermeister Görlinger erreicht für uns eine private Spende des Oberbürgermeisters Dr. Schwering über zweihundert Mark, die wir auch in Empfang nehmen dürfen, aber sie rettet uns nicht mehr. Über eine Art Notbudget für künstlerische Unternehmungen verfüge er zu seinem Bedauern nicht.

»In unserer Eigenschaft als alleinige Geschäftsführer der Notgemeinschaft arbeitsloser Künstler beantragen wir hiermit die Eröffnung des Konkursverfahrens über das Vermögen der Kölner Lustspielbühne, Ottostraße 32 in Köln Ehrenfeld, Telefon 0221 73046. Gertrud Herr und Gustav Schellhardt.«

Vermögen? Die sind gut. Wenn da Vermögen wäre, müssten wir keinen Konkurs anmelden. Leider sind nur Schulden übrig. Ich könnte heulen, denn es ist nicht fair. Wir haben doch noch gar nicht richtig angefangen! Ein allererstes »Auswärts«-Gastspiel haben wir gemacht, in Brauweiler. Es hilft nichts – aus ist der Traum.

»Ach Gustlchen, es tut mir so leid, dass du dich jetzt als Nachtportier verdingen musst! Dabei waren wir gut. Und du hast alle diese Bittbriefe geschrieben. Ihr ergebenster Gustav Schellhardt!«

Was hat es genützt? Gar nichts! Wir können die Miete nicht mehr bezahlen.

Wir sitzen – wie so oft – bei uns zu Hause in der Küche und schmieden neue Pläne. Alle anderen schlafen längst. Mamas altes Büfett in der Küche ist übersät mit Theaterstücken, aufgeschlagenen Büchern, aus denen wir uns gegenseitig vorlesen, und Notizzetteln, auf die wir unsere Einfälle schreiben. Der Pfefferminztee in unseren angeschlagenen

Tassen hinterlässt immer neue blassgelbe Ränder auf den Manuskripten – die Zettel mit den meisten kreisrunden Abdrücken weisen auf die interessantesten Ideen hin. Es kann einfach nicht sein, dass dies das Ende unserer künstlerischen Laufbahn sein soll! Die Eltern machen einen Haufen Geschrei wegen dieser Pleite. Genauer gesagt der Papa. Mama hat ja ein Herz fürs Theater und zusammen mit meinem tüchtigen Schwesterlein Agi all unsere Schulden bezahlt. Natürlich nicht, ohne uns gleich wieder das passende Zitat unter die Nase zu reiben.

»Wie jede Blüte welkt und jede Jugend dem Alter weicht, blüht jede Lebensstufe, blüht jede Weisheit auch und jede Tugend zu ihrer Zeit und darf nicht ewig dauern.«

Sie liebt diese Weisheiten und will uns damit sagen: »Schluss mit den Flausen, werdet erwachsen und stellt euch dem echten Leben!«

Papa steht ständig mitten in der Nacht vor uns in der Küche wie ein Erzengel im Nachtgewand: Wir würden jetzt auch noch seinen Strom verbrauchen! Er ärgert sich vor allem, weil ich noch keine neue Arbeit habe. Ich soll mich nützlich machen und Geld nach Hause bringen, statt diese Wolkenkuckucksheime vom Theater zusammenzuspinnen. Sobald er sich wieder beruhigt hat, steckt aber auch er uns ein paar Mark zu, er ist ja ein Guter. Mama sagt, er sei nicht mehr derselbe Mann, seit er zurück ist.

Was ihn manchmal so verzweifeln lässt, sind vielleicht auch die Geschichten seiner ehemaligen Genossen, die nach dem Krieg in die neu gegründete Kommunistische Partei Deutschlands eingetreten sind. Durch den Adenauer-Erlass ist diese Partei quasi schon wieder verboten. Wenn du im öffentlichen Dienst bist und in der KPD, wirst du entlassen. Wenn du dagegen klagst, landest du bei dem gleichen Richter, der dich schon vor dem Krieg ins KZ eingesperrt hat. Und dann bekommst du noch zu hören, du hättest ja offenbar aus der Strafe nichts gelernt. Ich verstehe, dass er manchmal ungerecht ist und sein Ärger eigentlich gar nicht uns gilt.

Bei Willy brauche ich nicht vorzusprechen, obwohl ich gehört habe, dass die Millowitschs wieder aufgemacht haben. Lucys Mann, der Josef Haubrich, sitzt im Stadtrat, dennoch tut sich die Stadt auch bei denen schwer, sogenanntes »Amüsiertheater« finanziell zu unterstützen. Die Leute sollen sich langweilen im Theater oder mindestens nichts verstehen, sonst hat ein Theater keine Unterstützung verdient, denkt man sich wohl im Rathaus.

Ich hätte nie geglaubt, dass ich mir mal den Adenauer zurückwünsche als Oberbürgermeister. Der wusste, dass auch die einfachen Leute für Kunst begeistert werden können, wenn dort ab und zu gelacht werden darf.

Die Millowitschs zeigen jetzt von Montag bis Donnerstag Kinovorstellungen mit »Wochenschau« und allem Drum und Dran und spielen nur noch samstags und sonntags Theater. Vermutlich ist Willy immer noch wütend und findet, dass es mir recht geschieht! Er hatte uns gewarnt, dass so ein Volkstheater nie und nimmer einfach so aus dem Boden gestampft werden kann. Seine Familie hätte damals schließlich auch kein Stockpuppentheater eröffnen dürfen, weil die Winters ja bereits das heutige Hänneschen-Theater in der Stadt betrieben. Man habe Jahre gebraucht und sich am Ende eine Alternative zum Puppentheater ausgedacht, mit richtigen Schauspielern. Und wie oft hätten selbst sie die Miete nicht mehr zahlen können und seien rausgeflogen! Apostelnstraße, Ehrenstraße. Erst als die Stadt ihnen die ehemaligen Coloniasäle in der Aachener Straße überlassen hätte, seien sie so einigermaßen über die Runden gekommen. Es könne sich doch nicht jede Hergelaufene einbilden …!

Ich denke, er fürchtet vor allem unliebsame Konkurrenz. Wer das Maul so voll nimmt wie die, stolpert halt über die eigene Unterlippe, denkt er sich bestimmt und wird den Teufel tun, mir zu helfen. Gerade deshalb will ich nicht bei ihm zu Kreuze kriechen, niemals!

Papa verlangt jedoch, dass ich mir Arbeit suche. Überall suchen sie Leute, sagt er. Auf der Schildergasse haben jede Menge Verkaufsbuden aufgemacht, die können sicher wen gebrauchen. Und ich hätte doch schon als Bäckereiverkäuferin gearbeitet und als Schreibkraft. Sogar Telefondienst bei der Flak in Merheim habe ich gemacht – da gäbe es genug Berufserfahrung! Dass sie mich nach der Schule als Erstes zu einem Nazi in Stellung geschickt hatten, hat er geflissentlich weggelassen. Ausgerechnet der Kommunist schickt die eigene Tochter als Dienstmädchen zu den Folterknechten!

»Kannst du dir vorstellen, Gustlchen, dass ich in irgendeiner Telefonzentrale versauere? Als Fräulein vom Amt? Wo mich niemand sieht? Oder in einer Würstchenbude? Ich?«

»In der Barberina können sie eine tüchtige Bardame sicher sehr gut brauchen! Es wäre ein extravaganter Arbeitsplatz, und die bezahlen gut. Soll ich da mal fragen?«

Gustl ist ganz angetan von seiner Idee. Klar. Kann er jeden Abend sein Stammlokal besuchen, trifft mich automatisch und kriegt obendrein noch Rabatt oder Getränke frei Haus. So denkt er sich das bestimmt!

Bardame klingt in meinen Ohren sehr viel besser als Telefonistin. Oder Würstchenverkäuferin. Vorübergehend. Vorübergehend als Bardame. Das sollte gehen. Macht sich gut im künstlerischen Lebenslauf. Erst Wanderbühne, dann Millowitsch, dann eigenes Theater, dann Bardame. Ein kurzer Ausflug in die Halbwelt macht mich vielleicht interessant. Sogar sehr »interessangt«, wie die gebildete Kölnerin sagt.

Vorübergehend Bardame.

Wenn einer fragen geht, dann mache ich das selbst. Ich brauche keinen Fürsprecher. Wo kommen wir da hin? Ich überzeuge durch reine Physis, Putzilein! Was meinst du, wie der Millowitsch geguckt hatte, als ich mit lauter mottenzerfressenen Pelzen in seinem Büro aufgekreuzt bin und mit gespreizter Stimme erklärt habe, mein Fach sei das der komischen Alten, und genau so eine brauche er noch. Gut, weiter als bis zum dicken Heinzelmännchen habe ich's nicht gebracht, aber immerhin.

Die Barberina hieß früher Café Prinzess, ein außergewöhnliches Caféhaus auf der zweiten und dritten Etage direkt über dem Waidmarkt an der Hohen Pforte. Vielleicht sage ich zu Hause einfach nur, dass ich in einem Café arbeiten werde. Gegen ein Café können sie nichts haben. Wenn die rauskriegen, dass es ein Café der besonderen Art ist, wo lauter Herren unter sich sein wollen, dann gibt es bloß Ärger. Dabei ist das für ein blutjunges Pummelchen wie mich vermutlich der sicherste Ort der Stadt. Ich kann jeden Tag ordentlich aufgeputzt zur Arbeit gehen, keiner stört sich dran. Im Gegenteil, es ist dort ganz normal.

Nicht wie in Nippes, wo das ganze Viertel zusammenläuft, wenn du mit gefärbten Haaren über die Straße gehst oder ein Kettchen ums Fußgelenk trägst wie neulich die Agi. Für unsere Nachbarn sind Frauen mit Kettchen am Fuß vermutlich Haremsdamen oder Schlimmeres! Und Agi ist nicht verheiratet! Mit Kind! Stell dir das mal vor!

»Wie Tiere leben sie zusammen«, erzählt der Pastor angewidert in der gesamten Nachbarschaft. Und ich werde das Gefühl nicht los, dass er sich das dauernd vorstellt. In allen Einzelheiten. Barberina ist eine gute Idee.

Mit tiefschwarz geränderten Augen, aufgemalter Naht an den Nylons, kunstvoll aufgetürmten Haaren und riesigen Ohrringen wie die Königin von Saba klingele ich auf der Hohen Pforte. Jean, der Wirt, öffnet, ich klimpere zweimal mit den Wimpern und habe ab sofort Arbeit. An einer Frau mit Format kommt keiner vorbei …

Seit September 1949 residiert unser Adenauer – als Chef der ganzen Republik – mittlerweile ein Städtchen weiter oben am Rhein, in Bonn. Der richtige Rosenmontagszug ist in diesem Jahr das erste Mal wieder gegangen, und alle tun so, als wäre nichts gewesen. »Wir sind wieder da und tun, was wir können«, hieß das Motto. Die Nazis sind wieder da? »Welche Nazis? Bei uns gab es keine Nazis. Wir sind die Eingeborenen von Trizonesien!«, hört man. Und basta. So einfach ist das. Diesen neuen Karnevalsschlager haben sie letzte Woche beim Radrennen im Stadion gespielt, und die Besatzungssoldaten haben salutiert. Adenauer ist fast in Ohnmacht gefallen, aber wir haben ja noch keine Nationalhymne. Die alte geht nicht mehr. Und die »Wacht am Rhein« kam für die Belgier auch nicht in Frage, weil sie der Deckname für die deutsche Ardennenoffensive war. Da haben sie lieber Karl Berbuer salutiert, dem Erfinder des lustigen Schlagers. Damit war man fein raus, aus dem Schützengraben.

Paragraf hundertfünfundsiebzig ist allerdings noch genauso in Kraft wie bei den Nazis. Nur dass die Homosexuellen nicht mehr vergast werden. Immerhin. Kriminell sind sie schon noch. Die meisten von ihnen legen deshalb allergrößten Wert darauf, bloß nicht aufzufallen, und kleiden sich äußerst bürgerlich.

Jeder in der Stadt weiß, dass es im Polizeipräsidium Listen der Lokale gibt, wo die »wohltemperierten Leute« sich treffen. Sie stammen noch von damals. Die Listen, nicht die Leute, und wie durch ein Wunder haben die Listen den Bombenhagel überstanden.

Deshalb hat die Barberina wie alle anderen einschlägigen Nachtbars außen eine Klingel. Wenn die Polizei kontrollieren kommt, haben wir Zeit, unsere Gäste zu warnen.

Als Mama und Agi erfahren, wo ich wirklich arbeite, ist es mit ihrer Großzügigkeit schlagartig vorbei. Gustl verteidigt mich wie immer. »Soll ihr Talent an einem Putzeimer verkümmern?« Aber diesmal fruchten seine Worte nicht. »Wenn ihr Talent nur nicht in der Barberina verkümmert!«, schleudert Agi zurück und schämt sich zutiefst für mich. Das schmerzt. Meine unkonventionelle, starke Schwester und meine freigeistige Mutter halten eine Schwulenbar für einen Ort schlimmster Verderbtheit. Für den Eingang zur Hölle, an die sie als Atheisten nicht mal glauben. Ob sie wissen, dass es Gustls Stammlokal ist?

Er hat zum Glück für uns eine nette alte Dame auf der Lohsestraße kennengelernt, die allein in ihrem Häuschen lebt. Sie braucht Hilfe bei der einen oder anderen Arbeit rund ums Haus und vermietet uns im Gegenzug zwei möblierte Zimmer und eine kleine Kochküche für sehr kleines Geld. Für sie sind wir ein Paar, der Gustl und ich, und obwohl wir nicht verheiratet sind, lässt sie uns bei sich wohnen. Zu Hause bin ich fürs Erste achtkantig rausgeflogen.

Die Sache mit der Moral ist ungleichmäßig verteilt, nach welchem Muster, das werde ich wohl nie kapieren. Schwule sind Verbrecher, alte Nazis aber ganz normal. Gut, für unsere Familie nicht. Wir riechen Nazis – drei Meilen gegen den Wind. Aber für den Rest der Leute.

Hat Hesse denn keine Weisheit zum Thema Liebe unter Männern? Wenn ein vom Leben fast totgeschlagenes, geistig minderbemitteltes Mädchen des fünffachen Giftmordes überführt wird wie im letzten Jahr diese Irmgard Swinka, dann stürzt sich die ganze Stadt sensationslüstern auf das »Ungeheuer mit dem gefährlichen Zug um den Mund«. Hoho!

Die Gerichtsdiener werden der Menschenmassen überhaupt nicht mehr Herr! Alle wollen sehen, wie ihr Todesurteil verhängt wird, um sich mal so richtig zu gruseln. Hämisch berichten die neuen Zeitungen, wie fett die Bestie offenbar in der Haft geworden ist, wie gut dem Monster das Gefängnisessen geschmeckt hat. Und für *mich* schämt sich meine Familie? Weil ich in einer Nachtbar für Schwule süßen Wein ausschenke? Hier stimmt was nicht.

Am 7. Mai 1949 wurde vom Kölner Landgericht das Todesurteil gesprochen – mittels Fallbeil zu vollstrecken im Klingelpütz. Ja, im Klingelpütz, genau an der Stelle, wo sie bis vor ein paar Jahren noch Kommunisten und Juden vom Leben zum Tode befördert haben, aber die Swinka hat Glück. Zwei Wochen nach dem Urteil schafft unsere junge Republik die Todesstrafe ab, und sie wird in ihrem Fall in lebenslanges Zuchthaus umgewandelt. Die Enttäuschung unserer Mitmenschen war enorm.

Sie hatte für Lebensmittelkarten, Strickjacken und Zigaretten gemordet, das arme Mensch, aber das will keiner wissen! Ich bin nicht sicher, ob wir Theaterleute wirklich genug werden spielen können, um ein für alle Mal andere Gedanken in diese brutalen deutschen Stahlhelm-Köpfe zu pflanzen.

In die gehässigen Zaungäste.

In die, die ihre Hände in Unschuld waschen, aber jeden anschwärzen, der nicht ins Raster passt.

In die, die die Enthauptung des Schinderhannes immer wieder sehen wollen! Wenn ich nur schon wüsste, *wo* ich Theater spielen könnte!

Im Augenblick spiele ich Bardame und passe gut auf, wie unsere Kundschaft das eigentlich macht. Das mit dem äußeren Bild und dem inneren Bild eines Menschen, das mit den zwei Leben, das mit der Geheimnistuerei. Wie sie klarkommt mit der Welt da draußen, mit der Doppelmoral, mit dem kleinkarierten Bürgerlein, das dir das Leben ganz schön sauer machen kann.

Da kann ich viel lernen. Und vor allem viel lachen mit den Gästen der Barberina, denn ohne Humor und eine ordentliche Portion Selbstironie kommst du als Schwuler keinen

Schritt weit. Das haben sie drauf. Ständig Witze auf eigene Kosten reißen. Und sehr gern sehr derbe Witze. Sie machen sich lieber selbst lächerlich, ehe ein anderer über sie herzieht. Das ist kein schlechtes Modell. Das kann man sich abgucken. Es macht einen deutlich gelassener und weniger verletzlich. Und sie haben nichts gegen dicke Frauen. Wenn du selber einen Makel hast, bist du auch bei anderen etwas nachsichtiger. Alle lieben mich, und das beruht auf Gegenseitigkeit. Leider werde ich dort den Mann meines Herzens nicht kennenlernen. Ich bin immer noch allein, und wenn ich ehrlich bin, kriege ich manchmal Angst, allein zu bleiben. Ich werde bald sechsundzwanzig.

Zu Hause fügen sich die Gemüter ins Unvermeidliche. Zumindest schon mal Agi. Sie war gestern tatsächlich mit Gerdheinz da, ihrem Bär, und der hat mit mir ein Tänzchen gewagt. In der Barberina. Der wird doch am Ende kein Bigamist sein, wo er schon vom Trauschein so lange nichts hielt ...? Auch die Eltern sagen irgendwann nichts mehr. Ich gehe arbeiten, ich verdiene Geld, und wie es weitergeht, weiß ich nicht.

3

Manchmal braucht es einfach einen entschlossenen Sprung in die Tiefe, denke ich, als ich in der »Wochenschau« Bekanntschaft mit einer vollschlanken Elefantendame namens Tuffi mache. Sie hatte ein geregeltes Leben als Werbefachfrau beim Zirkus Althoff. Weil sie sich vor nichts fürchtete, weder vor Menschen noch vor unbekannten Herausforderungen, erhielt sie vielfältige Aufgabengebiete. Sie ging im ersten Rosenmontagszug mit. Sie fuhr werbewirksam in Straßenbahnen. Sie soff geweihtes Wasser in Altötting, mutierte zu einem »Brauerei-Elefanten« in Solingen und ging auf Hafenrundfahrt in Deutschlands größtem Binnenhafen. Bei einem Besuch im Rathaus von Oberhausen nahm sie einen Blumenstrauß zum Frühstück und pinkelte auf Oberbürgermeisters Perserteppich. Sie ist einfach eine Wucht, und die Zirkuskasse der Althoffs klingelt dank ihres vielseitigen Einsatzes.

Doch jetzt ist ihr trotz umfänglicher Arbeitsmoral von den Menschen nur wenig Respekt entgegengebracht worden. Man löste vier Fahrkarten für sie, um mit dem Tier Wuppertaler Schwebebahn zu fahren und während dieser Reise auf ein Gastspiel des Zirkus hinzuweisen. Leider beachteten ihre Mitreisenden keineswegs, dass sie den Anspruch auf vier Plätze ehrlich erworben hatte. Es wurde ihr im Waggon schon bald zu eng. Sie wurde rücksichtslos bedrängt und geschubst, bis sie schließlich mit verzweifeltem Trompeten durch die Wand des Fahrzeugs brach und direkt in die Wupper sprang.

Es scheint das Schicksal von raumgreifenden Damen zu sein, sich selbst Platz verschaffen zu müssen, und wenn es dafür zehn Meter in die Tiefe geht. Zum Glück hat Tuffi bei ihrem Befreiungsversuch bis auf ein paar Schrammen am Hintern keinen Schaden davongetragen; die Wupper war an ihrem Landeplatz keine fünfzig Zentimeter tief. Wohin wage ich den entschlossenen Sprung? Und wird das auch so glimpflich verlaufen? Die Zeit zerrinnt mir zwischen den Fingern. In der Barberina spielt unser Pianist Zehnpfennig, den alle nur den »Groschen« nennen, für mich ein Lied von Zarah Leander und überredet mich, es in der Bar zu singen. Alle Gäste applaudieren begeistert. Das ist schön, nach so langer Zeit mal wieder Applaus. Vielleicht könnte ich Sängerin werden? Wie macht man das?

Wir wollen an diesem letzten Sonntag im Januar 1953 mit der ganzen Familie zusammen fernsehen, weil das jetzt der letzte Schrei ist und ich sonntags freihabe. Wo sind die letzten drei Jahre geblieben? Ich arbeite nachts und schlafe am Tag, das Leben rauscht irgendwo da draußen an mir vorbei.

Agis Spedition läuft prima, sie ist inzwischen verheiratet und hat sich mit ihrem Bär einen Fernsehapparat gekauft, einen Grundig Zauberspiegel. Wer hat, der hat! Begeistert hat sie mir vom Silvesterprogramm erzählt, wo der kleine Affe Petermann aus dem Kölner Zoo mit Frack, Zigarre und Sektglas auf das neue Jahr angestoßen hat.

Das niedliche Affenkind ist zurzeit die größte Attraktion der Stadt. Es kann Motorrad fahren, mit Messer und Gabel essen, und heute soll es wieder einen Fernsehauftritt haben. Da wir keine Schwebebahn mehr haben, sondern diese großartige Idee unseres Zuckerwerks nach Wuppertal verscherbelt wurde, wird unser Äffchen nicht im öffentlichen Personennahverkehr, sondern mit Uniform und Narrenkappe auf der Karnevalssitzung erwartet, die im Fernsehen übertragen wird.

Und tatsächlich führt sein Pfleger das Tierchen mit Tusch und Alaaf herein. Vielleicht könnte ich irgendwo als niedliches Äffchen anfangen und den ganzen Tag Bananen futtern. Ich denke, das würde ich hinkriegen.

Der Saal tobt. Der gesamte Kölner Adel, die Haute Volaute unserer rheinischen Metropole, sitzt im festlich geschmückten Saal, mit Frack, Orden und allem, was dazugehört. Die Herren Kommerzienräte saufen Sekt, schmauchen Zigarren und haben teure Eintritte bezahlt, als gäbe es kein Gestern, während ihre Damen auf etepetete machen, das ist urkomisch!

Wir sind wieder wer. Wer, wollen wir lieber nicht genau wissen. Hauptsache, wichtig, was die Herren angeht. Hauptsache, rausgeputzt und gehorsam, wenn du der Damenwelt angehörst. Dass diese Frauen völlig ohne Männer vor wenigen Jahren den ganzen Laden allein geschmissen haben, sieht man ihnen unter ihren seltsamen Frisuren nicht mehr an.

Was auf der Bühne an Reden und Liedern präsentiert wird, zieht sich dagegen wie alte Rahmkamelle. Nach der zweiten todlangweiligen Büttenrede steige ich auf den Couchtisch, hebe drohend den Zeigefinger und kreische launig in die Familienrunde: »*Ein heiterer Abend wird das heute aber nicht!*« Alle lachen los.

Ich soll recht behalten, zum Abgewöhnen ist so eine Sitzung mit jeder Menge preußischem Tschingderassassa, zu dem die Zuschauer im Takt klatschen. Wir sind kolossal überrascht! Wir haben alle noch nie eine Karnevalssitzung gesehen, niemand von uns hätte je das Geld gehabt, teure Eintrittskarten zu kaufen, die Eltern schon gar nicht. Wir haben ja gar nicht gewusst, was sich da abspielt! Ich hatte mir die Sache ungefähr so vorgestellt wie einen Abend in der

Barberina. Alle schlagen vergnügt über die Stränge! Aber weit gefehlt.

»Hömma, Tutti!«, sagt die geschäftstüchtige Agi zu mir, als sie den Mund wieder zukriegt. »*Das* kannst du viel besser! Und wenn ich mir diese Gäste angucke, ist da jede Menge Kohle zu verdienen, du musst in die Bütt!«

Kein Wunder, dass sie so erfolgreich ist, sie hat einfach immer ein Näschen dafür, wo sich Geld verdienen lässt. Gibt es das überhaupt? Frauen in der Bütt? Will ich denn in die Bütt? Ich bin doch so klein – mich sieht hinter einer großen Bütt keiner mehr.

Aber natürlich kann Tutti das besser als die. Wenn es einen gibt, der weiß, ob es schon mal eine Frau in der Bütt gab, dann ist es Gustl. Und klar weiß er das!

»Gerti Ransohoff war eine bekannte Büttenrednerin in den zwanziger Jahren, aber sie hat sich umgebracht«, erklärt er. »Nachdem sich ihr jüdischer Mann das Leben genommen hatte, Anfang der Dreißiger, ist sie ihm gefolgt und im Severinsklösterchen an Gift gestorben. Sie hat einen Haufen Büttenreden vorgetragen, im Gürzenich, in der Wolkenburg, in der Flora und im alten Kaiserhof in der Salomonsgasse. Büttenreden, die der bekannte Karnevalist Hans Tobar geschrieben hatte, bevor er nach Amerika ausgewandert ist. Hans Tobar wieder war gut mit Willi Ostermann befreundet.«

Der Journalist Hans Schmitt-Rost hat ihm das alles erzählt, der war oft dabei. Gustl kennt ihn von den sogenannten Lumpenbällen vor dem Krieg. Die waren wohl eher so, wie ich mir das eigentlich vorgestellt hatte mit dem Sitzungskarneval. Gerti Ransohoff war also die erste Frau in einer Bütt, und der Kölner Stadt-Anzeiger war damals begeistert.

Ich bewundere wie so oft, was für Leute der Gustl alles kennt! Er ist ein richtiger Künstler und so klug!

»Aber das weiß keiner mehr«, sagt er im Brustton der Überzeugung. »Wir machen aus dir die erste Frau in der Bütt. Das ist die beste Reklame, die man sich vorstellen kann, und wenn doch einer fragt, dann sagen wir: Nach dem Krieg, die erste Frau in der Bütt nach dem Krieg meinen wir!«

Wie das mit der Reklame für eine Künstlerin geht, weiß der Gustl viel besser als ich. Ich fühle mich für einen Moment fast so wie Tuffi statt Tutti und suche nach dem Ausstieg aus der offenbar schon fahrenden Bahn. War denn schon sicher, dass ich in die Bütt will? Sind die Fahrkarten für mich schon gekauft? Zusammen mit Gustl und Thomas Maraun aus der dritten Etage in der Mauenheimer Straße tüftele ich nächtelang an einer Büttenrede. An einer Figur, die diese Rede vortragen soll. An einem Thema. Gar nicht so einfach. Was könnte ich denn für ein Thema nehmen?

Thomas wohnt seit der Zeit, als wir uns auf der Wanderbühne »Hinterm Vorhang« kennengelernt haben, auch in der Mauenheimer Straße.

Was haben wir beide die Kollegen von der Wanderbühne oft hereingelegt und ihnen herrliche Streiche gespielt! Oft wurden wir zu Strafzahlungen verdonnert, zum Beispiel, weil wir jeden Abend der Hauptdarstellerin eine andere Ungeheuerlichkeit ins Schmuckkästchen gelegt haben, das sie huldvoll zu öffnen hatte. Bloß – statt auf ein glitzerndes Geschmeide blickte sie mal auf eine tote Maus, mal auf einen Regenwurm, auf eine alte Socke oder auf ein Kondom ... Thomas ist der lustigste Mensch, den ich kenne. Ein Possenreißer, wie er im Buche steht. Er weiß genau, welcher Witz funktioniert und welcher nicht.

Gustl und ich feilen sorgfältig an meiner »Figur«, wie der Gustl sagt. Wenn er nicht da ist, feile ich eifrig allein an derselben, mit Buttercreme, Reibekuchen und Kartoffelsalat – es ist schließlich meine Figur, und niemand soll mir nachsagen können, ich hätte mich nicht genug um sie gekümmert.

Thomas ist unser Publikum. Wenn der lacht, bleibt der Witz drin. Wenn nicht, ist er schlecht, der Witz, und wir müssen uns einen neuen ausdenken. Außerdem hat er die Hochschule der kölschen Sprache besucht, denn sein Vater arbeitete in den Markthallen am Heumarkt. Der kennt Wörter, die habe selbst ich noch nie gehört.

Es stellt sich nach einiger Zeit heraus, dass mir das dicke Döfchen am besten liegt, die Stadtrandpomeranze, die nicht auf den Mund gefallen ist und Unsicherheit immer mit Krawall quittiert.

Weiß auch nicht, wie wir gerade auf so eine gekommen sind ...

Ich habe einen Hang zur unfreiwilligen Komik, sagt meine Familie. Schon beim Krippenspiel in der Volksschule sind die Leute vom Stuhl gefallen vor Lachen, nur weil ich mit heiligem Ernst im ersten Schuljahr lauthals deklamierte: *»Drum soll im rauen Krippelein das liebe heil'ge Kind auch meines Lebens Freude sein, bis mich der Tod einst find'.«*

Ich bin oft überrascht, warum lustig ist, was ich mache, aber Thomas weiß, *dass* ...

Als wir uns nach einer Probe in der Mauenheimer Straße zur Familie gesellen, wirken Papa und Mama so besorgt wie noch nie. An diesem Sommerabend sind die Russen mit Panzern in Ostberlin einmarschiert. Es gibt Arbeiteraufstände in der Ostzone, zuerst auf einer großen Baustelle in Ostberlin und dann in allen Oststädten, gegen die sowjetische Besatzung. Die Leute können ihr Brot nicht mehr bezahlen, sollen aber mehr arbeiten. Zig Menschen sind von den Russen schon erschossen worden, in der »Wochenschau« sieht man brennende Häuser.

»Es wird wieder Krieg«, sagt Papa fassungslos, »wenn jetzt schon Kommunisten auf unbewaffnete Arbeiter schießen, die kein Brot kaufen können!« Mama packt einen Koffer mit unseren Dokumenten, Geld und ihrem Persianermantel und stellt ihn in die Diele.

»Es kommt alles wieder, was nicht bis zum Ende gelitten und gelöst wird«, sagt sie düster, und es ist aus Hesses »Siddhartha«.

Die Bundesregierung ruft in Werbesendungen im Radio dazu auf, sich im Falle eines Atomangriffs der Russen Aktentaschen über den Kopf zu halten und unter dem Tisch in Deckung zu gehen. Das klingt gar nicht gut, und ich habe keine. Denn ich habe auch keine Akten. Papa hat eine, aber da sind nur seine Brotdose und seine Thermosflasche drin, wenn er zur Arbeit geht.

Wir verkrümeln uns zum Proben am liebsten nachts in die Abstellkammer im Millowitsch-Theater, hoch oben über der Bühne, Gustl hat seinen Schlüssel noch. Zu Hause ist zu wenig Platz, in der Mauenheimer Straße die Stimmung viel zu ernst, um herumzualbern. Auch in der Barberina reden die Gäste über nichts anderes. Ich bin froh, dass ich mich ablenken kann.

Von einer meiner ersten Lohnzahlungen hatte ich mir eine versenkbare Pfaff-Nähmaschine Klasse dreißig gekauft, mit zusätzlichem Stoffschiebehebel. Mein erstes eigenes Möbel, damit ich mir ausgefallene Kleider nähen kann. Für meine Größe gibt es nur Langweiliges. Ich habe anscheinend einen anderen Geschmack als die Hausfrau im Allgemeinen. Aennchen Burda verkauft preiswert wunderbare Schnittmuster in allen Größen in Zeitschriftenläden. Ein bisschen Zubehör oder ein besonderer Stoff, und schon wird die Sache pfiffig. Ich bin gut im Nähen von Kleidern mit phantasievollen Details.

Ich nähe mir für meine Bühnenfigur eine Art weißes Kinderkleidchen. Dazu will ich mir zwei große Schleifchen ins Haar binden. Das ist schon mal saukomisch, aber zu welchem Thema soll ich meine Büttenrede halten? Ich kann doch nicht nur als überdimensioniertes Baby Doll irgendwelche Witze reißen, wir brauchen eine Geschichte, in die sie eingebettet sind. Ich habe keine Lust auf so eine Dienstmädchennummer, in der die Herrschaft dem unschuldigen Ding ein uneheliches Kind verpasst. Das wäre sicherlich die Art Witz, die immer ankommt. Ohne mich.

Die zündende Idee lässt auf sich warten, und ein bisschen geht uns die Luft aus. Unser Probenraum verwaist, und mein weißes Kleidchen verstaubt im Schrank.

Ein Jahr später spricht niemand mehr von Krieg, aber der 17. Juni, der Tag des Volksaufstandes gegen die Kommunisten in der Ostzone, ist jetzt für uns im Westen ein Feiertag, und wir bekommen eine neue Armee. Wiederbewaffnung heißt das, und Papa wundert sich, dass es so vielen normal erscheint, den Deutschen nach zwei angezettelten Weltkriegen erneut ein Gewehr in die Hand zu drücken. Wir müssen uns bewaffnen, sagen sie, damit uns hier im Westen der Russe nicht auch überrollt. Ich denke, unsere Familie wäre lieber rot als tot. Ob wirklich schon genug andere Gedanken in die deutschen Kommissköppe gepflanzt wurden?

Weil es auch sonst so richtig bergauf geht mit unserem Deutschland, die Schuttberge in der Stadt weniger werden, weil alle von einem Wirtschaftswunder sprechen und weil wir gerade in Agis Fernsehen einen Bericht über die internationalen Festspiele in Südfrankreich gesehen haben, wo die ganz großen Filmstars über einen roten Teppich flanieren, fällt unser Thema für die Büttenrede urplötzlich vom Himmel: Ich bin ein Wunderkind – das habe ich sowieso schon immer gewusst.

Ein Wunderkind, das rotzfrech in der berühmten Filmwelt auftaucht. In Hollywood, in Venedig, und im schönsten Kölsch mit der gebotenen Naivität diese Welt der Prummenenz für die kleinen Leute übersetzt und damit zum Vergnügen aller als das entlarvt, was sie in Wirklichkeit ist: heiße Luft.

Jetzt müssen wir nur noch die Literaten von mir überzeugen, die Menschen, die die Programme der vielen Karnevalssitzungen zusammenstellen, wenngleich das mit Literatur wohl weniger zu tun hat. Nichts leichter als das! Wenn wir wüssten, wo die tagen und wie man sich dort bewirbt. Gustl kennt zum Glück auch die große Grete Fluss, die stadtbekannte Sängerin im Kaiserhof, die als »Fastelovendprinzessin« besingt, wie schön »dat fröher in Colonia« war. Er fragt sie einfach, an wen wir uns wenden müssen. Was wäre ich nur ohne dich, mein »Väterchen« Gustl?

4

Der Literatenabend tagt 1954 wie immer an einem stockdunklen Novembertag, und weil die gute Stube der Stadt, der Gürzenich, noch nicht wieder aufgebaut ist, findet die Veranstaltung in den nagelneuen Sartory-Sälen am Friesenplatz statt. Das Varieté Groß-Köln war zerbombt, stattdessen hat Herr Riphahn im Auftrag der Sartorys hier sieben neue Veranstaltungshallen hingebaut. Was müssen die für ein Geld haben! Ich bin gespannt wie ein Flitzebogen, denn ich war noch nie da drin. Wie auch?

Lauter alte Männer in Schlips und Kragen mit dicken Brillen blicken streng auf das arme Wunderkind mit Schleifen und Hängerchen, das sich weigert, in die Bütt zu steigen.

»Bei mir zu Hause steigen wir nur samstags in die Bütt«, verkünde ich keck. Ich verlange, mich danebenstellen zu dürfen. Eine Frau? Noch dazu eine, die sich hinstellt, wo sie will? Das kommt davon, wenn man ins Grundgesetz schreibt, dass Männer und Frauen die gleichen Rechte haben. Man setzt den Weibern bloß Flausen in den Kopf.

»In der Bütt ist doch meine halbe Figur weg!«, beharre ich. Ich meine die untere Hälfte. In der Breite nehme ich es mit jeder Bütt auf. Sie schütteln die Köpfe. Ohne Bütt keine Rede. Das ist Tradition. Ich stelle mich trotzdem neben das seltsame Rednerpult und fange einfach an.

Sie wollen mich totschweigen. Ihre eisige Feindseligkeit angesichts meiner Frechheit fordert mich zu maximaler Vehemenz heraus. Ich werde ganz sicher untergehen heute Abend, aber mit acht Segeln und fliegenden Fahnen springe ich todesmutig in die Wupper. Dann muss der Erste lachen. Unfreiwillig. *Unfreiwillige Komik ist für mich sowieso immer die bessere Komik.* Nur weil ich »Bienen-Allee« gesagt habe statt Biennale.

Als ich weitererzähle, wie ich in Venedig zum »Bootsverleih« gegangen bin, um eine »Jundula« auszuleihen und der Gondoliere »due Lire« verlangt, worauf ich empört krähe: »Erstens verbitte ich mir dat ›Du‹, und zweitens will ich dat gar nit liere – ich kann nämlich schon Kahn fahren!«, da ist es um sie geschehen. Sie können mich nicht leiden, aber sie kommen nicht an mir vorbei. Diese Erfahrung haben schon ganz andere gemacht, ihr Traditions-Schluffen! Allein zu Hause in unserer kleinen Küche vor dem Kühlschrank ist das jeden Tag ein Problem …

Der Präsident des Festkomitees heißt Thomas Liessem. Der ist ein Nazi, hat Grete Fluss erzählt, er war bei der SA. Nach zwei Jahren Sperre zwecks Entnazifizierung bekam er seinen »Persilschein« und durfte nach dem Krieg genau da weitermachen, wo er vorher aufgehört hat. Persil – da weiß man, was man hat – mit echter Seife! Die kriegt jede Weste weiß. Sagen sie in der »Wochenschau«-Reklame auch immer. Er hatte sogar versucht, sich gegen die Sperre zu wehren, und zu seiner Parteimitgliedschaft ausgesagt: »Ich bin Mitglied von vier Sportvereinen und treibe keinerlei Sport. Ich gehöre drei Gesangsvereinen an und kann weder singen noch spielen. Warum sollte ich als Mitglied der NSDAP … politisch schuldig geworden sein? Der einzige Verein, dem ich aus innerer Überzeugung und Begeisterung angehöre, ist die Kölner Prinzengarde.«

Er erteilt Karl Küpper Auftrittsverbot. Vor *und nach* dem Krieg. Liessem hat vor dem Krieg dafür gesorgt, dass der Karneval frei ist von »jüdischen Agenten und volksfremder Artistenschaft«, und er sorgt jetzt dafür, dass hier keine Frauen und anderen unverschämten Subjekte ungefragt die

Klappe aufreißen. Der wird mich zur Not einsperren lassen, denke ich. Das ist anscheinend die Art Tradition, die für unsere Familie gilt.

Weit gefehlt.

Ich werde im ersten Anlauf gebucht und verdiene in den wenigen Karnevalswochen 1955 richtig viel Geld. Der olle Liessem und seine Kumpels können rein gar nichts dagegen machen.

Als ich das erste Mal aus der Nachtkälte in einen mit Kronleuchtern geschmückten Festsaal stolpere, nimmt mir die alkoholgeschwängerte Luft fast den Atem. Ich fühle mich wie Don Oscarez, der Mann in der Todeskugel, der sich mittels Kanone in ein Zirkusrund schießen lässt. Neben der Bütt schaue ich geblendet in die geröteten Gesichter der festlich gewandeten ehrenwerten Damen und Herren. Wie viele von denen sind wohl alte Nazis? Wie viele haben zugesehen, als ihre Nachbarn abgeholt wurden wie mein Vater?

Manche Fliege ist bereits verrutscht, dicke Zigarren verteilen ihre Rauchschwaden über lange, weiß eingedeckte Tische, die auf mich plötzlich wie Leichentücher wirken. Was zum Henker mache ich hier? Die Kapelle spielt einen Tusch, der mir durch Mark und Bein geht, und meine Knie zittern vor Aufregung. Ich werde keinen einzigen Ton rauskriegen. Wahrscheinlich werden sie mich von den hinteren Plätzen gar nicht sehen können, weil ich viel zu klein bin. Wie soll ich denn gegen diesen brüllenden Lindwurm ankommen? Ich ringe nach Luft. Er wird mich verschlingen, noch ehe ich den allerersten Satz zu Ende gesprochen habe. Wie bin ich bloß auf diese blöde Idee gekommen, Büttenrednerin zu werden?

Gustl! Du sitzt in aller Seelenruhe in der sicheren Dunkelheit hinter den Kulissen. Du wärst mal besser selbst aufs Schafföttchen gegangen!

Mir ist speiübel. Im Kopf ist nichts als weiße Leere und ein riesiger Gong, gegen den ein Vorschlaghammer donnert. Dann klatschen sie. Haben sie den mächtigen Gongschlag auch gehört? Ich weiß nicht, wie, aber irgendwie bin ich offensichtlich durch meine Nummer hindurchgekommen. Ich kassiere am Schluss ein paar Tusche, kriege einen Orden umgehängt und ein äußerst nasses Bützje, nicht auf die Wange, sondern ungefragt mitten auf den Mund. Ich habe überlebt und verlasse, so aufrecht ich kann, den Saal.

Beim dritten Mal ist es Routine. Die entsetzliche Angst, das Schlottern, das nasse Küsschen und weiter zum nächsten Saal. Mancher Präsident nutzt die Gelegenheit, um beim nassen Küssen dem Pummel ungefragt ans Hinterteil zu greifen. Don Oscarez hat genau das gleiche Phänomen geschildert. Du hast jedes Mal erbärmliche Angst, aber du gewöhnst dich daran. Das Schlottern meiner Knie mache ich zur bewussten Aktion. Es sieht urkomisch aus, wenn die kleine Dicke mit Schwung zur Auftrittsmusik immer wieder die Knie aneinanderschlägt, und die Leute lachen darüber wie verrückt.

Agi fährt mich zu den Auftritten, obwohl sie tagsüber arbeiten muss und jetzt sogar eine eigene Fahrschule in der Mauenheimer Straße aufgemacht hat. Das arme Ding schläft manchmal fast hinterm Steuer ein, während sie vor den Festsälen auf mich wartet. Nur fast, denn ihre Angst, ich könnte mich blamieren und von den Leuten ausgebuht werden, ist fast so groß wie meine und hält sie immer wach. Sie ist keineswegs davon überzeugt, dass ich wirklich etwas kann, und die Tatsache, dass meine ganze Familie so überaus großes Zutrauen zu meinem Talent hat, festigt mein Selbstvertrauen ungemein …

Ich bin bei jedem Auftritt schweißgebadet vor Lampenfieber, obwohl es so kalt ist, dass wir Eisgang auf dem Rhein haben. Manchmal fährt mich unser Freund Chargesheimer, der hat nämlich auch einen Führerschein und heißt eigentlich Hargesheimer, aber Chargesheimer ist sein Künstlername. Er ist Fotograf. Niemand aus der Familie sagt Karl-Heinz zu ihm. Wir sagen alle ehrfurchtsvoll Chargesheimer. Die Zeitschrift »Der Spiegel« hat sein wie aus Stein gemeißeltes Adenauerporträt auf der Titelseite abgedruckt. Der ist richtig berühmt. Außerdem hat seine Freundin, die Gisela Holzinger, schon seit ein paar Jahren ein festes Engagement am Kölner Schauspiel. Sie ist die große Blonde mit den Kulleraugen und spielt lauter Hauptrollen. Ich denke mal, die beiden haben es geschafft. Er hat ein großes Herz für kleine Leute, und er liebt das Theater, in beidem sind wir Seelenverwandte. Es macht mich stolz, so jemanden zu kennen. Gustl, der Schatz, kümmert sich bei meinen Auftritten um alles, hilft mir, Kostüm und die ganze Makulatur in Schuss zu halten. Er hält ein Handtuch für mich bereit, während wir an einem Abend vier, fünf Auftritte »abreißen«, und hat stets ein Henkelmännchen mit Essen dabei.

Weil so ein schlimmes Hochwasser ist in diesem Winter, müssen wir manches Mal große Umwege fahren und sind tief bis in die Nacht unterwegs, von der Kantine der Clouth-Werke in Nippes bis zum Schützenheim in Dünnwald. Natürlich gebührt Gustl dafür ein gehöriger Teil meiner Gage.

Die Leute jubilieren inzwischen, wenn nur mein Name ertönt, es ist *herr*lich im wahrsten Sinne des Wortes. Viele denken, genau wie unsere Vermieterin, Gustl und ich sind ein Paar, so vertraut, wie wir miteinander umgehen. Wir albern oft herum, wir wären eines. Dann reden wir über »unsere Kinder« und über »unser Haus«, und so mancher kauft uns die Schote ab.

Für Leute wie Gustl ist es praktisch, in der Öffentlichkeit eine Freundin zu haben. Und für mich fühlt es sich auch besser an, als überall allein aufzukreuzen. Gustl ist mein Herzensmann, mein Väterchen und mein Mentor.

Die berühmte Agentur Ahrens & Westkamp engagiert mich nach der Session für ihre Kaiserhof-Revue, hurra! Westkamp ist der Gatte der großen Grete Fluss, die uns schon bei der Bewerbung für den Literatenabend geholfen hat. Jetzt darf ich im Theater am Kaiserhof nicht nur meine Büttenrede halten, sondern mit Gustl zusammen das ganze Jahr über auf der Bühne stehen. Im wunderschönen Kaiserhof, zwar nicht mehr in der Salomonsgasse, da hat der Krieg nichts übrig gelassen, sondern 1953 neu eröffnet am Hohenzollernring mit weiß befrackten Obern und schmissiger Kapelle.

Wir sind rein optisch ein Duo wie Liesl Karlstadt und Karl Valentin, der Gustl und ich, nur lustiger, und wir denken uns ständig neue Verkleidungen und Witze aus. Jetzt, meine lieben, verehrten Kassandras, ist der kleine Kugelblitz wirklich ein bisschen berühmt und einen großen Schritt näher – an der Medea. Und weil sich näher und Medea so überraschend reimt, wenn man es ernsthaft genug betreibt, habe ich auch dichterische Qualitäten, nur dass ihr's wisst! Ich werde sie schon noch spielen, die zauberkundige Rachegöttin der griechischen Mythologie, von der ich träume, seit ich denken kann. Ich werde sie spielen, dass euch angst und bange wird.

Aber einen Fuß vor den anderen. Vor allem: Nie wieder arm! Da ich mit meiner Kunst jetzt richtiges Geld nach Hause bringe, gibt auch der Papa langsam seinen Widerstand gegen meine Berufswahl auf.

Kurz vor meinem in Bälde zu erwartenden Engagement am Stadttheater spricht tatsächlich ein gewisser Herr Millowitsch etwas kleinlaut bei mir vor. Sieh an!

»Hör mal, Trude, ich habe da eine Rolle für dich ... selbstverständlich eine Hauptrolle ... Nun gut, eine größere Rolle, nicht ganz eine Hauptrolle ... im ›Verkauften Großvater‹.

Machst du mit? Du hast schließlich bei *mir* angefangen ...!«
Soso. Habe ich das?

Selbstverständlich spielen sie immer noch die alten Schinken von anno dunnemals in der Aachener Straße, mit Herrschaft und Dienstmädchen, mit Bauer und Magd, aber ich nehme huldvoll an und spiele den Willy mit links an die Wand. Mit links, weil sich das für die Kommunistentochter so gehört. Die Verkaufszahlen sprechen für mich – armer Willy, hat dich die Wuchtbrumme doch wieder drangekriegt ...

Allerdings muss ich ihm zugestehen, dass das Millowitsch-Theater inzwischen im ganzen Land bekannt ist, weit über die Grenzen Kölns hinaus. Sein »Etappenhase« war das erste im Fernsehen übertragene Bühnenstück, auch wenn *er* es sich gar nicht ausgedacht hat, sondern zwanzig Jahre vorher jemand aus Oldenburg. Der Willy weiß, wie man Erfolg schafft. Auch wenn ihn die Herren vom NWDR nicht so doll fanden, wie Gustl mir brühwarm erzählt, die Zuschauer fanden ihn prima, den »Dachhasen«. Sie erinnern sich halt noch genau an Not und Hunger, wo manche Katze sich als Hasenbraten im Topf wiederfand. Darüber ein lustiges Verwirrspiel auf die Bühne zu bringen trifft haargenau die Welt der kleinen Leute. So muss man es machen! Der wird den Sender schon überzeugen, regelmäßig seine Stücke zu übertragen, und dann ist er ein gemachter Mann: Theater, Fernsehen, dann lassen die Kinofilme nicht mehr lange auf sich warten.

Unsere Regierung will einen Gastarbeiter-Anwerbevertrag mit Italien unterschreiben, weil unsere Fabriken nicht mehr genug Arbeiter haben, so schnell schreitet unser Wirtschaftswunder voran. Und die Zwangsarbeiter mussten wir ja leider wieder nach Hause gehen lassen, zu dumm ...
Im Kaiserhof spiele ich deshalb Madame Wirtschaftswun-

der und habe mir ein todschickes Glitzerkleid genäht, in dem ich aussehe wie eine riesengroße Praline, oben und unten zugebunden. Die anderen Damen tragen zurzeit Petticoats, aber bei mir persönlich ergibt sich keine Notwendigkeit, um die Hüfte herum etwas aufzubauschen. Überdies wurde bei mir die Wespentaille schlichtweg vergessen, und wo bitte soll da der Petticoat einrasten?

An einem Taillenumfang von fünfundneunzig Zentimetern hat man sich schnell leidgesehen, konstatiere ich und setze auf eher fließende Stoffe.

Rasend schnell rückt der nächste Literatenabend näher, wir brauchen dringend eine neue Büttenrede. »Ring frei zur nächsten Runde«, nehme ich die Sache sportlich. Wie Müllers Aap werde ich mich auf keinen Fall von irgendwelchen Pappkameraden einschränken lassen. Bei mir fruchten halt Mamas ständige Hesse-Sprüche wie: »Eigensinn macht Spaß.« Ich kann gar nichts dafür. Wir sind nicht nur ein Jahrgang, »dä Aap« und ich, wir haben auch beide das Herz eines Boxers. Wir verfügen über Nehmerqualitäten trotz der einen oder anderen aufgeplatzten Lippe, und wenn wir ausholen, landet der Schwinger garantiert auf der Zwölf. Zur Not auch beim Ringrichter, der k. o. zu Boden geht.

Unser Kölner Boxer Peter Müller trägt seine Sperrung für die nächsten Boxkämpfe mit Fassung. Das werde ich auch tun. Sollen sie mich doch sperren, das Publikum wird verlangen, dass ich spiele. Auch wenn ich alle gegen mich habe, das Publikum ist für mich. Diesmal will ich nicht nur reden, ich will auch singen. Jaja, ich weiß. Das geht nicht. Entweder eine Rede oder ein Lied, sagt die Tradition.

Ich habe letzten Rosenmontag die »Poller Negerköpp« im Zug gesehen, mit Baströckchen und Knochen in der Frisur. Bei strömendem Regen umringten sie einen Riesenkochtopf, in dem der handelsübliche Missionar gegart wurde. Ich halte für möglich, dass dieses Bild von schwarzen Menschen nicht mehr ganz zeitgemäß ist, wo doch inzwischen sogar in Amerika die Schulkinder nicht mehr nach Hautfarbe getrennt werden. Wenn sogar Amerikaner glauben, dass wir alle Menschen sind, egal, von welcher Farbe ... vielleicht fällt mir dazu etwas ein.

Ich schwärze mein Gesicht als »Besatzungskind« und fange ganz behutsam an. Höösch, sagen wir in Köln.

»An meinen Vatter kann ich mich leider nur noch ganz dunkel erinnern ...« Den hohen Herren Literaten bleibt sofort die Luft weg, und das Publikum kreischt vor Vergnügen, als ich von den Gemeinheiten berichte, die die anderen Kinder sich für mich ausdenken.

»Kumm ens herr, do verbrannt Marizebell! Mer han e jroß Dier op dr Kellertrepp, dat welle mer met dir verschreck maache!« Dann singe ich los: »Ohlulalla, ohleila, so sang für mich die Mami, ohlulalla, ohleila, mein Vatter war ein Ami [...] und bin ich auch ein schwarzes Geblüt, ich habe ein kölsches Gemüt [...]!«

Und weil es so schön ist, melde ich mich damit direkt beim Nachwuchswettbewerb der rheinischen Karnevalisten des NWDR an und komme mit dieser Nummer über den Äther in sämtliche Wohnstuben.

Gut, sind wir ehrlich: Gustl hat mich angemeldet. Der Kölner Stadt-Anzeiger schreibt: »Hier hat sich ein Stück Kunst mit kölschem Klamauk vermählt!« Hört! Hört! Ich kann bestätigen: Das ist keineswegs übertrieben, meine Herren! Kunst, Herr Liessem, was sagst du nun?

»Heiterkeit ist weder Tändelei noch Selbstgefälligkeit, sie ist das Geheimnis des Schönen und die eigentliche Substanz jeder Kunst.«

Und jetzt ratet mal, wer das gesagt hat! Jawohl, unser Nobelpreisträger für Literatur. Und Preisträgerin bin ich jetzt auch, zugegeben, erst mal ein Nachwuchspreis. Endlich kapieren die da draußen, mit wem sie es hier zu tun haben!

Ich bin so begeistert darüber, wie bei mir im Augenblick alles fluppt!

Es ist möglich, den verbiesterten Herren vom sogenannten Festkomitee eine lange Nase zu drehen! In dieser glücklichen Stimmung hat es Agi gar nicht schwer, mich zu einer sehr dreisten Karnevalsblödelei anzustiften. Die anarchistische Seite des jecken Treibens hat mir schon immer den meisten Spaß gemacht.

Wir wollen beim Rosenmontagszug mitgehen. Das dürfen wir selbstredend nicht. Wir wissen schon: Tradition. Und vor allem: Kohle! Wenn da jeder arme Schlucker mitginge! Aber wir sind halt nicht jeder.

So tauchen wir die ganze Session hindurch immer wieder als »Rotkäppchen eh Vau« auf, weil der Karneval ja durch einen e. V. mit Satzung und Regeln vertreten sein muss. Eine wilde Truppe unkenntlich als Rotkäppchen verkleidet – auch eine Reihe sehr hübscher Herren aus der Barberina ist dabei –, so machen wir auf allen möglichen Sitzungen jede Menge Blödsinn. Die Leute in den Sälen und in sämtlichen Kneipen der Stadt haben bald heraus, dass der »Rotkäppchen eh Vau« immer gut für eine ordentliche Sause ist, und empfangen uns begeistert.

Agi will noch einen draufsetzen. Sie hat mit ein paar Freunden einen ihrer Lastwagen als Rotkäppchen-Bagagewagen umgebaut und den Zugweg ausgekundschaftet. Vor allem da, wo die Fernsehkameras und die Presseleute stehen, schlagen wir zu. Wie aus dem Nichts taucht am Rosenmontag unsere Rotkäppchen-Guerilla auf und fädelt sich frech in den Zug ein. »Bella ciao, bella ciao, bella ciao, ciao, ciao!« Es ist ein großartiger Spaß!

Ehe uns offizielle Zugbegleiter auf die Schliche kommen, sind wir schon wieder abgebogen. Einmal wäre uns fast die Verkehrskanzel am Rudolfplatz zum Verhängnis geworden. Von seinem gläsernen Vogelnest da hoch oben neben der

Ampel konnte der Schupo leider gut verfolgen, in welche Richtung wir abgehauen sind. Zum Glück ist Agi die beste Autofahrerin der Welt und hat die Weißen Mäuse abgehängt, die uns auf Polizeimopeds verfolgten. Die Kommentatoren im Radio und Fernsehen stottern verzweifelt herum, weil sie keinen blassen Schimmer haben, wer diese Rotkäppchen sind, die ständig im Zug auftauchen. Sie finden auch nichts über uns in ihren Unterlagen. Das lassen sie sich aber nicht anmerken und faseln irgendwelchen Quatsch zusammen, dass der »Rotkäppchen eh Vau« eine Traditionsgruppe sei und so weiter und so fort.

Wir lachen noch die ganze Nacht in Agis Küche bei einem Haufen Frikadellen und Kartoffelsalat. Und Käseigeln. Und Flönz. Und Fliegenpilzen aus hart gekochten Eiern und halben Tomaten mit Mayonnaisepunkten. Und Hawaiitoast. Und Fürst-Pückler-Eistorte. Und Erdbeerbowle aus Mamas eingemachten Erdbeeren. Es ist ein Fest.

Unseren Rotkäppchenlaster haben wir in der Garage versteckt, damit der Schutzmann im Viertel nicht doch noch auf uns aufmerksam wird.

Meine Auftritte an diesem Veilchendienstag sind vielleicht ein kleines bisschen leiser als sonst. Geschlafen hat von uns keiner. Die ganze Stadt munkelt, dass die *herr*lichen Schwestern hinter den Rotkäppchen stecken müssen. Bessere Reklame kann es nicht geben!

Leider noch immer kein Angebot vom Stadttheater. Die sogenannte hohe Kunst ist deutlich verschnupfter als das einfache Volk. Für Volksschauspielerinnen sind die sich zu fein. Da müsste ich mir vermutlich erst mal Manieren zulegen. Und Maniküre. Auf diese Manieriertheit habe ich aber gar keine Lust.

5

Aus dem Millowitsch-Theater wird in diesem Jahr die »Pension Schöller« im Fernsehen übertragen. Ich wusste es, geschäftstüchtig ist er, der Willy. Weil ich so ein schönes Lied im Karneval gesungen habe, darf ich im Kaiserhof ab sofort auch singen. Manchmal sogar mit Grete zusammen. Als Putzfrauen-Duo sind wir unschlagbar, sie hat genauso viel Spaß am Verkleiden wie ich, und sie kennt die kleinen Verhältnisse genauso gut und schämt sich kein bisschen dafür.

Der Südwestfunk lädt mich zu einer Unterhaltungssendung ein, »Vom Rhein zum Rheim« – es sind sechs ganze Drehtage in diesem Juni, ich bekomme zweihundertfünfzig Mark plus hundertfünfundsechzig Mark Spesen, und ein Zimmer haben sie mir im Bayrischen Hof reserviert. Es ist phantastisch! Ich denke, jetzt geht es richtig los mit meiner Karriere, und jetzt lernen mich auch die Leute außerhalb Kölns kennen. Ich zeige den Brief zu Hause jedem, und ich denke, sie sind schon ein bisschen stolz auf mich.

Im November herrscht bei den Eltern allerdings Weltuntergangsstimmung, denn die Russen sind diesmal in Budapest einmarschiert. Sie schießen auf Studenten und Bauern, auf Leute, die für freie Meinung und freie Presse auf die Straße gehen, und sie sagen, dass sie das zum Schutz der Ungarn tun. Die Ungarn wollen sich in Solidarität mit den polnischen Arbeitern in Posen für mehr Gerechtigkeit und bessere Versorgung einsetzen.

Alles, was ich über Kommunismus weiß, widerspricht dem, was die Russen tun. Aber die sind doch Kommunisten! Irgendwie müssen da die Falschen ans Ruder gekommen sein. Sie sagen, die Aufstände seien von den Nazis im Westen angezettelt und bezahlt, um ihre Leute gegen den Kommunismus aufzustacheln. Kann das sein? Papa kann es kaum glauben. Was kann eine kommunistische Regierung dagegen haben, wenn sich Arbeiterräte bilden, die sich für bessere Lebensbedingungen einsetzen? Wofür genau hat er sich denn einsperren lassen? Mir kommt es wie verkehrte Welt vor. Das erzählen die Leute doch von den Nazis, dass die immer alles umgedreht hätten. Aus Opfern Täter gemacht. Machen das jetzt auch die Kommunisten? Mühsam schüttele ich die fruchtlosen Gedanken ab.

Weil die Grete bald von der Bühne abtreten will, sie ist ja nicht mehr die Jüngste, werde ich neuerdings in der Presse als ihre Nachfolgerin gehandelt. Was fällt denen ein? Ich bin niemandes Nachfolgerin! Ich – mein hochverehrtes Publikum – bin ein Original!

Und dieses Original hält 1957 als Rotkäppchen seine Büttenrede. Oh nein, das hat nichts mit der Kommunistentochter und den ungarischen Aufständen zu tun, obwohl die rote Kappe gut gepasst hätte.

Lauter harmlose Witze mache ich, gegen die keiner was haben kann. Und lauter Anspielungen baue ich ein, die auf unsere Untergrund-Mission vom letzten Rosenmontag hinweisen. Dass ich mich auf dem Weg zur Großmutter völlig verlaufen habe, bis mir schließlich ein paar weiße Mäuse den richtigen Weg gezeigt haben. Und dass der böse Wolf mich nicht erwischen kann, weil er mit seiner vollgefressenen Plauze und seinem braunen Pelz viel zu langsam ist für clevere Rotkäppchen. Wir sind viele.

Das Festkomitee ärgert sich grün und blau, als es erkennt, dass wir sie geleimt haben und ich sie jetzt auch noch vor der ganzen Stadt am Nasenring durch die Manege führe, aber sie können mir rein gar nichts anhängen. Jeder erinnert sich an die Rotkäppchen im Rosenmontagszug und lacht sich schlapp. Den Elferräten bleibt nichts anderes, als gute Miene zum bösen Spiel zu machen. Gustl mahnt mich, den Bogen nicht zu überspannen. *Ich habe eine Schwäche fürs Übertreiben*, in jeder Disziplin, da hat er schon recht, aber das gebe ich nicht zu.

Papa und Mama trennen sich, nach seiner langen Zeit im Gefängnis ist er ein anderer geworden, sodass sie nicht mehr miteinander auskommen. Ich ziehe zu Mama in die Wohnung, damit sie nicht so allein ist. Außerdem hat Gustl jetzt einen festen Freund, die wollen zusammen in die Brinkgasse ziehen. Dort nimmt man es nicht so genau mit der Moral, wie Gustl sagt, und er kann zu Fuß zum Kaiserhof zur Arbeit gehen.

Die neue Oper am Offenbachplatz ist tatsächlich fertig, nach nur zwei Jahren Bauzeit. Das sogenannte »Große Haus« der Bühnen der Stadt Köln erstrahlt in modernem Glanz inmitten einer Trümmerwüste, die die Innenstadt ja immer noch an vielen Stellen ist. Aus den Steinen der alten Oper soll die Kirche St. Alban im Stadtgarten wieder aufgebaut werden. Ich schenke Mama eine Karte für die Premiere und ein Abonnement, ich kann es mir jetzt leisten. Sie geben als Einstand den »Oberon«.

Am 18. Mai 1957 wird sie mit 1.346 Gästen eröffnet, unsere Oper, nur der Kardinal Frings ist nicht dabei, der ist zu Besuch in Tokio. Wahrscheinlich hat er Angst, dass irgendwas Anzügliches zu sehen sein könnte. Seit der »Sünderin« mit der nackten Hildegard Knef im Kino kriegt er Schnappatmung, wenn die Rede auf Kunst kommt, und hat sich nach Japan verkrümelt, vermutet Agi.

Unser frisch gewählter Oberbürgermeister eröffnet die neue Oper. Seit November letzten Jahres ist es mit Theo

Burauen ein Sozialdemokrat, wie Papa begeistert feststellt, der sich sonst eher nicht für Oper interessiert. Für Kommunisten auch nicht mehr so, seit die Russen die Arbeiterpartei in Verruf bringen. Liebäugelt er am Ende jetzt mit der Sozialdemokratie?

Herr Burauen legt den Bühnen dieser Stadt bei der Eröffnung ans Herz, jetzt, wo die Stadt so viel Geld und so viel Mühe in ein neues Theater investiert hat, dort unbedingt bald wieder eine Schauspielschule zu eröffnen, um auch der Jugend das Rüstzeug für künstlerische Arbeit zu vermitteln. Eine Schule, wie die Bühnen vor dem Krieg schließlich auch eine hatten. Für meinen Geschmack hätte er hinzufügen können, dass man ganz allgemein jungen Kräften am neuen Theater eine Chance geben muss! Mir zum Beispiel.

Der »Oberon« wird von der Presse verrissen. Mama ist trotzdem begeistert, einfach darüber, wie schön die neue Oper geworden ist und dass es eine regelrechte Volksoper ist, hochmodern, hell und licht, ganz ohne Muff und Schnörkel. Der kann was, dieser Riphahn, sagt sie.

Wenn man ständig im Kaiserhof spielt, nie eine größere Pause hat und sich immer wieder neue Sachen ausdenken muss, rast die Zeit wie ein Schnellzug. Ich werde vom WDR angefragt, ob ich im Hörfunk eine kleine Rolle sprechen würde bei »Die Wienands han 'nen Has em Pott«.

Na klar will ich und erhalte sieben Mark Gage. Gustl versucht, ihnen für eine andere Sendung noch mein Karnevalssolo anzubieten, aber sie lehnen ab. Das sei eine Büttenrede, und die passe nun mal nicht in ein normales Unterhaltungsprogramm. Stattdessen bieten sie mir an, bei einem Liveauftritt in der Rheinhalle als Sketchpartnerin mitzumachen, und dafür gibt es dreihundert Mark, na klar mache ich das!

Gustl und ich tüfteln schon wieder an einer neuen Nummer für Karneval. Es muss noch sehr viel unverschämter werden. Mir ist alles viel zu zahm. Diesmal will ich als

Gangsterbraut vom Eigelstein die bürgerlichen Sektbars der Karnevalsgesellschaften unsicher machen. In der Halbwelt kenne ich mich aus. Die Jahre in der Barberina sollen nicht umsonst gewesen sein. Vom Eigelstein bis zur Friesenstraße gelten ganz andere Regeln als im sauertöpfischen Wohnzimmer der Honoratioren.

Die Leute rund um den Eigelstein haben rein gar nichts mit *der* Stadt zu tun, die sich gerade für die Bundesgartenschau herausputzt. Mit Wasserspielen, Adenauers Rosengarten und Sessellift. Und der neuesten Sensation: einem Tanzbrunnen, wo sich Paare gesittet über einem künstlichen See im Kreise drehen unter dem Sternwellenzelt eines berühmten Architekten, das mit Gewissheit einen Riesenhaufen Geld gekostet hat. Vornehm geht die Welt zugrunde.

Am Eigelstein wohnen die Asozialen, die Ganoven, und die werden diesmal mitmachen bei eurer Karnevalssitzung, mein hochwohlgeborenes Festkomitee, ob ihr sie nun einladet oder nicht! Sie werden nämlich auf der Bühne stehen, also eine davon. Gustl unterstützt mich wie immer, aber er bezweifelt stark, ob diese Provokation wirklich sein muss.

»Warum willst du als Kriminelle auf die Bühne und Kriminellsein als normalen Beruf darstellen? Denkst du, das ist richtig? Das werden die sich nicht gefallen lassen. Und warum willst du unbedingt die Hand beißen, die uns beide füttert?«

»Für mich ist längst nicht ausgemacht, wer hier kriminell ist. Ich will noch was anderes, als auf der Kaiserhof-Bühne mit dir ein paar Witze reißen und als Dickerchen Rocken Droll tanzen! Das ist mir auf Dauer zu seicht, Gustlchen! Wir müssen Partei ergreifen! Die Kommunisten haben seit einem Jahr einen Satelliten im Weltall, verstehst du? Die ganze Welt kann hören, wie er piept, der Sputnik, *obwohl* ihn Kommunisten dahin geschossen haben! Vielleicht gibt es doch eine gerechtere Welt als unsere …«

Gustl ist eingeschnappt, doch wie immer kann er mich nicht aufhalten, und der Skandal ist perfekt. Das Publikum bleibt während der ganzen Session 1958 zwischen betretenem Schweigen und tosendem Beifall hin- und hergerissen. Der Wind bläst mir mitunter ordentlich ins Gesicht, auf der anderen Seite kennt mich jetzt wirklich jeder. Ich bin die Gangsterbraut vom Eigelstein.

Die Literaten und Herr Liessem warnen mich eindringlich, ich hätte meine Vaterstadt in den Schmutz gezogen, so etwas ließen sie mir nicht noch einmal durchgehen! So was müsst ihr mir auch gar nicht noch mal durchgehen lassen. Ich werde das Rädchen im nächsten Jahr noch ein ordentliches Stück weiterdrehen. Worauf ihr euch verlassen könnt! Als Karnevalspräsidenten-Gattin werde ich dem Hinterletzten klarmachen, *wo* die Gangster in dieser Stadt wirklich wohnen. *Wer* den Karneval ausschließlich dafür benutzt, sich selbst zu bereichern, Konkurrenten aus dem Weg zu schaffen und die eigenen Schäflein ins Trockene zu bringen.

Das denke ich nur. Natürlich. Laut sage ich es nicht. Ich habe mit diesen Leuten oft genug im Kaiserhof bei kalter Ente sitzen müssen, wo sie donnernd über die Witze des frechen Fräuleins lachen und Aufträge oder Posten über den Tisch schieben. Da geht es um ganz andere Beträge als bei der kleinen Gangsterbraut vom Eigelstein, aber laut darf man das nicht sagen. Außer im Karneval, oder?

Statt derart große Reden zu schwingen, spiele ich im Kaiserhof meine erste hochdeutsche Nummer. Und sei es nur, um der Hochkultur zu beweisen, dass ich das auch kann. Die tun nämlich immer noch so, als gäbe es mich nicht! Ich muss keinesfalls eine aus der Gosse spielen, um witzig zu sein. Ich mag die kölsche Sprache, weil sie so direkt ist. Und so blumenreich. Und weil es die Sprache der kleinen Leute ist, wie ich eine bin.

Gut, ich bin natürlich inzwischen berühmt. In Köln jedenfalls. Klein bin ich aber immer noch. Ich spiele im Kaiserhof diesmal eine, die in höhere Gefilde geboren wurde. Eine distinguierte Fernsehansagerin, die allerdings in liebevollster Gnadenlosigkeit in ihre sämtlichen Einzelteile zerlegt wird.

»Dekonstruktion nennt man das«, sagt der Gustl gewichtig, und es macht mir einen Heidenspaß, wie die seriöse Dame in ihrem schwarz-weiß gestreiften Kleid mit immer schlimmeren Bild- und Tonstörungen konfrontiert wird, die einzig und allein durch ausdrucksvolle Mimik und stimmlichen Einsatz der selbstredend überaus begabten Darstellerin gestaltet werden. Dennoch versucht die Ansagerin, Haltung zu bewahren. Zweiundzwanzig Minuten lang!

»Guten Abend, meine Damen und Herren, hier spricht der gehässige Rundfunk!«

Wenn wir nicht mehr über uns selber lachen können, brauchen wir morgens gar nicht aufzustehen. *Ich liebe die Geschichte vom Herrgottschnitzer, der dem armen Jesus am Kreuz immer mehr Leid ins Gesicht schnitzen will, weil es ihm immer noch nicht schlimm genug ist. Er schnitzt und schnitzt immer tiefer, immer doller, ist immer noch nicht zufrieden und sagt am Ende seiner Bemühungen: Jetzt grinst er.*

Das ist Komik.

Der Südwestfunk engagiert mich erneut, die Sendung heißt »Reisebüro Fröhlich & Sohn«, und ich bekomme für nur einen halben Drehtag hundertfünfzig Mark plus fünfundneunzig Mark Spesen. Mein Kurs ist schon deutlich gestiegen.

Vielleicht liegt es nur daran, dass ich gesellschaftliche Stelldicheins meide, dass die Hochkultur noch immer nicht auf mich aufmerksam geworden ist. Ich fühle mich unwohl auf solchen Veranstaltungen. *Ich bin schüchtern, auch wenn mir das keiner glaubt.* Ich habe Angst, mich nicht gut genug auszukennen. Irgendwas falsch zu machen. Mit dem falschen Löffel zu essen oder die unpassenden Worte zu wählen. *Außerdem habe ich meistens nach kurzer Zeit die halbe Speisekarte auf der Bluse.* Keine Ahnung, wieso, denn ich habe gar nicht so viele Gerichte probiert, wie sie hinterher an mir zu kleben scheinen, aber in Gesellschaft ist das entsetzlich peinlich.

Am liebsten gehe ich nachts einfach nach Hause und koche mir ein ganzes Menü für mich allein. Vorsuppe, Hauptgang, Nachtisch. Genügend Zigaretten. Zweiter Nachtisch. Niemand kann sich vorstellen, wie lange es dauert, bis du das Adrenalin nach der Vorstellung wieder auf einem Niveau hast, bei dem du einschlafen kannst. Du bist hundemüde, aber hellwach. Diese ganze Farbe im Gesicht. Die falschen Wimpern. Perücken. Die Füße tun weh in diesen gottverdammten Schuhen, in denen wir Frauen zu gehen haben. Du willst das Gefühl haben, nach getaner Arbeit den Feierabend zu genießen. Und hungrig bist du. Sehr hungrig. Und fast immer allein. *Ich habe schon als Kind nur schlecht einschlafen können.*

6

Für heute Abend allerdings hat sich der Inhaber des Kaiserhofs angekündigt, der große Herr Blatzheim, mit Frau und Stieftöchterchen, die Lichtgestalten im deutschen Filmgeschäft – da kann ich nicht kneifen, zumal Hermann Ahrens mich darum gebeten hat.

Magda Schneider, Blatzheims zweite Frau, ist eine ziemlich bekannte Schauspielerin. Die kleine Romy, eine atemberaubende Schönheit, spielt für gewöhnlich die Tochter ihrer Mutter, wie originell! Eigentlich ist sie aus dem Internat von Österreich nach Köln gezogen, um hier die Werkschule zu besuchen, aber Mutter und Tochter sind auf Zelluloid unbezahlbar, und Daddy Blatzheim hat nach unserer Revue zum Umtrunk geladen. Er managt seine Frauen natürlich, im Besonderen ihre Gagen. Frauen können ja nicht mit Geld umgehen, da machen Typen wie er sich gerne nützlich.

An solchen Abenden kommt es auf den ganz großen Auftritt an, denke ich. Auf eine mächtig rausgeputzte Entourage, mit der du durch das Lokal rauschst.

Was ich an Bekannten auftreiben kann, inklusive Agi und Chargesheimer, bildet meinen bis ins Kleinste inszenierten Kometenschweif. Eigentlich hätte ich gern noch zwei Blumenmädchen vorneweg und jeweils eine Raubkatze rechts und links an der Leine, aber Gigi ist dafür inzwischen zu groß.

Den Blatzheims gehört alles, was es an nennenswerter Gastronomie gibt, vom inzwischen wiedereröffneten Gürzenich über die Bastei, den Kaiserhof und das Hotel Bellevue bis zu den funkelnagelneuen Capitol-Kinos – und jetzt steigt der persönlich ins Filmgeschäft ein? Der muss mich unbedingt kennenlernen! Auch wenn ich meine Gage selbst verwalten werde, Liebling, denn ich habe keinen Ehemann, den ich fragen müsste, ob ich ein eigenes Konto eröffnen darf.

Es ist schwer, an ihn heranzukommen, an den Mann mit der hohen Stirn und einem Körperumfang, der meinem Konkurrenz macht. Ständig umringt von Speichelleckern, der Damenwelt, Handlangern fürs Grobe und mit dem Sinn fürs Lukrative. Die Kölner Unterweltgröße »Dummse Tünn« soll jetzt sein Personenschützer sein und auf die kleine Romy aufpassen. Da hat er den Bock zum Gärtner gemacht.

Wir kommen extra eine halbe Stunde später als alle anderen, damit niemand unsere Ankunft verpasst. Wie ein Sturmtief rausche ich mit meinen Begleitern in den Saal. Ein alles überragendes Blütenarrangement auf dem Hut, eines meiner Lieblingskleider mit riesigem schwarz-weißen Zickzackmuster von oben nach unten, fliegende Federboa und ein Cape, das gleich drei oder vier Sektgläser vom Tisch fegt.

»Ja – die Trude, das bin ich. Es freut mich ungemein, Sie endlich kennenzulernen, verehrter Blatzheim!« Ich reiche ihm gönnerhaft meine behandschuhte Hand zum Kuss.

Er wendet sich interessiert an Chargesheimer zu meiner Rechten. Ich bin gar nicht sicher, ob er mich gehört hat. Banause. Chargesheimer hat in diesem Sommer zwei Bildbände herausgebracht, die für mittlere Skandale sorgen, zugegeben. Einen übers Ruhrgebiet, der zeigt, wer den Preis bezahlt für die boomende deutsche Industrie, und einen über die Straße »Unter Krahnenbäumen«, die in Köln der Nord-Süd-Fahrt geopfert wird. Eine Schneise, die sich noch die Nazis ausgedacht haben, soll quer durch die Stadt geschlagen werden, und das verkaufen sie uns zwanzig Jahre später als Fortschritt. Keiner denkt sich was dabei. Die große Grete Fluss hat in »Unter Krahnenbäumen« als neuntes Kind eines Polsterers das Licht der Welt erblickt, aber das interessiert von den Traditionalisten niemanden. Blatzheim sagt, es könne halt nie alles bleiben, wie es war. Dann säßen wir nämlich noch auf Bäumen. Er vermutlich auf einer Edeltanne.

»Ich sage auch immer, es muss ja weitergehen, nicht wahr?«, klinke ich mich lautstark und ungefragt ins Gespräch ein. »Wem hilft der Blick zurück? Wer rückwärts guckt und vorwärts läuft, fliegt nur in die nächste braune Pfütze, ist es nicht so?«

Blatzheim prostet irgendwem hinter mir zu.

»Ja, Heinrich Böll hat zu beiden Bildbänden Vorworte geschrieben«, bestätigt ihm Chargesheimer mit provokantem Unterton. »Aber sind wir doch mal ehrlich: Die einfachen Leute wollen es so. Wohlstand dient nun mal denen, die ihn verdienen! Es ist der Lauf der Dinge. Ich sage nicht, dass das ungerecht ist. Ich mache nur Fotos.«

»Die Schnittchen sind ja ein Traum!«, bringe ich mich diplomatisch und unüberhörbar in Erinnerung. Ich glaube, das Gespräch läuft gerade nicht ganz nach Blatzheims Geschmack, das könnte meine Chance sein. Chargesheimer, du hast ja recht, aber halte gerade mal die Klappe, wenn Erwachsene etwas zu besprechen haben.

»Ganz ausgezeichnet – besonders der Lachs«, deklamiere ich durchdringend. »War ja in Köln schon immer der Arme-Leute-Fisch! Billiger als Brot, ja, denken Sie nur – das weiß heute bloß keiner mehr!«

Blatzheim dreht sich wortlos um, um einer klapperdürren Schönheit einen anzüglichen Witz zu erzählen. Was ist denn nun schon wieder falsch gelaufen? Dieser ganze rheinische Frohsinn, die organisierte Ausgelassenheit dieser Stadt hört immer haargenau da auf, wo die Pfründe der besitzenden

Kaste anfangen. Wenn es um Geld geht, verstehen sie keinen Spaß und wollen auch von Kunst nichts mehr wissen. Aber das habe *ich* doch gar nicht gesagt, Daddy Blatzheim! Das war ich nicht! Eine brillant geschmückte Dame interessiert sich für mein opulentes Gewand.

»Ja, Gnädigste, alles selbst entworfen. Doch. Als Schauspielerin bin ich sehr anspruchsvoll in Sachen Kleidung.« Ich mustere sie von oben bis unten mit der unverhohlensten Herablassung, die menschenmöglich ist. Was gar nicht mal einfach ist, denn sie misst mindestens einen halben Klafter mehr als ich.

»Ich kann ja in meiner Position nicht von der Stange kaufen, das verstehen Sie. Ich lasse genau nach meinen Entwürfen nähen. Ja. Heimarbeit quasi, die Leute auf Chargesheimers Bildern verdienen sich gern etwas dazu.«

Gustl wirft mir warnende Blicke zu, denn inzwischen breitet sich um mich herum ein unangenehmes Schweigen aus wie Eisblumen im ungeheizten Treppenhaus. Bedauerlicherweise fordert mich dieses Gefühl nur noch mehr heraus.

»Großformatige Muster, finden Sie? Sicher, ich sage immer: *Ein großes Pferd streckt ungemein!* Ja, nicht wahr? Und was glauben Sie, wie viele helfende Hände notwendig sind, bis ich in diese Robe reingeschossen bin!«

Blatzheim ist inzwischen in der Menge verschwunden. Es haben wieder dieselben das Sagen wie vorher. Der Mensch wird niemals klüger. Vielleicht ist er doch im Grunde schlecht und nicht zu retten.

Die Dame mit dem Interesse für Muster sagt gerade irgendwas von Irrenhaus.

»Sicher, meine Liebe, *sicher kann man ein Theaterstück auch in einem Irrenhaus spielen*«, ich schaue mich vielsagend um, »*aber der Arzt muss normal sein!* Verstehen Sie? Das ist das Geheimnis.«

Die Gnädigste nickt verständnislos, wer weiß, was sie überhaupt gesagt hat.

So einen wie Böll würde ich gern mal kennenlernen. Bloß wo? Chargesheimer sagt immer, der raucht genauso viel wie ich. Wer weiß, was wir noch für Gemeinsamkeiten hätten. In den Kaiserhof kommt der allerdings nicht und zu einer Karnevalssitzung schon gar nicht. Vielleicht käme er, wenn ich die Medea spielen dürfte. Oder ich muss Schriftstellerin werden, und dann treffe ich ihn in diesen verqualmten Schriftstellerzirkeln mit schwarzen Hornbrillen und schwarzen Existenzialistenpullovern. Schwarz macht immer eine sehr gute Figur.

Endlich kommt Blatzheim mit zwei Gläschen Wein direkt auf mich zu. Ist ja ein Ding!

»Wie meinen, Herr Blatzheim? Ja, ich finde diese Spätlese auch ganz phantastisch. Ich sage gern: besser spät belesen als nie, nicht wahr? ›Das Glück kommt immer zu denen, die es erwarten. Sie müssen die Türen nur offen halten.‹ Thomas Mann, ja, der ist mein Lieblingsschriftsteller! Oh ja, ich stimme Ihnen zu. Neben einer *Büstenhebe* ist die Spätlese vermutlich die wichtigste Erfindung unserer Zeit – gerade für Damen *mit meinem Chassis* ... wenn Sie verstehen, was ich meine!«

Ich bin nicht sicher, ob ich diesen Abend als Erfolg verbuchen kann und im nächsten Film Magda Schneiders Tochter spielen darf. Vielleicht warte ich einfach ein bisschen und spiele dann ihre Oma.

Ein wenig enttäuscht trete ich den Rückzug an und treffe quasi im Rausgehen Otto Hofner, den großen Produzenten von Theaterstücken, Revuen und vielem anderen mehr. Er ist nett und lädt mich zu einem weiteren Glas Wein ein – jetzt habe ich einen amtlichen Schwips.

»Hör mal, Otto«, frage ich fast kleinlaut, »*kannst du nicht was für mich tun, Liebelein?«* Ich hake mich bei ihm unter. »Irgendwas? Ich fürchte, sonst muss ich mich langsam nach einer anderen Stadt umsehen …«

Er erzählt mir etwas von einer Revue, auf die er mich mitnehmen könnte, und von einer völlig verrückten Idee.

Otto Hofners Revue führt mich in viele kleine Veranstaltungssäle rund um Köln. Mit Bussen kommt unser Publikum per Tagesausflug inklusive Mittagessen, Kaffee und Kuchen zur Veranstaltung nach Altenberg, Maria Laach oder Rüdesheim, und wir spielen für sie ein kleines Unterhaltungsprogramm. Auch heute sind die Ausflügler bester Stimmung, doch einigermaßen verblüfft, als ich auf die Bühne komme. Ein großer Teil dreht sich überrascht um. Was ist denn hier los? Ich kann die Ursache für die Unruhe nicht erkennen und spiele leicht verunsichert meine Nummer.

Im Anschluss an die Veranstaltung bittet mich ein junges Mädchen um ein Autogramm. Es heißt ja, jeder Mensch habe einen Doppelgänger, aber nur die wenigsten begegnen ihm auch. Die Ähnlichkeit mit mir ist frappierend, sie ist nur viel jünger. Karin heißt sie und erzählt, viele der Zuschauer hätten beim Hereinkommen gedacht, dass sie die Trude Herr sei. Als Trude Herr dann von vorn auf der Bühne erschien, hat sich der halbe Saal erstaunt nach ihr umgedreht. Sie ist auch Kölnerin. Ich schreibe ihr auf die Autogrammkarte: *»Für meine Doppelgängerin am 20.8.58«*, und würde zu gern wissen, ob wir uns in dreißig Jahren immer noch so ähnlich sehen.

Als ich dem Festkomitee in diesem Herbst nur ankündige, dass ich in der nächsten Session die Karnevalspräsidenten-Gattin spielen will, erteilen sie mir Auftrittsverbot, und sie können es. Sie sind tatsächlich in der Lage zu verhindern, dass ich mit dieser Nummer auf Karnevalssitzungen auftreten kann. Ich dachte, das sei jetzt hier ein freies Land? Am liebsten würde ich alles hinschmeißen.

Der Bayerische Rundfunk engagiert mich für eine kleine Sprecherrolle, sieben Mark Gage. So richtig klappt es noch nicht mit meiner Karriere. Wenige Wochen später sitzt Willi Schaeffers in der Kaiserhof-Revue und ist von meiner Fernsehansagerin hoch begeistert. Er will mich vom Fleck weg nach Berlin ins Tingel-Tangel engagieren. Ich könnte dem miefigen Köln den Rücken kehren.

»Du bist verrückt, mein Kind, du musst nach Berlin. Wo die Verrückten sind, da jehörste hin!«, singe ich Gustl begeistert um die Ohren.

»Das Tingel-Tangel«, erklärt Gustl, »ist die erste Adresse Deutschlands in Sachen Kabarett und Revue. Friedrich Hollaender hat es dereinst gegründet, bevor ihn die Nazis vertrieben, und seine erste Frau Blandine Ebinger sang dort ihre ›Lieder eines armen Mädchens‹. Marlene Dietrich, Bertolt Brecht, Theo Lingen waren ständige Gäste, bis Hitlers Schergen Mitte der Dreißiger den Laden geschlossen haben. Jetzt hat er wieder auf, und der Schaeffers ist immer auf Talentsuche. Der hat vorher das Kabarett der Komiker gemacht.«

Gustl ist und bleibt der Profi von uns beiden, der weiß einfach alles.

Damit käme ich der ernst zu nehmenden Kunst einen Riesenschritt näher. Ich will überhaupt nicht mehr auf blöden Karnevalssitzungen auftreten und mit den Blatzheims dieser Welt miserablen Wein trinken! Ich gehe nach Berlin.

Im Kölner Karneval würde ich trotzdem gern auftreten. Da liegt das Geld auf der Straße, und man wäre ja blöd, es nicht aufzuheben, aber die lassen mich vorerst nicht.

Otto Hofner hat mir etwas erzählt von einer Art Volkssitzung, die er veranstalten wolle. »Lachende Sporthalle« soll die heißen, mit dem Festkomitee nicht das Geringste zu tun haben, und er will sie wirklich in der riesigen nagelneuen Sporthalle auf dem Messegelände veranstalten, mit achttausend Zuschauern! Die sich ihr Essen und Trinken selbst mitbringen, anstatt dass sich die Großgastronomen eine goldene Nase verdienen. Wenn er das hinkriegt, bin ich dabei. Es fahren Züge von Berlin nach Köln. Und bis dahin entsage ich mit ganz großer Geste dem schnöden Kölner Frohsinn.

Ihr habt es so gewollt! Ich gehe im September anno 1958 hinaus in die weite Welt und atme fortan die berühmte Berliner Luft.

Willi Schaeffers will wissen, wo ich studiert habe und was meine ersten Engagements waren. Eine Vita brauche er. Studium? Engagements? Schätze, mit der Aachener Wanderbühne »Hinterm Vorhang« kann ich dem nicht kommen. Mit dem Krippenspiel aus der ersten Klasse der Volksschule Mülheim vermutlich auch nicht, und die Sache mit dem Konkurs meiner Lustspielbühne erwähne ich besser nirgends. Jetzt haben sie mich. Hier endet die Reise. Die werden mich überhaupt nicht ernst nehmen in Berlin, wenn sie rauskriegen, dass ich rein gar nichts gelernt habe.

Nach der Volksschule war mit vierzehn Jahren Schluss. Wenn du nicht von der Pike auf studiert hast und über Brief und Siegel verfügst, die deine Fähigkeiten belegen, bist du niemand in diesem Land. Das Problem ist, für Leute wie mich sind Brief und Siegel immer unbezahlbar gewesen, wir müssen Geld verdienen.

Düsseldorf ist vielleicht eine Möglichkeit. Ich habe an der Schauspielschule in Düsseldorf studiert, Schauspiel und Theaterwissenschaften, und mein erstes Engagement war am Siegener Stadttheater. Das sage ich einfach. Willi Schaeffers ist doch in Berlin, was weiß der schon über Düsseldorf.

Peter Esser hat meine Prüfung abgenommen, der ist ein Urgestein am Düsseldorfer Schauspielhaus, sagt Chargesheimer immer, und sein ehemaliger Schüler Gustaf Gründgens hat ihm geholfen. Den kennt auch jeder. Mit Glanz und Gloria habe ich bestanden! Von mir wurde auch nichts anderes erwartet. Soll mal einer nachweisen, dass das nicht stimmt. Dann sind in den Nachkriegswirren halt meine Unterlagen verloren gegangen. Ist so vielen passiert. Nach Siegen Millowitsch und jetzt Kaiserhof. So geht es. Meinen Ausflug in die Barberina für die Zeit, als die Millowitschs schließen mussten, gibt es obendrauf. Als Kamelle, wie wir in Köln sagen.

Er schluckt sie, und ich darf nach Berlin. Gustl kann ich nicht mitnehmen, das versteht er sicher und freut sich für mich. Kurz bevor ich aufbreche in meine neue Heimat, schockiert nicht nur mich die »Wochenschau« mit einer furchtbaren Katastrophe:

Die Drachenfelsbahn ist offenbar ungebremst in die Tiefe gerast. Achtzehn Menschen sind am Sonntagabend, nach einem schönen Ausflugstag im Siebengebirge, in den Tod gerissen worden. Sie ist für nahezu jeden Kölner ein Stück Kindheit, diese Drachenfelsbahn. Das obligate Familienfoto unten, bevor der Aufstieg beginnt. Der Ritt auf dem Esel nach oben zur Aussichtsplattform, wo sich ein traumhaft schöner Blick über das Rheintal bietet.

Auch von uns gibt es ein solches Foto, ich sitze mit meinem Cousin auf dem hübschen Eselchen mit Festtagszaumzeug, alle anderen stehen drum herum. Anfang der dreißiger Jahre muss das sein, Papa ist nicht mit drauf, ob er da schon verhaftet ist oder nur nicht mit drauf, weiß ich nicht mehr. Wahrscheinlich nur nicht mit drauf. Obwohl wir arm waren, haben wir manchmal Ausflüge gemacht, solange Papa da war. Wir haben uns ein Zelt aus Decken gebaut und nach einer Wanderung im Dünnwald gezeltet. Es gibt Fotos von Sonntagsspaziergängen am Rhein und dieses Familienbild vom Drachenfels in Königswinter.

»Einmal im Jahr woll'n wir den Drachenfels seh'n«, heißt es in einem berühmten Kölner Gassenhauer von Karl Berbuer. Auch wenn es bei uns dafür sicher nicht jedes Jahr gereicht hat, fühle ich mich mit diesem Ort magisch verbunden. Ich stelle mir vor, wir wären in den Unglückszug gestiegen, als ich in unsere eher ernsten Sonntagsgesichter auf dem Foto schaue. Um im nächsten Moment daran zu denken, dass damals ein viel größeres Unglück auf uns zuraste: die Nazis und ihr Krieg. Wir waren so völlig ahnungslos!

Niemand weiß, was ihm bevorsteht, und das ist gut so. Trotzdem wirkt die Nachricht vom Drachenfelsunglück am Vorabend meiner Abreise auf mich wie eine Vertreibung aus dem Paradies. Und ich weiß, dass das pathetisch und sentimental ist. Dennoch denke ich: Hoffentlich ist es kein böses Omen!

7

Das Tingel-Tangel, von dem Väterchen Gustl mir erzählt hat, das im Keller des Theaters des Westens in der Kantstraße war, ist leider mitnichten der Ort, wohin Willi Schaeffers mich engagiert. Er hat *sein* Tingel-Tangel mit vierundsiebzig Jahren gerade nagelneu am Kurfürstendamm eröffnet und hofft, mit dem renommierten Namen eine gewisse Bekanntheit zu erzielen. Er will an alte Erfolge anknüpfen. Vielleicht denkt er auch, was mit der Wiedergeburt vom Kaiserhof in Köln geklappt hat, klappt auch mit dem Tingel-Tangel in Berlin. In jungen Jahren ist er als Conférencier all den Großen von damals begegnet. Sein Kabarett der Komiker durfte er bis 1944 betreiben, was nicht für politische Haltung, aber für Geschäftssinn spricht. Von Heinz Erhardt über Brigitte Mira bis Peter Frankenfeld, alles, was Rang und Namen hat, hat bei ihm gespielt. Direkt nach dem Krieg durfte er weitermachen. Wir erinnern uns: Die Leute mussten auf andere Gedanken gebracht werden. Warum er das Kabarett der Komiker 1950 schon wieder schloss, sagt er mir nicht. Jetzt zwingen ihn vielleicht finanzielle Nöte, etwas Neues zu versuchen. Oder er will es noch mal wissen. Jedenfalls ist das hier alles andere als ein eingeführtes Theater und hat rein gar nichts mit dem berühmten Tingel-Tangel zu tun.

Als ich es bemerke, haben wir schon unterschrieben, und ich bin in Berlin. Ich kann schlecht nach Hause fahren und allen den Kopf volljammern, dass es mit der großen Karriere wieder nicht geklappt hat. Die zu Hause werden sich nur bestätigt fühlen: »Haben wir dir immer schon gesagt. Nur weil du einmal einen guten Witz machst, bist du noch lange keine richtige Künstlerin. Die Welt hat auf eine wie dich gerade gewartet!« Die ganze Litanei. Vielleicht haben sie sogar recht.

Im Tingel-Tangel bleiben die Zuschauer gar nicht so selten weg, und das Zahlen unserer Gagen ist mitunter schwierig. Woran erinnert mich das bloß? Warum ahne ich, wo das hinführen wird? Ich werde gar nichts sagen zu Hause.

Immerhin ist meine »Fernsehansagerin« bei Schaeffers eine DPA-Meldung wert, und eine Notiz über mich erscheint in mehreren hundert Zeitungen.

Die Kontakte Schaeffers' in die Filmbranche sind ebenfalls legendär, hat er doch selbst bei über vierzig Filmen mitgespielt! Das kann der alte Herr gar nicht oft genug erzählen. Es waren nur kleine Nebenrollen, aber immerhin. Leute vom Film sitzen tatsächlich häufig im Theater. Er quatscht gern mit ihnen über alte Zeiten, und ich schnüre um sie herum wie eine herrenlose Katze.

Eines Abends spricht mich überraschend ein Fernsehproduzent nach der Revue an und engagiert mich gleich für vier Filme auf einmal. Ich kann es kaum fassen! Filmschauspielerin! Das ist ein Sechser im Lotto! Ich werde vom Film entdeckt, wie man so sagt. Fette Komikerinnen gibt es eben nicht wie Sand am Meer, und dass ich schon über dreißig bin, macht ihm zum Glück gar nichts aus! Leider ist der Mensch ein Schwätzer, und kein einziger Film kommt zustande.

Ich bin noch am Boden zerstört, als mir Hermann Ahrens aus Köln schreibt, dass RIAS, der Sender Freies Berlin, meine Vorstellung im Tingel-Tangel besuchen will. Sie sagen, sie kennen mich von früher und wollen mich in einer Livesendung ihrem Publikum vorstellen. Vielleicht geht ja da was, aber nichts passiert.

Monate später besucht mich ein gewisser Helmut Weiss

nach der Vorstellung in der Garderobe. Er drehe einen Film mit Dietmar Schönherr, Paul Hubschmid und Elisabeth Müller. Nee, ist klar. Oder wie wir in Köln sagen:»Schäl – sühst do mich?«
»Dietmar Schönherr ist der, der im ›Rosenmontag‹ die Hauptrolle gespielt hat. Den Film kennst du doch als Kölnerin bestimmt.«

Ich nicke, obwohl ich keine Ahnung habe, wer Dietmar Schönherr ist.
»Und beim NWDR bist du dem bestimmt auch schon mal begegnet.«

Na klar, ich kenne die ganze NWDR-Blase, die jetzt übrigens nur noch WDR heißt, vorwärts und rückwärts, berühmt, wie ich bin. Er könne mich brauchen, sagt er, quasi ab sofort. Ich würde die Fanny Knöbel spielen, die Pensionswirtin, müsse aber hochdeutsch sprechen.

Ich bin misstrauisch. Erst will ich einen Vertrag. Wir haben schon Pferde kotzen sehen. Mitten vor der Apotheke. Ich will die Filmstudios sehen. Vorher glaube ich gar nichts mehr.

Gleich am nächsten Tag fahren wir in die Ufa-Ateliers raus nach Tempelhof, denn da soll gedreht werden. Die Kurt-Ulrich-Filmproduktion hat sich hier eingemietet. Sieht alles echt aus. Wenn man sich von Süden her dem Tempelhofer Feld nähert, sieht man gleich zwei riesige mehrstöckige Bauten, die früher wie gigantische Vogelkäfige gewirkt haben, als man noch mit Tageslicht drehen musste und sie deshalb komplett verglast waren. Inzwischen sind sie abgedunkelt oder gar komplett aus Stein, wirken aber nicht weniger imposant.

Sie beherbergen Fundus und Werkstätten, Büros und Ankleideräume sowie das große Kopierwerk. Der Fahrer berichtet das alles nicht ohne Stolz. Es gibt eine Eisfläche, vier unterschiedlich große Ateliers, eine sogenannte »Stumme

Halle«, ein Ausweichatelier im Seeschloss Pichelsberg, ein Freigelände mit Horizonthügel, was immer das sein mag, eigene Musik- und Synchronateliers und eine neue Riesenhalle von über tausend Quadratmetern, die extra in Zweischalenbauweise errichtet wurde wegen der lauten Umgebung. Ich bin schon ein kleines bisschen beeindruckt. Aber noch glaube ich gar nichts.

»Alle Tage ist kein Sonntag« soll der Schinken bezeichnenderweise heißen, genauso fühle ich mich. In meinem Leben kommen keine Sonntage vor. Wenn es drauf ankommt, ist bei mir immer Montag. Ich kriege Hunger. Ob es hier eine Kantine gibt?

Die Produktionsfirma unterschreibt am selben Tag meinen Vertrag und drückt mir einen dicken Umschlag mit Geld als Vorschuss in die Hand. Das sind überzeugende Argumente. Ich gucke mir immer wieder das Bündel Scheine an. Echt werden sie doch sein? Schnell ist die Quittung unterschrieben. Eine Kantine habe ich noch nicht gefunden, aber es muss eine geben.

Ich werde für meine erste Autogrammkarte zu einem Fotoshooting geschickt und soll einen schwarzen Spitzenfummel anziehen. Ein weißes Hütchen, das aussieht wie ein Eisbeutel mit Maiglöckchen obendrauf, stülpen sie mir auf den Kopf. Vielleicht mache ich in Wirklichkeit Werbung für Kopfschmerztabletten, aber die Bezahlung stimmt schon mal. Als Pensionswirtin soll ich ein schwarz-weiß gestreiftes Kleid tragen.

»Längsstreifen strecken!«, nuschelt die junge Kostümbildnerin resolut, als sie mit Maßband und Stecknadeln zwischen den Lippen um mich herumklettert. Wem erzählt sie das? Auf den Trichter bin ich direkt nach den Zebras selbst gekommen und kann meine schwarz-weiß gestreiften Kleider gar nicht mehr zählen. Wunder vollbringen die allerdings nicht, Kindchen – aber das sage ich nicht.

Ein bisschen eingeschüchtert von diesem professionellen und überaus geschäftig wirkenden Auftrieb lasse ich alles mit mir machen. Ich achte nur darauf, den Mund immer wieder mal zu schließen, wenn er vor Staunen offen stehen bleibt. Muss nicht gleich jeder merken, dass ich so was noch nie gesehen habe. Besser, ich tue so, als sei ich den Rummel gewohnt.

Ich muss wieder an den Mann in der Todeskugel denken. Der hat auch irgendwann mal angefangen damit. Ist eines Tages das allererste Mal losgeflogen. Also nicht verzagen, es wird wunderbar werden!

Am ersten Drehtag im Studio entdecke ich auf dem Besetzungszettel einen alten Bekannten. »Willy Millowitsch«, steht da. Auf Platz dreizehn. Wenn das mal kein Unglück bringt …

Meinen eigenen Namen finde ich an Position sechs. Sieben Plätze weiter oben. Ich wollte es nur erwähnt haben, Willy-Schatz.

Und die echten Don Kosaken sind dabei! Und die richtige Blandine Ebinger! Ob ich sie wohl zu sehen bekomme? Was für eine Welt, in der ich jetzt zu Hause bin! Ich bin ein Filmstar. Die in Köln haben ja gar keine Ahnung!

Als wir zu einem Außendreh nach Freiburg fahren, mache ich zu Hause Station, um meiner Familie, Gustl und den Freunden von meinem neuen aufregenden Leben zu berichten. Ich bin jetzt eine richtige Filmschauspielerin mit Autogrammkarte. Ein Chauffeur holt mich ab. Ich verbringe Stunden in der Maske und beim Friseur. Ich kann mir kaufen, was ich will.

Zum Glück habe ich inzwischen eine eigene Wohnung. Eine repräsentative eigene Kölner Wohnung. In der Brinkgasse Nummer sechsundzwanzig. Gustl hat sie mir besorgt, er wohnt ja ein paar Häuser weiter in der Nummer sechzehn und regelt von da aus meine Geschäfte gemeinsam mit Hermann Ahrens, dessen Agentur Ahrens & Westkamp in der Nähe ist, am Ring, direkt neben dem Kaiserhof-Theater. Oh ja, Brinkgasse. Und sei es nur, um den Spießern der Stadt noch ein bisschen mehr zu tratschen zu geben.

Ich ziehe zwar in die Große Brinkgasse und nicht in die Kleine, wo die Dirnen der Stadt wie in den Auslagen einer Fleischerei ihre Ware in den Fenstern darbieten. Dennoch lungern überall im Viertel die »Beschützer« der Mädchen herum, die Taschen voller Geld und mit sehr eigenen Gesetzen. Wer hier als »'ne Jode« bezeichnet wird, schlägt seinem »Pferdchen« aus dem Handgelenk ein blaues Auge, wenn es nur magere vier Hunderter nach Hause bringt, so jod ist er.

Als Ganovenehre gilt hier, keine Kinder zu entführen und die Mädchen der Mitbewerber *nur nach Rücksprache* auch mal eine Runde umsonst schieben zu lassen, wenn sie hübsch sind. Man weiß halt, was sich gehört.

Jeder maggelt, vertickt und steht seinen Mann, zur Not auch mal als Zinker, um es sich mit der Schmier nicht komplett zu verderben. Die Polizei lässt sich gern entlohnen, wenn sie nicht so genau hinschauen soll, und jeder findet das normal. Was Recht und was Unrecht ist, definieren Leute wie Schäfers Nas, Dummse Tünn oder Düres hier im Chicago am Rhein, und die Stadtgesellschaft ist damit einverstanden.

Sie machen es ja nicht anders, die ehrenwerten Herren, nur weniger offen. Außerdem profitieren rund um die Rotlichtbezirke alle Juweliere, Bekleidungsgeschäfte, Restaurants oder Bars von Einwohnern, denen die Mark so locker sitzt wie die Fäuste. Hier hält keiner etwas vom Weltspartag. Lebe jetzt, wer weiß, ob es dich morgen noch gibt.

Ich lasse Gustl Geld da. Er hat keine Arbeit mehr ohne mich im Kaiserhof und fragt, ob ich nicht beim Film etwas für ihn tun kann. Schwierig. Er ist kein fotogener Typ und nicht mehr der Jüngste. Da kann nicht jeder vorsprechen, beim Film. Ich hoffe, er versteht das und ist damit zufrieden, eine Art Manager für mich zu sein.

Er berichtet, dass unsere Stadtväter in Köln mit Architekt Riphahn um das sogenannte »kleine Haus« streiten. Er war im neu eröffneten Rathaus auf der Zuschauertribüne dabei. Direkt neben der Oper soll das Schauspielhaus als »kleines Haus« gebaut werden, und Riphahn will es einfach, gerade, ohne Pathos. Der Stadtrat aber wünscht vor allem mehr Komfort, besonders in der gastronomischen Abteilung. Ein deutlich breiteres Büfett soll ins Foyer, damit in der Pause nicht so ein Gedränge an der Getränkeausgabe herrsche wie in der neuen Oper.

Den einen ist der Bühnenturm zu hoch, den anderen der Garderobentrakt zu düster, und die Dritten bestehen darauf, schönere Lampen auszuwählen, nicht so hässliche wie etwa die in Münster. Wichtig sei auch, dass die Belüftung so angelegt werde, dass nicht etwa der Bratwürstchenduft aus dem Opernterrassen-Restaurant ins Foyer ströme. Stellen Sie sich vor, Bratwürstchenduft beim »Käthchen von Heilbronn«!

Über Kunst rede niemand, weder über architektonische noch über Schauspielkunst. Gustl sagt, es wäre wie im Kindergarten zugegangen. Dass es keine Logen geben soll, sondern alle Zuschauer zukünftig auf einer Ebene im Parkett Platz nehmen, sei für eine Reihe von Stadträten eine Zumutung. Auf der gleichen Ebene zu sitzen wie der Pöbel, wo kommen wir da hin? Das Wichtigste war laut Dr. Schwering jedoch die Frage, wie es um die Beinfreiheit bestellt sei, denn im Großen Haus sei genau dies nach seiner Einschätzung eine Katastrophe.

Gustl ist vorzeitig gegangen, ohne das Ende der Debatte abzuwarten. »Derselbe Schwering, der für unser Theater gerade mal zweihundert Mark lockermachen konnte. Darum geht es in der Politik!«, nörgelt er herum, »um Bratwurst, Sektbar und Beinfreiheit.«

Der gute Gustl ist ein bisschen nachtragend geworden. Er glaubt anscheinend immer noch, Köln sei der Nabel der Welt. Er sollte vielleicht einen Schritt aus der Stadt herauswagen, um festzustellen, dass sich da draußen überhaupt niemand für die kleinkarierte Rheinmetropole interessiert und dass die Erde gar keine Scheibe ist, egal, was der Elferrat sagt.

Von Freiburg geht es für mich weiter in den Schwarzwald, weil dort nämlich eine besonders hübsche Kirche steht, wo sie drehen wollen, und dann wieder zurück nach Berlin.

Ich will noch mal kurz in Köln vorbeischauen, in meiner neuen Wohnung gibt es eine Menge zu tun. Ich habe mir im Möbelhaus ein Nierentischchen bestellt und kleine bunte Cocktailsesselchen, außerdem diese hochmodernen Tütenlampen, auch als Stehlampe. Dazu ein Kanapee in Bleu. Man sagt heute nicht mehr blau oder hellblau, man sagt bleu, hat mir der Mann im Möbelgeschäft erzählt, das sei eine ganz brandaktuelle Farbe. Für mich sieht es aus wie hellblau, aber was verstehe ich schon von Brandaktuellem. Auf alle Fälle sieht mein Wohnzimmer toll aus. Die Tischchen heißen Nierentischchen, weil sie weder rund noch eckig sind, sondern wie eine Niere geformt. Dazu gehört ein dreieckiges Beistelltischchen, das gar nicht eckig ist, sondern abgerundete Ecken hat. Die farbigen Resopaltischplatten habe ich in Hellgelb und Helltürkis gewählt, sie sind mit einem Metallband am Holz befestigt.

Die Wohnzimmer sind heute so hell und so farbig, nicht mehr das dunkle Zeug, wie es in altmodisch-spießigen Stuben steht. Wenn ich eine Drehpause habe, nähe ich mir Gardinen, damit mir nicht die ganze Brinkgasse ins Zimmer schauen kann.

Weil die Briten vorletztes Jahr den Flughafen wieder in deutsche Verantwortung gegeben haben, darf ich nach Berlin zurückfliegen. Nicht vom Butzweilerhof, sondern von Köln/Bonn, dem nagelneuen Flughafen draußen in Wahn. Mit der PanAm! Bezahlt die Produktionsfirma. Leck mich en dr Täsch – ist das aufregend!

Ich sehe unsere nagelneue Severinsbrücke aus der Luft, weltweit die erste ihrer Art mit nur einem großen Pfeiler in der Mitte, direkt gegenüber vom Dom. Überhaupt ist der Blick von oben auf die Stadt beeindruckend. Wie Spielzeuge wirken Häuser und Autos. So viele Autostraßen. Aus allen Richtungen führen sie wie ein Spinnennetz in die Stadt, dessen Ringe sich immer enger um den Dom schließen. Wie unglückliche Insekten auf den klebrigen Fäden des Netzes krabbeln dort unten die Menschen und kommen nicht vom Fleck. Bis auf die natürlich, die wie ich drüber hinwegfliegen dürfen.

Als ich in Berlin aussteige, schreite ich wie ein Filmstar in Cannes die Gangway herunter, als sei das für mich an der Tagesordnung. Schwarzes Jackenkleid mit großen weißen Knöpfen, ein keckes weißes Schleifchen auf dem Taschenaufschlag, das sich auf meinen modischen schwarz-weißen Oxford-Pumps wiederfindet, Lederhandschuhe und einen großzügigen Pepitamantel über dem Arm. Gott sei Dank hat jemand ein Foto gemacht, ich sehe großartig aus.

Ich wohne in schicken Hotels, sitze mit wichtigen Leuten beim Essen und bekomme, noch bevor der erste Film fertig ist, drei weitere Verträge.

Ahrens & Westkamp übergeben mein Filmmanagement an die Münchner Agentur Palz, weil sie sich im Filmgeschäft nicht so gut auskennen. Die in München sind offenbar tüchtig. Ich soll mit Heinz Erhardt eine Fahrlehrerin spielen und mache schon wieder in Köln Station, damit mir Agi schnell beibringt, was man eigentlich tun muss als Fahrlehrerin. Ich habe nicht mal einen Führerschein!

Sie sagt, man brauche eine große Handtasche, einen dicken Terminkalender und eine Brille. »Und dann sagst du: ›Dann wollen wir mal!‹«, versichert sie glaubhaft. Das sollte ich hinkriegen.

Von der Philips-Plattenfirma wird mir ein Schlager angeboten. Jetzt werde ich auch noch eine richtige Sängerin! Ich muss an »Groschen« aus der Barberina denken, der mich stets ermutigt hat zu singen. Der Text handele von einer Kaffeemaschine. Was bitte ist denn eine Kaffeemaschine? Percolator, wird mir erzählt, heißt das auf Amerikanisch und dass die Amis ihren Kaffee nicht mehr selber aufbrühen, sondern eine Maschine das für sie erledigen lassen. Für das bisschen Kaffee aufbrühen brauchen die eine Maschine? Eine Eismaschine halte ich für eine sinnvolle Anschaffung, aber Kaffee?

Es wird einen anderen, deutschen Text geben, weil hierzulande niemand weiß, was eine Kaffeemaschine ist. Irgendwas mit Schokolade, von mir aus.

Am 12. August 1959 kommt »Alle Tage ist kein Sonntag« heraus, und ich gehe aufgedonnert wie die Kaiserin von China zu meiner allerersten Filmpremiere. Die Kritiker ziehen über Dietmar Schönherr her, man kaufe ihm den Russen nicht ab. Als ich überlege, ob das eher ein Kompliment oder ein erklärter Mangel ist, bemerke ich, dass mich niemand erwähnt, obwohl ich im Breitwandformat wirklich nicht zu übersehen bin.

Eine Woche später, am 20. August, kommt »Natürlich die Autofahrer« in die Kinos, und hier sind die Kritiker begeistert. Von Heinz Erhardt. »Kurzweilig, hintersinnig, mit skurrilen Anspielungen auf das Dritte Reich.« Von mir spricht wieder keiner.

Er ist ein ganz reizender väterlicher Kollege, witzig, locker und mit ganz erstaunlichen Kenntnissen über Musik. Fast ein bisschen wie Gustl, und er zweifelt immer, ob er auch gut genug ist. Seit seinem vierten Lebensjahr spiele er Klavier, erwähnt er nebenbei, und dass sie aus Riga stammen, die Erhardts. Sein Vater war Kapellmeister, als er nach Deutschland ging. Die Mutter ging nach St. Petersburg, und so wuchs der kleine Heinz bei den Großeltern in Riga auf. Der Opa hatte eine Gastspieldirektion wie Otto Hofner, und bei den Erhardts gingen die Berühmtheiten ein und aus. Er ist als kleiner Junge Leuten wie Enrico Caruso begegnet – ich staune nicht schlecht. Das hätte der Mama gefallen!

So jemand hat natürlich einen anderen Start ins Künstlerleben als die Tochter eines Kommunisten. Auch er hat im Kabarett der Komiker gespielt und hält nicht viel von Politik in der Unterhaltung.

Schon am nächsten Tag geht es für mich weiter nach Italien, und wir drehen bis September einen Film mit Caterina Valente. Ich lerne Brigitte Mira kennen. Sie spielt im gleichen Film wie ich, *und* sie ist am Stadttheater in Hamburg, obwohl auch sie weder zur gertenschlanken Fraktion zählt noch im landläufigen Sinne als Schönheit gelten kann. Es geht also doch! Bestimmt ist es nur eine Frage der Zeit, bis sie auch mich fürs Stadttheater entdecken, jetzt, wo ich so berühmt bin.

Zwei Kollegen aus Berlin berichten, dass das Tingel-Tangel schon wieder schließen muss, nach nicht mal einem Jahr. Ein Glück, dass ich da weg bin!

Als der komplette Cast in Köln übernachtet, gehen wir alle zusammen zu Campi auf der Hohe Straße. Da gehen Künstler jetzt hin, erzählen mir Schauspielerkollegen, die nicht aus Köln sind. Der Chef heißt Gigi, wie meine kleine Nichte Gisela sich jetzt nur noch nennt, ist aber ein junger Mann mit schwarzer, steil hochstehender Haarbürste und etwa so alt wie ich. Man hört dort Jazz vom Clarke-Boland-Sextett, isst italienische Eisbombe namens Cassata mit kandierten Früchten mit seltsam flachen Löffeln von silbernen Tellerchen und wird vor allem eines: gesehen! Sie haben eine Milchbar, das ist etwas ganz Neues. Milch mit Geschmack und mit Eis drin! Für Erwachsene!

Die Valente schwingt sich elegant auf einen der chromglitzernden Barhocker, die bei Campi quasi im Schaufenster stehen. Wie hingegossen lehnt das eitle Ding an der Theke, während ich mich lieber auf ein Stühlchen in den schmalen Schlauch des Lokals setze. Ein bisschen neidisch bin ich schon, aber das geht nicht gut, wenn ich mit meinen kurzen Beinchen einen Barhocker erklimme wie Luis Trenker den Monte Miracolo.

Im Nu ist draußen auf der Straße ein Menschenauflauf. Alle wollen die schöne Valente sehen und drücken sich an der Schaufensterscheibe die Nase platt. So schön ist sie gar nicht. Die Polizei muss gerufen werden, ehe wir wieder rauskönnen. So ein Star will ich werden, für den die Leute mitten auf der Straße stehen bleiben, dass die Polizei mich nach Hause eskortieren muss!

Doch dafür stecke ich im falschen Körper! Ich bin kein »Schüsschen«, wie man in Köln sagt, ich verfüge eher über den Charme einer Kanonenkugel. Mit enormer Zerstörungskraft, sagt meine Familie. Eine Frau muss nicht klug oder stark sein, sie muss schön sein. Bella figura ist alles, was zählt. Deshalb ist alles Italienische im Augenblick so große Mode. Ich müsste Francesca heißen oder Gina, aber doch nicht Trude.

Bevor ich zu Hause vorbeischaue, kaufe ich der Mama in einem der Souvenirgeschäfte am Dom ein glitzerndes Gablonzer Collier mit bunten Rheinkieseln. Das wird ihr gefallen. Papa sagt, die Italienverliebtheit der Deutschen liege darin begründet, dass schon Hitler und der Duce beste Freunde waren.

Im Radio und in jeder Musikbox spielen sie rauf und runter einen italienischen Schlager namens »Marina«. Ein italienischer Gastarbeiterjunge, der in Brüssel wohnt, soll ihn singen. Aha. So doll finde ich das Ding nicht.

In der »Wochenschau« bringen sie einen Bericht über die Einweihung der wiederhergestellten Kölner Synagoge. Ich wette, dass kaum jemand weiß, dass wir eine haben, aber es ist gut, dass sie wieder aufgebaut ist.

Im Oktober bringt Philips meine Schallplatte heraus.

»Ich will keine Schokolade« heißt der Text jetzt auf Deutsch und hat rein gar nichts mit einer Kaffeemaschine zu tun. Auch nicht viel mit Schokolade, sondern damit, dass ich endlich einen Mann will. Das ist in der Tat wahrer, als mir lieb ist.

Auf der Rückseite besinge ich die »Spelunke zur alten Unke«. Genauso fühle ich mich, sobald ich allein bin. Wie eine alte Unke, die keinen mehr abkriegt, die nicht schick genug ist für diese Welt.

»Schenken Sie ihm Hâttric, bevor es eine andere tut«, rät mir die allgegenwärtige Reklame, ohne mich in Kenntnis zu setzen, wo und wer *er* ist. Anscheinend gibt es nur drei Sorten Frauen: die Heimchen am Herd mit der Riesenwaschkraft und den Rehäuglein, die Sexbomben wie die Bardot oder die Loren, ihr wisst schon: sexy, mini, super, flower, popop ... bloß, ich kann so viel Afri-Cola trinken, wie ich will, bei mir wird da nichts draus. Und dann sind da noch die frechen halben Jungs in Nietenhosen, Segeltuchschuhen und mit Pferdeschwänzen, die zur Beatmusik tanzen.

Was aber, wenn du keine von allen dreien bist? Wer könnte ich sein? So lange ich auch darüber nachdenke, mir fällt am Ende nur die dicke alte Unke ein. Aber eine eigene Schallplatte hat die Unke und schickt sie voller Stolz in die Mauenheimer Straße.

»Du klingst wie Micky Maus«, sagt Gustl nörgelnd, »das kannst du besser!«

Er ist beleidigt, weil ich jetzt fast alles ohne ihn mache, und er will eine bessere Bezahlung, wo ich doch jetzt so viel Geld verdiene. Vor allem, weil er auch für den Unterhalt seines Freundes sorgen muss. Es versteht sich von selbst, dass ich beide durchfüttere. Ich nehme die beiden auf eine kleine Urlaubsreise nach Ischia mit. Und telefoniere mit meinem alten Kollegen Thomas, der soll auch nachkommen. Einmal wieder im Kreise meiner Wahlfamilie mich so sicher fühlen wie früher, das stelle ich mir sehr schön vor. Ich zahle für alle Kost und Logis, keine Frage. Mama ist auch dabei, und wir haben wirklich Spaß, es ist dort noch wunderbar warm. Und dieses Licht! Im Süden gibt es so ein besonderes Licht, als sei man auf einem anderen Stern. Kein grau verhangener Himmel, kein nasskaltes Regenwetter. Die Menschen sind schön und heiter, das macht die Sonne. Allmählich verstehe ich, dass alle so verrückt nach Italien sind. Ich beauftrage Gustl, ein kleines Grundstück auf der Insel für mich zu kaufen, vielleicht baue ich hier ein Haus für meine alten Tage.

Bei der Aufnahme für eine neue Platte im Philips-Studio bleibe ich an einem Plakat mit einem französischen Chansonnier hängen. Jacques Brel heißt der, und in einer Hinsicht ist er wie ich: das Gegenteil von schön. Ich kaufe mir seine Platte »Ne me quitte pas«.

Als ich zu einem Abstecher nach Paris fliege, denn auch das kann ich mir jetzt einfach leisten, schallt sie mir aus sämtlichen Bars und Bistros entgegen. Die Franzosen sind offenbar ganz verschossen in den Mann mit der großen Nase und der großartigen Stimme, in die er sein ganzes Herz legt. Er muss etwa so alt sein wie ich. In Frankreich kann auch etwas werden, wer nicht schön ist. Wobei … er ist ein Mann.

Männer müssen auch bei uns nicht schön sein. Bei denen reicht stark, laut und ein bisschen Geld in der Tasche. Er sieht aus, als sei auch er nicht mit dem goldenen Löffel im Mund geboren. Sein Gesicht erzählt von Anstrengung, von Armut und vom Kampf um ein besseres Leben. Solchen Menschen fühle ich mich auf Anhieb verbunden. »Ne me quitte pas«, singt er. Aber dafür müsstest du zunächst mal da sein, wenn ich dich nicht verlassen soll, Schatz. Ob die bei Philips eine Telefonnummer von Jacques Brel haben und sie an seine Sängerkollegin herausgeben würden? Vielleicht ist er ja nett. Ich kaufe mir in jedem Fall schon mal französische Zigaretten und stelle fest, dass Jacques Brel gar kein Franzose ist, sondern Belgier.

In Paris sieht man Menschen aus aller Herren Länder auf der Straße, alle Hautfarben, alle Sprachen, alle Arten, sich zu kleiden. Wie ein großer Schmelztiegel, und niemand nimmt Anstoß. Afrikaner, Araber, Chinesen. Es ist ein solcher Unterschied zu deutschen Städten – so etwas hat bei uns noch niemand gesehen. Wie gern würde ich einmal in ihre Länder reisen, dorthin, wo sie zu Hause sind!

Mein nächster Film spielt im Hamburger Hafen auf der »Hanseatic«. »Drillinge an Bord« heißt er, wo Heinz Erhardt gleich drei Rollen zu spielen hat, und ich bin die Lady Zocker.

Dieser Film erscheint kurz vor Weihnachten. Mir ist in letzter Zeit schwindelig, ich habe ständig Kopfschmerzen. Seit mehr als einem halben Jahr weiß ich manchmal nicht, wo ich bin, wenn ich aufwache. In welcher Stadt, in welchem Land, wo ich hinmuss und welche Rolle ich heute zu spielen habe. Wenn mir bei der Stellprobe die Souffleuse mit dem Text auf die Sprünge helfen will, denke ich manchmal: Die Frage ist nicht, welche Textstelle, sondern, welcher Film, Schätzchen! Habe ich das richtige Kleid an? Den richtigen verrückten Hut? Jedes Mal soll ich einen verrückten Hut tragen, da heißt es aufpassen, dass ich den richtigen erwische. Die Texte ähneln sich, da fiele gar nicht auf, wenn ich immer die gleichen beiden Sätze sagte.

Ich schlafe schlecht und schrecke alle naselang hoch. Ich träume, dass sie rausgekriegt hätten, mit welcher Hochstaplerin sie sich eingelassen haben. Dass ich in Wirklichkeit gar nicht kann, was ich hier tue, weil ich überhaupt nichts gelernt habe.

Ich esse praktisch immer – wenn ich nicht gerade rauche – und muss höllisch achtgeben, dass mich keiner rauchend fotografiert. Das wäre schlecht für mein Image. Beim Film musst du ein Image haben. Ich bin die nette, anständige Dicke, der dauernd lustige Sachen passieren, weil sie so naiv ist. Eine rauchende Frau geht da gar nicht.

Mein größtes Talent, sagt meine Schwester Agi, sei immer noch mein Magentalent, und sie erinnert mich daran, wie ich auf dem kurzen Weg vom Obstlädchen nach Hause in die Lohsestraße ein ganzes Pfund Kirschen gefuttert habe, während ich ihr von meiner neuesten Idee erzählte. Aus dem Kirschkuchen wäre nichts geworden, wenn Agi nicht schnell zurückgelaufen wäre, um neue zu kaufen.

Ich finde, zum Schlot tauge ich durchaus auch. Diese rasenden Kopfschmerzen rauben mir den Verstand, sodass ich ohne Tabletten gar nicht arbeiten kann.

Weihnachten bin ich in Köln. Jetzt sind sie schon stolz auf mich zu Hause. Sogar der Papa. Nicht zuletzt, weil ich wirklich viel Geld verdiene. Zum Glück holt mich jeden Tag in aller Herrgottsfrühe wer ab, karrt mich dahin, wo man auf mich wartet, für Schminke, Perücke und Kostüm sind Profis zuständig, abends werde ich zurückgebracht und schwimme im Geld. Andere Leute haben für Pillen ein Döschen, ich habe einen Beutel. Schreckliche Vorstellung, wie schnell so ein Döschen leer sein würde.

In der Nacht zum ersten Feiertag haben Nazis Hakenkreuze an die frisch restaurierte Synagoge geschmiert. »Deutsche fordern: Juden raus«, steht daneben. »Geht das wirklich schon wieder los?«, fragt Papa erschrocken, »erst verfolgen sie erneut Kommunisten, jetzt sogar wieder die Juden!«, und es stimmt.

Nur vier Wochen später, Ende Januar 1960, gibt es fast siebenhundert antisemitische Anschläge in Deutschland, und Adenauer erklärt, er schäme sich entsetzlich.

8

Es ist schon wieder so ein kalter Winter, der Rhein friert beinahe zu, schreibt Mama mir nach Wien, und ich antworte ihr, dass wir zusammen nach Griechenland in Urlaub fahren. Da ist es warm, es muss herrlich sein! Die Griechen kochen ausgesprochen lecker. Ich weiß das, denn inzwischen sind die ersten Griechen als Gastarbeiter in Deutschland eingetroffen. Es gibt vielerorts kleine, unauffällige Vereinslokale im Ruhrpott, wo man griechischen »Teller« essen kann. Das schmeckt großartig. Würziges Lammfleisch, Oliven, Schafskäse, Knoblauchquark und weiches Fladenbrot.

Es ist wie eine Verheißung, der ich gern nachspüren möchte, und Neckermann macht's möglich, lese ich. Flugreise, Unterkunft, Reiseführer, alles aus einer Hand – das probieren wir aus. Die Nähe zur Antike verspricht zusätzlich geistige Nahrung und Berührung mit den Wurzeln der Demokratie.

Wir nehmen die ganze Familie mit auf den Peloponnes, Gigis Verlobten und ein paar gute Freunde, wir können es uns leisten. Ich kann es mir leisten. Im März und April machen wir Urlaub.

Im Anschluss drehe ich Film auf Film. Einer heißt »Marina«, wie dieses alberne Lied. Der einzige Sinn und Zweck des Filmes ist, das Lied zu präsentieren. Weil es alle mögen. Rocco Granata ist doch auch Belgier, ob der Jacques Brel kennt? Ich traue mich trotzdem nicht zu fragen. Er raucht jedenfalls keine Gauloises, sondern Marina, eine belgische

Zigarettenmarke, und singt ihr sein Liebeslied. Das ist schon originell und könnte von mir sein. Ein Liebeslied für eine Fluppe. »Wunderbares Mädchen – komm und lass mich nie alleine – ohnonononono!«, summe ich leise, als ich mir in einer Drehpause die nächste anstecke.

Die Filmbosse denken, dass sich der Film gut verkaufen wird. Es kommen neun weitere Schlager darin vor. Zum Glück darf ich auch mein Schokoladenlied singen. Das verkauft sich dann ebenso wie eine Granate, mein lieber Rocco. In Wahrheit ist mein Lied besser als seins, denn es ist witziger. Bei Licht betrachtet kumuliert in beiden Schlagern mein Leben: Meine einzige Liebe sind Zigaretten und Schokolade. Das darf niemand wissen, vor allem die nicht, die meine Authentizität loben. Kunststück ...

Wenn ich darüber nachdenke, ist das kein schönes Gefühl, weil es schlicht die Wahrheit ist. Aber es bringt mir allein in diesem Jahr fünftausendsechshundert Mark Lizenzgebühren. Das ist eine Stange Geld.

Jeder, der Rang und Namen hat, will jetzt mit mir eine Platte machen oder einen Film drehen, sieben auf einen Streich in nur einem einzigen Jahr. Eine lustige Dicke hatte noch keiner.

Ich drehe in Zürich, Berlin und München. »Weil ich so sexy bin« heißt mein nächster Schlager, und ich werde in einem Käfig auf die Bühne getragen, wo »Bitte nicht füttern« draufsteht wie bei einem wilden Tier. Ich verdrehe die Augen, lasse meinen Astralkörper durch irgendwelche albernen Tanzszenen trippeln, bleibe in viel zu kleinen Fenstern stecken, steige mit zu kurzen Beinchen auf zu hohe Leitern, trage Lederhosen oder Spitzenschürzchen, werde in den Hintern getreten und bekomme Torten ins Gesicht.

Ich bin die »tolle Tante« und jage eine »Schlagerrakete« nach der anderen in den – natürlich – blauen Himmel. Plattenaufnahme folgt auf Plattenaufnahme. »Morgens bin ich immer müde«, singe ich mit dickem Wecker auf der Plattenhülle – wen wundert's bei den vielen Terminen –, »Oh Heinrich« mit riesiger quer gestreifter Krawatte, die jeder Frau zeigt, wer hier das Sagen hat. Beim »Brautjammer« kann ich »Weinen wie ein Wasserfall«, denn sitzen gelassen werden ist das Schlimmste, was einer Frau passieren kann. Gut, fast das Schlimmste. Gar nicht erst gefragt werden, und das nicht nur nicht beim Völkerball, ist noch schlimmer, glaubt es mir.

Ich trage blöde Hüte, alberne Fransen und schneide Gesichter. Abends könnte ich heulen, so allein und hässlich fühle ich mich. Wenn ich auf dem Filmset oder im Plattenstudio bin, gebe ich alles, bin erfolgreich und bekomme alle Aufmerksamkeit. Meine Kasse stimmt. Ich bin prominent und keine Provinzschauspielerin mehr. Ich toure fast zwei Monate mit Max Greger und seinem Orchester, und dann ist schon wieder Weihnachten.

Die Unterhaltungsindustrie ist nun mal sehr laut, sehr künstlich, falsch wie ein Potemkinsches Dorf, und jeder findet sich selbst am wichtigsten. Am schönsten und kompetentesten. Hinter deinem Rücken quatschen alle, finden dich billig und untalentiert, hässlich oder in meinem Fall: verfressen. Das ist eine unverschämte Lüge! Ich bin nicht verfressen, ich bin hungrig. Und eine Hochstaplerin, aber das werdet ihr nie rauskriegen!

Du darfst dir keinen Moment eine Blöße geben, musst immer aufpassen. Meine Kopfschmerzen lassen sich immer schlechter im Zaum halten. Die ganze Welt flimmert mitunter vor meinen Augen, das Hämmern im Schädel lässt mir in den unpassendsten Momenten die Tränen übers Gesicht laufen, sodass die Maskenbildnerin Mühe mit dem Abpudern hat.

In der Zeitung schreiben sie, dass plötzlich immer mehr missgebildete Kinder auf die Welt kommen. Die Leute

fürchten, dass dies mit den ganzen Atomwaffentests zu-
sammenhängt, die überall auf der Welt stattfinden. Vielleicht
kommen da auch meine Kopfschmerzen her.

Oft habe ich Sehnsucht nach Echtheit, nach Stille, nach
Alleinsein. Bin ich allein, fühle ich mich grässlich einsam
und sehe deutlicher, als mir lieb ist, dass sie mich nur die
»Wurzen« spielen lassen, die derben Späße auf meine Kosten. Niemals die Hauptrolle, sooft auch »Hauptrolle« in
meinem Vertrag steht. Ich bestehe darauf, auch wenn alle
wissen, dass es gar nicht stimmt. Dann will ich diese Wurzen
eben so spielen, dass ihnen Hören und Sehen vergeht! Werde
ich halt die beste Wurzenspielerin der Welt!

Sie werden schon noch merken, wie gut ich bin! Einziges
Problem ist, dass sich dieser überzuckerte Schlagsahneklа-
mauk in einem Ausmaß in mein Ich frisst, dass selbst ich
Fiktion und Person immer schlechter auseinanderhalten
kann.

Ich habe mich neulich so geärgert, dass sich meine beste
Freundin aus der Schauspielschule nie bei mir meldet, bis
mir einfiel, dass ich nie eine besucht habe und es diese Freundin gar nicht gibt.

Ich hatte immer schon einen siebten Sinn für Späße und
alberne Verkleidungen, aber jetzt scheint der billige Witz
unumkehrbar mit mir zu verwachsen wie ein Parasit mit
tausend Tentakeln. Seine Verästelungen reichen in den hinterletzten Winkel meiner Seele. Ich kann gar nicht mehr
anders, als mit irgendeiner Filmfrotzelei zu antworten, viel
zu laut zu lachen und die Augen zu rollen.

Aus den nichtigsten Gründen schlage ich Radau, weil es
jeder von mir erwartet. Es gibt keinen Ort, wo ich aufhören
kann, irgendeine Krawallschachtel zu spielen, die ich gar
nicht kenne.

Ich ertappe mich manchmal dabei, mit verstellter Stimme
als dickes Döfchen herumzukrakeelen, obwohl ich ganz

allein bin. Sobald Musik erklingt, die Knie albern aneinanderzuschlagen und mich mit dem Arsch immer mitten rein in die Breischüssel zu setzen.

Manchmal nachts, wenn niemand mehr ans Telefon geht, egal, welche Nummer ich wähle, wenn ich so dringend mit einer freundlichen Stimme sprechen würde, in solchen Nächten kriege ich manchmal Angst. Was, wenn ich den Ort fände, wo ich ganz bei mir sein kann, dann aber nicht mehr wüsste, wer ich tatsächlich bin? Ich würde immer weiter Pirouetten drehen wie die kleine Tänzerin einer Spieluhr, weil ich nichts anderes kann. Weil ich nichts anderes bin als eine kleine, festgeleimte Tänzerin, die leider immer fetter wird, sodass die Spieldose eines Tages unter meinem Gewicht zusammenbrechen wird.

Ich bin nur, wenn ich spiele, und brauche Tabletten, um schlafen zu können. Ich werde niemals satt, so viel ich auch in mich hineinschaufele. Der Schmerz im Rücken hört seit dem blöden Fußtritt in meine Kehrseite bei einer dieser »irrsinnig komischen« Filmszenen einfach nicht mehr auf. Das Steißbein schmerzt und schmerzt, oft sind die Attacken unerträglich, und nichts hilft. Der Kollege muss mich richtig blöd getroffen haben. Prellungen schmerzen sehr hartnäckig, habe ich gehört, aber morgen ist wieder Dreh, auch wenn uns die Kritik einen gnadenlosen Verriss nach dem anderen beschert:

»Das ›Schwarze Rössl‹ ist maximal ein lahmer Abkömmling vom ›Weißen Rössl‹ und gehört in die Bratwurst.« – »›Robert und Bertram‹ ist ausgelatschter Ulk mit öden Schlagern.« – »›… und du mein Schatz bleibst hier‹ – nichts als bildgewordener Schwachsinn mit musikalisch reizlosem Singsang.« Nur beim »Café Oriental« erwähnt das Hamburger Abendblatt mich tatsächlich auch mal persönlich, wenn auch mit nicht zu überlesender Ironie: »Zu komisch, wie die dicke Trude im Ballkleid ins Schaumbad plumpst! […] Ein

schlagender Beweis für den Verruf des deutschen Unter-
haltungsfilms.«

Einfältig, läppisch, dürftig, Gnadenhof untalentierter
Volksschauspieler, so geht das durchgehend weiter, und ich
erlaube niemandem, mich auf diese Kritiken anzusprechen.
Schon gar nicht Gustl. Der soll erst mal selber etwas zustande kriegen.

9

»Das Unglück trifft immer die Armen«, steht in Mamas Sprichwörtersammlung, und dieser Spruch wird wahrer, als ich es mir je hätte ausmalen können. Eine katastrophale Sturmflut hat 1962 in Hamburg die Ärmsten der Armen getroffen. Im Krieg Ausgebombte hatten sich in einer Kleingartenanlage hinterm Deich dauerhaft eingerichtet und sind in der Nacht vom 16. auf den 17. Februar zu Hunderten in den meterhohen, eisigen Fluten ertrunken. Es ist grauenhaft. Jede Hilfe kam zu spät.

Wenig später stirbt Papa, das trifft mich völlig unvorbereitet, auch wenn er nicht mehr bei der Familie wohnte. Ich hätte ihn öfter besuchen sollen. Da war einfach immer zu wenig Zeit. Ich vermisse manchmal die Mauenheimer Straße. Wo wir alle zusammengewohnt haben. Agi und ihre Familie. Die Eltern und ich. Thomas. Wir waren eine verschworene Gemeinschaft. Wo man nie allein war. Ich singe auf seiner Beerdigung für Papa.

»Du warst mein Papa, bist meine Zuversicht, wenn mich das Schicksal schleift. Du bist mein Talisman, bist da, wenn ich verlier. Du warst mein Papa, ich vergess dich nicht. Wenn mein Glücksstern sinkt, nichts mehr gelingt, seh ich im Nebel dein Gesicht.«

Im Nachhinein ist es fast mehr ein Lied für mich geworden als für ihn. Wenigstens hat er noch erlebt, wie viel Erfolg ich habe.

Papa ist unwiederbringlich weg, und Väterchen Gustl wird mir immer fremder. Im Urlaub lachen wir manchmal noch über dieselben Dinge, aber seine Nörgelei und Weinerlichkeit gehen mir auf die Nerven. Dass ihn sein Partner ausnutzt und unglücklich macht, dafür kann ich nichts. Ich füttere – fast – kommentarlos beide nach wie vor durch, bezahle ihre Urlaube und lasse mir von denen nicht sagen, dass ich unsere Ideale verrate.

Wir reisen in diesem Frühjahr nach meinen Filmaufnahmen in Belgien über Spanien nach Casablanca, der Gustl und ich. Wir sind kaum da, als uns ein Telegramm von Hermann Ahrens erreicht, das mich für zwei Tage zurück nach Berlin beordert, um ein Lied für einen Film aufzunehmen. Gustl nörgelt. »Du hast doch Urlaub. So unersetzlich ist niemand!«

Natürlich fliege ich nach Berlin und dann direkt zurück nach Marokko. Er ist nur neidisch. Vielleicht hätte er auch besser in Düsseldorf studiert, so wie ich … Ich drehe in Wien, in Italien, in Spanien. »Die Mimi geht halt nie ohne Krimi ins Bett« und bringt die Kohle nach Hause. Wer mein Brot frisst, hält am besten den Rand darüber, wo es herkommt. Es fragt ja auch nie jemand, ob ich noch kann oder ob es mir gut geht. Wenn die Klappe fällt, muss ich funktionieren.

Im Sommer kommen die Fernsehaufnahmen für die Kurt-Edelhagen-Schau, und die Philips macht enormen Ärger, ich hätte einen Exklusiv-Vertrag mit ihr und dürfe nicht bei einer anderen Plattenfirma veröffentlichen. Was bilden die sich ein! Andersherum wird ein Schuh draus. Sie haben mich mit einer Amerika-Tournee geködert, damit ich noch vier weitere Titel mit ihnen mache, und als ich unterschrieben hatte, wurde die Tournee abgesagt. Die hatten nie vor, mich in Amerika zu präsentieren! Und »exklusiv« steht nirgends! Ich habe jetzt bei der Deutschen Grammophon unterschrieben. Dass das mal klar ist! Von wegen exklusiv! Hermann und Gustl müssen sich kümmern.

Wissenschaftler haben herausgefunden, dass die vielen Missbildungen bei Neugeborenen gar nicht von den Atomtests
kommen, sondern von einem Schlafmittel namens Conter-
gan, das man Schwangeren empfohlen hat. Ein ungeheurer
Medikamentenskandal sei das, lese ich wenig später und sehe
nach, ob ich dieses Schlafmittel auch einnehme: tatsächlich!
Sofort verbanne ich die Pillen aus meinem Beutel. Wer
weiß, was die noch anrichten – nicht nur bei Neugeborenen.
Am Ende sind die für die Kopfschmerzen verantwortlich.
Ich besorge mir etwas anderes, um schlafen zu können, und
überlege, warum so viele Frauen in Deutschland eigentlich
ohne Tabletten nicht schlafen können. Wer oder was lässt
uns nachts ständig wach liegen?

»Sing, aber spiel nicht mit mir« – der nächste Streifen
verspricht keine bahnbrechende Veränderung. Das gleiche
Strickmuster wie immer, billige Schlager, platte Scherze,
dünne Dialoge, keine Geschichte, prima Entlohnung.

»Einfallsloses Klamauk-Opus«, kann ich aus der Presse
erfahren und schwöre mir zum tausendsten Mal, diese Häme
einfach nicht mehr zu lesen. Es ist vielleicht keine Kunst, in
Ordnung, aber es ist solides Handwerk.

Als Arbeiterkind habe ich Respekt vor solidem Handwerk, und ihr ungewaschenen Schreiberlinge solltet das auch
haben! Auf anderen herumzuhacken ist einfach. Selbst etwas
zu leisten eine andere Baustelle. Was soll falsch daran sein,
wenn die Leute mal zwei Stunden vergnügt sind? Ich singe
den »Spiegel-Twist«, der auch als Schallplatte bei Polydor
in Hamburg erscheinen wird, und alle lachen wieder einmal,
wenn mein dicker Popo vor dem Spiegel in größtmöglicher
Anmut hin- und hertwistet.

Dann gibt es eine völlig unerwartete Wendung. Das Wort
»Spiegel-Twist« entfaltet einen ungeahnten, wörtlich zu
nehmenden, radikalen Bedeutungswechsel.

In der Zeitschrift »Der Spiegel« erscheint im Oktober

1962 ein Artikel über Verteidigungsminister Strauß: Unsere Bundeswehr sei schlecht ausgerüstet und mangelhaft ausgebildet und nach Einschätzung der NATO nicht verteidigungsfähig. Und er sei an dem Debakel schuld, der Fiesling. Strauß kann offenbar auch nicht so gut mit schlechten Kritiken umgehen, lässt die »Spiegel«-Redaktion von der Polizei durchsuchen und versucht, jede weitere Berichterstattung zu unterbinden. Die Brisanz der fehlenden Verteidigungsfähigkeit des NATO-Partners Deutschland ist umso dramatischer, als die Russen vor einigen Wochen direkt vor Kennedys Haustür im kommunistischen Kuba Raketen stationiert haben, die auf Amerika gerichtet sein sollen. Die Amerikaner drohen jetzt unverhohlen den Russen mit Krieg, und da macht es sich gar nicht gut, wenn zeitgleich der Bündnispartner Deutschland Däumchen dreht, statt Wehrhaftigkeit zu zeigen.

Die Welt hält den Atem an, ob tatsächlich ein neuer Krieg vom Zaun gebrochen wird. Broschüren werden verteilt, wo der nächste Luftschutzbunker zu finden ist und dass man im Falle eines Atomkriegs die Fenster weiß streichen solle, damit die Hitze des Lichtblitzes nicht ungehindert in die Wohnung dringen kann. Ich bin nicht sicher, ob das wirklich helfen wird.

Die Bilder, die man inzwischen aus Hiroshima gesehen hat, erzählen eine andere Geschichte. Ich weiß aber auch nicht, ob man sich wirklich einen Atombunker in den Garten bauen sollte, wofür inzwischen Reklame gemacht wird.

Man kann doch nicht mehr raus, oder?

Die Russen sagen, die Amerikaner hätten zuerst Raketen an den Bosporus geschafft, die auf Russland zielen. Die Amerikaner sagen, sie müssten Europa vor der russischen Bedrohung schützen, man sehe ja, was in Ungarn oder Ostberlin geschehen sei. Auge um Auge, Zahn um Zahn. Keiner will nachgeben. Nach dreizehn Tagen Tauziehen bauen die

Russen ihre Raketen aus Kuba wieder ab, und die Gefahr ist erst einmal vorbei, aber nicht für Verteidigungsminister Strauß. Im sich nun entwickelnden Skandal muss er den Hut nehmen, nicht etwa die »Spiegel«-Leute. Haargenau in diesem Augenblick erscheint mein »Spiegel-Twist« als Schallplatte, besser hätte es nicht gehen können. Das ganze Land singt voller Schadenfreude mit und dreht dem dicken Strauß eine lange Nase.

»Tanz mit mir den ›Spiegel-Twist‹, auch wenn du von der Kripo bist!«

Ist das ein Spaß! Die Scheibe wird ein Hit, und endlich, wenn auch zufällig, fühle ich mich auf der richtigen, auf der respektierten Seite. Chargesheimer hatte seinen »Spiegel«-Titel, ich habe meinen »Spiegel«-Hit. So langsam kommen wir auf Augenhöhe, alter Junge!

»Er hat geheiratet, der Chargesheimer, und zwar nicht Gisela Holzinger, seine Primadonna«, erzählt Agi, »sondern eine andere Schauspielerin in Gigis Alter, stell dir mal vor!« Ich hatte ihn gar nicht so eingeschätzt, dass er auf junge Dinger fliegt, aber ich habe ihn auch ein wenig aus den Augen verloren. Mit Gigi hat er auch immer herumgeschäkert und viele Fotos gemacht. Vielleicht habe ich nur nicht mitbekommen, dass ihm das hübsche Ding gefällt. Kein Wunder, bei meinem Arbeitspensum kriege ich gar nichts mehr mit.

Auf Anhieb schieße ich mit dem »Spiegel-Twist« auf Platz eins der deutschen Hitparade, und dann kommt einer, der behauptet, er habe den Titel vor mir gesungen. Was für ein Glück, dass ich den Hermann habe, der kümmert sich um diese Dinge. Ständig will mir einer am Zeug flicken. Sobald du Erfolg hast, sind dir die Raubritter dicht auf den Fersen.

Der neueste Partyhit ist der Kullerpfirsich, erzählt mir Agi. Die Leute werfen einen Pfirsich in eine Sektschale und freuen sich, dass er sich durch den perlenden Sekt die ganze Zeit im Glas dreht. Ich kann den Sinn nicht erkennen, denn essen kann man den Pfirsich auf diese Weise nicht, und es passt weniger Sekt ins Glas. Wenn man den dann trinkt, statt den Pfirsich anzuschauen, ist das Kullern rasch vorbei. Nicht alles, was modern ist, ergibt Sinn.

In der Kölner Sporthalle, standesgemäß am Elften im Elften 1962, singe ich meinen »Spiegel-Twist« vor fünftausend Zuschauern, und alle twisten mit. Es ist unbeschreiblich – sehr viel besser als kullernde Pfirsiche im Glas, die man nur anschauen kann. Ich bin felsenfest davon überzeugt, ab sofort übers Wasser gehen zu können. Bringt mir Blinde, ich mache sie sehend!

In Dortmund singe ich vor achttausend. »Der donnernde Applaus ließ die Saalbauten erzittern!«, schreibt die »Bild«-Zeitung, und ich liebe sie dafür. Erst jetzt merke ich, wie sehr mir das zugesetzt hat. Nicht nur, auf die kleine Ulknudel reduziert zu werden, sondern auch, ständig so grundsätzlich in Frage gestellt zu sein. Dick, doof und auf dem Ramschtisch verscherbelt. Genau das habe ich nicht gewollt. Ich bin für meine Überzeugungen eingetreten und habe dem Kölner Karneval aus gutem Grund ein für alle Mal den Rücken gekehrt.

Gut – vielleicht nicht ganz den Rücken gekehrt, aber doch ziemlich …

Silvester spiele ich mit Max Greger im Kurhaus Ruhpolding, und natürlich wollen auch hier alle den »Spiegel-Twist«. Wieso kann ich nicht immer mit ernsthafter Kunst gutes Geld verdienen?

Ich habe diesen Gedanken noch nicht ganz zu Ende gedacht, als die nächsten Dreharbeiten wie rauschende Wogen über mir zusammenschlagen. Es sind nur drei oder vier Filme im Jahr 1963, Titel merke ich mir gar nicht mehr, sie klingen eh alle gleich, und neben Plattenaufnahmen gehe ich Verpflichtungen für Tourneen ein. Oftmals als Programmpunkt in Revuen oder an bunten Abenden. Manchmal auch mit einem eigenen Schlagerprogramm. Jetzt bin ich eine Stimmungskanone, wenn ich den Moderatoren glauben darf.

Ich schaffe es einfach nicht, eine Offerte auszuschlagen. Was immer mir angeboten wird: Ich nehme an. Ich fahre nach Drehschluss manchmal Hunderte von Kilometern, renne auf die Bühne und lege los. Dann wieder Hunderte Kilometer zurück, denn morgen früh muss ich ja wieder am Set sein.

»Wieso machst du das?«, fragt Agi kopfschüttelnd, wenn ich nach einer ganzen Schachtel Zigaretten rasch vor dem Auftritt eine Handvoll Tabletten einwerfe.

»Ich kann doch nicht ablehnen, so leicht gutes Geld zu verdienen! Ich kann doch nicht ablehnen, wenn die mich haben wollen. Wenn du ein paarmal ablehnst, fragt dich keiner mehr. Die Leute vergessen schnell! Wenn Hermann richtig gerechnet hat, verdiene ich in diesem Jahr fast sechzigtausend Mark. Das muss mir erst mal einer nachmachen! Nur mal zum Vergleich, ein Spieler beim 1. FC Köln hat im Jahr gerade mal ein Viertel davon! Und der muss noch ganz anders rennen und seine Knochen hinhalten!«

So bin ich auch nicht in der Heimatstadt, als der hübsche amerikanische Präsident sein »Kölle alaaf« mitten im Sommer vom Kölner Ratsbalkon posaunt. Oder hat er es ins Goldene Buch der Stadt geschrieben? Agi ist jedenfalls völlig aus dem Häuschen. Staatsbesuche sind eines ihrer neuen Hobbys. Und damit ist sie nicht allein.

Die Leute sind so froh, von der Weltgemeinschaft wieder als einer der ihren aufgenommen zu sein, dass sie zu jedem Staatsgast rennen und winken und »Bravo« rufen. Erst recht, wenn er jung und schön ist wie der Präsident von Amerika. Ein kleines bisschen Glanz möchte jeder Einzelne mit nach Hause nehmen. Ich sehe die Bilder nur in der »Tagesschau«, allein in irgendeinem Hotel am Ende der Welt, und träume von Jägern, die mich zur Strecke bringen, so schnell ich auch renne.

Agi fährt mich manchmal noch zu Bühnenauftritten, weil ich nach wie vor keinen Führerschein habe. Sie hat sich einen Porsche gekauft und ist damit über den Nürburgring gerast, das verrückte Huhn. Manchmal fahren wir mit ihrem Porsche zu meinen Auftritten. Ich habe sie gern bei mir, weil ich danach nicht allein bin. Vor allem, wenn das Publikum schwierig ist. Wenn es mir nicht zujubelt, sondern mich primitiv findet. Wenn ich meine Knie zusammenschlage und meine Schuhe von der Bühne schleudere und mir nur Schweigen antwortet. Das kommt vor und kränkt mich mehr, als ich zugeben kann.

Vor allem in Österreich oder in der Schweiz. Oder auch im Norden. Die Fischköppe haben eine andere Art von Humor. Sie finden mich mitunter vulgär und sagen das ungefragt. Als sei ich der Watschenmann auf dem Marktplatz. Die Watschenfrau. Dem Trampel kann man alles an den Kopf werfen. Respekt? Fehlanzeige! Das lasse ich mir teuer bezahlen.

10

Am 7. November 1963 geschieht ein Wunder. Seit Wochen verfolgen wir in der Familie gebannt das Bergwerksunglück in Salzgitter. Elf Bergleute gelten als vermisst und sind offiziell bereits für tot erklärt worden. Wahrscheinlich sind sie bei einem Wassereinbruch in ihren Stollen elend ersoffen. Das ist der Preis, den Arbeiter für den Wohlstand der Gesellschaft zu zahlen haben. Ihre Gesundheit, und im Fall von Bergmännern gar nicht selten ihr Leben, steht jeden Tag zur Disposition. Wird es ihnen gedankt? Werden sie fürstlich bezahlt von den Minen- und Fabrikbesitzern für ihren Einsatz? Nein, die blicken in der Regel auf sie herab, als seien sie minderwertige Exemplare ihrer Art. Wenn sich ein Unglück ereignet, starren alle mit einigem Schauder auf die Umstände so eines Bergmannlebens. Wo gehobelt wird, fallen eben Späne. Diese Bergleute sind das ja gewohnt, sie kennen es nicht anders.

Die Kumpel dagegen geben die Hoffnung nicht auf. Sie haben eine Idee, wohin sich die Verunglückten gerettet haben könnten, und bohren einen Schacht zum sogenannten »Alten Mann«, einem stillgelegten Kohleflöz. Und tatsächlich, zwei ganze Wochen nach dem Unglück ziehen sie elf Bergleute lebendig wieder ans Tageslicht. Dreckig, hungrig, fast unverletzt. Das sogenannte Wunder von Lengede ist durch Tatkraft, Einsatzbereitschaft und nie erlöschende Hoffnung tapferer Arbeiter zustande gekommen. Das sind die wahren Helden. Unsere ganze Familie freut sich ehrlich mit ihnen und ihren Familien – das Zugehörigkeitsgefühl unter Arbeitern lässt niemals nach.

Was dagegen nachlässt, sind seit einer Weile meine Rückenschmerzen. Ich glaube fast, ich nehme weniger Tabletten. Überhaupt denke ich, es geht mir besser. Ich könnte beinahe sagen, es geht mir ausgezeichnet.

»Du bist verknallt!«, sagt Agi siegessicher. »Seh ich doch genau.«

Die Welt ist von einem auf den anderen Tag freundlich geworden, denn wir sind in die Türkei gefahren. Wir haben Gisela mitgenommen, die jetzt nur noch Gigi genannt werden will, und wieder Charly, ihren Verlobten. Die Abkürzungen auf »i« oder »y« liegen uns im Blut. Agi, Tutti, Charly, Gigi. Meine große Schwester nervt fast gar nicht, obwohl sie mich die ganze Zeit schon aufzieht. »Jetzt sag schon. Wer ist es?«

Wir sitzen beide im Schatten und schlürfen heißen, zuckersüßen Tee. Ausgeschlafen und bester Laune gucke ich aufs blaue Meer.

Er ist wunderschön. Und er lässt mich glauben, ich sei das auch. Ich schwebe wie das Fräulein Wunder auf einer rosa Wattewolke. Wie eine von Raffaels Putten liege ich zu Füßen der angebeteten Madonna und möchte fast andächtig die Hände falten. Vielleicht ist das der Grund, warum ich als Ungläubige in der Kirche bin und Kirchensteuer bezahle. Die Liebe zu den dicken Engelchen.

Wie eine plüschige Hummel trudelt Trudy über einer gerade sich öffnenden Sonnenblume. Kein Mensch weiß, wie sich dieser schwere Brummer in der Luft halten kann, aber das Hummelchen fliegt, glaubt es mir, meine lieben Freunde. Kein poetischer Schwachsinn ist mir gerade zu peinlich. Ja, ich bin sentimental, und ich bin es gern. Er ist der Brausekern im Kirmeslolli für mich, die Erdbeermarmelade im Berliner, die kandierte Kirsche im Hawaiitoast. Er ist mir hier in Kappadokien begegnet, schön wie ein persischer Prinz, unter Hunderten bunten Ballonen, die majestätisch über den verwunschenen Feentürmen in den Himmel steigen, als fände dieses Spektakel nur zu seinen Ehren statt.

Und seither habe ich das Zauberwort vergessen, um wieder in die reale Welt zurückzukehren. Mutabor? Nein. Ich bleibe einfach im Paradies.

Agi zwinkert mir ermutigend zu. »Lass ihn nicht entkommen!«

Das habe ich auf keinen Fall vor. Ich will diesen stolzen, schönen Kerl mit seinen langen, seidigen Wimpern gern eine Weile mein Eigen nennen.

Im Herbst des gleichen Jahres erscheint der Monumentalfilm »Cleopatra« im Kino, und die ganze Welt spricht von der heißen Affäre zwischen den beiden Hauptdarstellern Liz Taylor und Richard Burton, dabei sind die blutige Anfänger gegen uns!

Ich bin etwas verärgert, weil die Taylor rattenfrech genau meinen Stil kopiert. Die schwarz umrandeten Augen habe ich seit vielen Jahren, genau wie den Hang zu geradezu royalen Modeschmuckensembles und meine sehr individuelle Auffassung von passender Garderobe. Dieses etwas orientalisch angehauchte Gesamtkunstwerk ist seit jeher *mein* Markenzeichen! Es wurmt mich, dass jemand mit meinen Ideen zum Superstar wird und mir am Ende auch noch diese Traumrolle wegschnappt.

Als mich das Festkomitee Kölner Karneval fragt, ob ich 1964 die Prinzenproklamation im Gürzenich mit einem Auftritt bereichern könnte, weiß ich sofort, als was. Der Schwur, nie wieder bei denen im Karneval aufzutreten, ist in dem Augenblick vergessen, wo sie mich fragen. Das ist endlich die Gelegenheit, der Taylor und manch anderem eins auszuwischen.

Aufgerödelt bis unter die Haarwurzeln lasse ich mich in einen Persianer einrollen – man beachte die Anspielung auf den oben genannten persischen Prinzen, der mich natürlich spielend jeden Tag einwickelt. Als Kölsche Cleopatra werde ich im ehrwürdigen Gürzenich quer durchs Publikum auf die Bühne getragen. Dort werde ich entrollt, und der überraschte Aufschrei der Gäste ist mir sicher, denn mit mir hat keiner gerechnet.

»Seit das Tailors Lies' mir die Rolle vor der Nase fortgeschnappt hat, kann ich das Mensch nicht mehr leiden!«, maule ich ins Mikrofon. *»Dabei bin ich doch prinzdeniert für diese Rolle, denn ich bin vom Nil. Vom Köln-Niehl«*, triumphiere ich und habe schon gewonnen.

»Ich habe auch sehr viel mehr Material anzubieten«, fahre ich fort, *»stimmliches Material natürlich.«*

Kurz vor Schluss verpasse ich noch »Cäsar« Thomas Liessem einen linken Haken, denn ich mag äußerlich eine ägyptische Königin sein, aber ich habe ein Gedächtnis wie ein Elefant, mein Lieber. Er lacht ein bisschen zu affektiert. Denkt wohl, so merke niemand, dass hier über ihn gelacht wird. Über den alten Nazikönig, den Cäsar des Kölner Karnevals, wie ich ihn nenne. Ich bin kurz vor dem Tyrannenmord, Liessem-Schatz, und lache gönnerhaft mit. Ich denke, er hat mich genau verstanden.

Agi hat anschließend mit Nachbarn eine tolle Karnevalsparty organisiert, und wir gehen dieses Jahr beim Veedelszoch mit. Ihre Idee ist großartig und passt zu meinem erhabenen Gefühl darüber, dass mich das Festkomitee doch wieder zurückhaben wollte und ich Herrn Liessem spät, aber nicht zu spät, eine verbraten habe. So sieht der Karneval gleich wieder attraktiver aus.

Wir gehen alle als überdimensionierte Kommunionkinder. Die Kirche hat einfach immer verdient, einen übergezogen zu bekommen. Die kleine Monika, in deren Kinderzimmer wir uns bei Agis Nachbarin verkleiden, ist nicht ganz so überzeugt von unserem Auftritt. Mit Blumenkränzchen, weißen Kleidchen, »Rattenschwänzen«, wie man die kurzen Zöpfe über den Ohren bei kleinen Mädchen nennt, und Brillen natürlich, denn Kommunionkinder sind sehr schlau heutzutage, putzen wir uns heraus und haben jede Menge Spaß. Sogar mein persischer Prinz macht mit und kriegt eine blonde Perücke.

Meine Schmerzattacken sind wie weggeblasen! Von diesem Ausflug zu meiner Familie kann ich eine Weile zehren und gebe rasch dem WDR ein Interview, bevor ich nach Jugoslawien fliege.

»Sie sind ja privat genauso nett wie im Film«, sagt der Journalist, und ich wundere mich, woher er das weiß. Natürlich kichere ich pflichtschuldig in die Kamera und bedanke mich artig mit gesenktem Blick. Wir Frauen wissen, wie man sich in der Öffentlichkeit zu präsentieren hat, wenn man ankommen will.

In Jugoslawien werde ich einen richtigen Western drehen. In den Originalkulissen von Old Shatterhand, das ist doch mal etwas anderes.

Die Landschaft ist so spektakulär, wie wir es aus Karl-May-Filmen kennen. Freddy Quinn singt »Der Wind der Prärie«. Wieder einmal dient der Film lediglich dem Verkauf einer Schallplatte, aber das Filmset ist international, und Klaus spielt mit. Weil er genau wie ich sehr dick ist, muss er mit mir die lustigen Rollen spielen. Wir kennen uns seit dem »Café Oriental« – Klaus Dahlen ist einer der netten Kollegen. Wo man sich freut, sie wiederzutreffen.

Vertragsgemäß ist Anfang Mai die Sache im Kasten, und ich habe frei.

Kurz vor den großen Ferien dringt nördlich von Niehl, im Nachbardorf Volkhoven, ein Mann in die Grundschule ein, mit Lanze und Flammenwerfer, und tötet lauter Kinder und Lehrerinnen. Es ist unfassbar! Die Irren leben mitten unter uns, und wir erkennen sie nicht. Sie wirken wie ganz normale Leute, besuchen Karnevalssitzungen und gehen zur Arbeit, bis sie eines Tages mit einem Flammenwerfer auf kleine Kinder losgehen. Vielleicht ist es unsere Art zu leben, die uns verrückt macht. Ich sehne mich nach ungetrübter Sonne und nach Wurzeln, die tiefer reichen als die meiner Tomatenpflanzen auf der Fensterbank. Ich muss raus aus dieser Stadt. Weil mir Cleopatras güldenes Band den Weg weist, fliege ich ins Land der Pharaonen. Allein. Ich habe gerade Thomas Manns Joseph-Geschichten gelesen, und sie haben mich tief berührt. Er hat sie nach seiner Palästina-Reise aufgeschrieben, und ich habe sie so oft gelesen, dass ich einen Teil auswendig kann. Ich erinnere mich an die stolzen Gesichter der Araber, die ich in Paris gesehen habe. Ich will das Land sehen, in das Joseph von seinen Brüdern verkauft wurde. Ich will das Land sehen, wo Jaakob das erste Mal seiner Rahel am Brunnen begegnet. Der Frau, für die er insgesamt vierzehn Jahre lang Knechtschaft unter Ägyptern auf sich nimmt, um sie heimzuführen, weil man ihm nach den ersten sieben Jahren boshaft die falsche Frau verschleiert zuführt. Die Unbedingtheit seiner Liebe, die Ursprünglichkeit des geschilderten Daseins bringen eine Saite in mir zum Klingen, die ich noch nie gehört habe.

Außerdem tragen die Ägypter den Lidstrich genau wie ich. Die alten Ägypter jedenfalls, so muss ich mich in Sachen Make-up nicht umstellen. Ich fürchte schon lange, dass der Staudamm, den sie am Nil bauen, Ramses' alten Assuan-Tempel in den Fluten versinken lässt, noch bevor ich ihn gesehen habe. Der erste Bauabschnitt ist fertig, allerhöchste Zeit also, sich auf den Weg zu machen.

Ich bin sofort begeistert von der antiken Schönheit der Wüstenvölker und ihrem Lebensernst. Wie banal erscheint dagegen unsere Welt?

Mein schöner persischer Prinz zu Hause wirft nicht mal

einen Bruchteil dieser Bedingungslosigkeit in die Waagschale, sodass wir, als ich zurück bin, ordentlich aneinandergeraten, dieser Nichtsnutz! Er findet, dass ich mir zu viel herausnehme. Dass ich Forderungen stelle, die ein Mensch aus Fleisch und Blut nicht erfüllen könne, ein Mann schon gar nicht. Forderungen, die lediglich in einer Erzählung wie der von Jaakob und Rahel wahr werden. Ob ich denn in Ordnung fände, dass Jaakob zwei Frauen habe. Dass er auch den Dienstmägden jede Menge Kinder mache. Der sei mitnichten die Lichtgestalt, die ich in ihm sähe. Wenn mir daran läge, einen Haufen Nebenfrauen zu haben, da ließe sich sicher etwas machen … Er versteht nichts. Es wird jeden Tag schlimmer.

Ich sei dick, sagt er. Weil ich dauernd fresse. Der Fiesling. Immerhin bezahle ich selbst, was ich essen will. In Sachen Stolz stehen wir uns in nichts nach. Der Streit eskaliert, bis ich ihn kurzerhand rauswerfe. Er hat Glück, dass ich ihn nicht zu vierzehn Jahren Knechtschaft in der Fahrschule meiner Schwester verurteilen kann.

Mitten in der Nacht setze ich ihn vor die Tür und mache mir einen ganzen Stapel Reibekuchen. Ich weiß auch nicht, warum mir nach einem heftigen Streit immer gleich so der Magen knurrt. Ich könnte mich schwarzärgern, dass kein Apfelmus im Haus ist. Nicht mal ein Apfel, sodass ich mir auch keines kochen kann. Ich überlege, zu Agi zu fahren, denn die hat bestimmt Eingemachtes im Keller.

Dann greifen in der bangen Stunde kurz vor dem Morgengrauen, die Goethe so treffend beschrieben hat, Einsamkeit und Stille nach mir, und ich muss einen Freund anrufen. Zum Glück nimmt er ab.

»Komm!«, überrede ich ihn. »Wir nehmen das erste Flugzeug, das morgen früh am Flugplatz startet. Ganz egal, wo es hingeht. Wir steigen ein und fliegen in die aufgehende Sonne. Nur ein paar Tage.«

Er willigt ein, und die Maschine fliegt uns nach Tripolis. Sollte das Zufall sein? Ein mittelalterlich wirkendes arabisches Königreich? Irgendeine Macht zieht mich offenbar zum archaischen Leben der Wüstensöhne wie ein gigantischer Magnet. Zu den Menschen, zur Landschaft, zur Lebensart. Wir machen einen Ausflug an den Rand der Sahara, und ich kann kaum erklären, was mir geschieht. *Ich schnuppere die Luft und schaue voller Faszination in die unendliche Weite. Die Landschaft liegt vor mir wie der erste Tag der Schöpfung.* Das sagt das Kommunistenkind aus dem atheistischen Arbeiterviertel. *Die Natur raubt mir den Atem. Sie gibt mir Mut, wieder von vorn anzufangen.* Immer wieder von vorn anzufangen. *Weil alle Dinge klarer werden, deutlicher und ich ihren Wert erkenne.* Möglicherweise fühlen sich Menschen genau so, wenn sie Drogen nehmen. Diese plötzliche Erkenntnis. Schon wieder ein biblisches Wort. Als ob ich vom Baum der Erkenntnis genascht hätte. Die Menschen, die hier leben, strahlen genau das aus. Erkenntnis. Klarheit. Das Wesen aller Dinge. Ich bin erneut außerordentlich beeindruckt. Ergriffen. Fürchte mich noch weniger als sonst vor salbungsvollen Worten.

Mein Begleiter ist etwas irritiert. Wir müssen leider zurück.

Diesmal drehe ich in Berlin einen Edgar-Wallace-Film. Er spielt rund um das Pferderennen in Ascot. Ich war gespannt auf die Hüte, die wir tragen werden. Ascot ist doch berühmt für die grandiosen Hüte der Damen wie bei Königs.

Aber jetzt wohnt eine leise Unruhe in mir. Eine Sehnsucht, von der ich zuerst nicht weiß, wonach. Nicht die Sehnsucht nach Stille, nach Alleinsein, die ich schon kenne und die mir sofort auf die Füße fällt, wenn sie Realität wird.

Ich habe plötzlich das Gefühl zu wissen, wo der Ort ist, den ich suche. Wo ich ihn finden kann. Mir werden die alltäglichen Dinge lästig. Ich empfinde meine Arbeit mit einem Mal als Hindernis, das es zu überwinden gilt, um zum eigentlichen Zweck meines Lebens zu gelangen. Nicht mal die Hüte haben das Zeug, mich abzulenken. Vielleicht verliere ich den Verstand. Um das herauszufinden, plane ich generalstabsmäßig eine neue Reise.

Die Reise meines Lebens. *Ich sehe mich in der endlosen Wüste auf Forschungsreise. Ich sehe mich unerhörte Entdeckungen machen. Das große Abenteuer zieht mich in die Ferne – und so manche Dinge, die im Lehrbuch für höhere Töchter eher nicht zu finden sind. Wenn andere Frauen von Pelzmänteln träumen, von Abendroben von Dior und Cardin schwärmen, möchte ich mir mit den Zugvögeln den Wind um die Ohren sausen lassen und mit ihnen fliegen, dahin, wo immer die Sonne scheint.*

Ich brauche wen, der mich fährt, denn ich kann nicht Auto fahren. Und ein Geländewagen muss her. Ich brauche wen, der das Fahrzeug zur Not reparieren kann, denn ich will weit weg von jedweder Zivilisation. Ich brauche Ersatzteile, Wasser, Essen und Benzin. Ich brauche Karten. Ich will in die Wüste, aber diesmal richtig.

Als Erstes rufe ich Agi an, sie kommt mit. Agi hat vor nichts Angst und ist sehr geschickt in Sachen Autos. Dann erinnere ich mich an Gigis – inzwischen – *Ex*-Verlobten Charly Werner. Das ist ein praktischer Kerl. Der wohnt mittlerweile in Frankfurt, aber er ist Kfz-Mechaniker. Für die technische Abteilung genau der Richtige! Gustl kann ich nicht brauchen, der kann ja nicht mal einen Eimer Wasser von hier nach da tragen, ohne in Tränen auszubrechen.

Ich organisiere sämtliche Visa für uns alle und plane eine genaue Route quer durch die Wüste. Ich möchte gern die Tanezrouft-Piste fahren: Marokko, Algerien, quer durch die

Zentralsahara bis nach Mali. Drei bis vier Monate werden wir brauchen. Wir müssen genau ausrechnen, wann wir wo sind, um jeweils das passende Visum zu haben. Wir brauchen einen Überblick, wie viel Wasser, wie viel Treibstoff zu laden ist, um von einer Oase zur nächsten zu kommen.

Und ich kaufe mir eine komplette Kameraausrüstung, denn ich will einen Film über die Reise in die Wüste drehen. »Das Lächeln der Welt« soll er heißen, darunter mache ich es nicht, und ich bin urplötzlich davon überzeugt, meine eigentliche Profession, meine Aufgabe in diesem Leben gefunden zu haben.

Ich habe wahrhaftig genug Filme gemacht und weiß genau, wie so was geht. Das ist kein Herrschaftswissen. Produzentin, Drehbuchautorin, Kamerafrau, Regisseurin, Hauptdarstellerin, Erzählstimme, Kulissenbau, Kostümbild – ich bin alles in einer Person, und Agi und Charly gehen mir zur Hand.

Ich habe sogar eine professionelle Klappe gekauft, »Trude-Herr-Produktion«, steht darauf. Ich schreibe zurzeit am Skript. Die Wurzenspielerin entpuppt sich als Filmproduzentin. Das hättet ihr nicht gedacht …!

Charly fragt, ob wir nicht besser eine Versicherung abschließen, aber das ist rausgeworfenes Geld. Ich beteilige ihn am Gewinn, wenn der Film fertig ist und wir ihn verkauft haben. Zweihunderttausend sollte er schon bringen, und Charly verspreche ich die Hälfte. Eigentlich ist er damit viel zu gut bezahlt, der Charly.

Bis Anfang Juni habe ich alle Tourneeverpflichtungen und Filmaufnahmen hinter mir gelassen. Wir haben sowieso gerade eine Flaute, und ich habe Hermann und Gustl gesagt, dass ich in diesem Jahr nichts mehr annehmen will. Im September geht es los, wir beginnen in Agis Haus im Bergischen.

11

Der Film startet damit, dass Charly und ich noch schlafen und von unserer Reise in die Wüste träumen. Als der Wecker klingelt, taste ich mich mit geschlossenen Augen durch leere Pralinenschachteln auf dem Nachttisch zu einem Butterbrot, in das ich erst hineinbeißen muss, bevor ich die Augen auch nur einen winzigen Spalt öffnen kann.

Ich wecke Charly, er trinkt sein letztes Dom Pils, und wir steigen bei strömendem Regen ins Auto, fahren los gen Süden, der Sonne entgegen.

So steht es in meinem Drehbuch. Da es aber gar nicht regnet, muss ich für die Aufnahmen jemanden mit Gießkanne aufs Autodach stellen, zwei andere wackeln kräftig am Fahrzeug, um die beginnende Fahrt zu simulieren, das merkt hinterher keiner mehr, besonders dann nicht, wenn ich den Himmel durch die Windschutzscheibe geschickt heranzoome.

Wir fahren über die Autobahn an die Côte d'Azur, über die Costa Brava, Costa del Sol bis hinunter in die Sierra Nevada nach Gibraltar. Wir setzen über nach Tanger, dem Tor zu Afrika, fahren über Rabat und Casablanca immer weiter bis nach Marrakesch.

Marrakesch ist wie eine wunderschöne üppige Geliebte, die krank ist, die noch schön aussieht, aber die innerlich bereits von Krebsgeschwüren zerfressen ist. Sie ist verbraucht, zu viel Haschisch, zu viel Weihrauch und zu viel Liebe. Jeder liebt die Stadt, der sie nur einmal gesehen hat. [...] Ja, sie ist noch schön, diese rote, kranke Marrakesch mit der

*Verklärtheit und dem Wissen um ihr Ende. Tausendund-
eine Nacht liegt hier in den letzten Zügen, kommt, Leute,
und seht, auf dem großen Jahrmarkt ist sie noch einmal
ausgestellt.* Wir lassen die Zivilisation hinter uns. Ihre letzten Zeugnisse wie ein römisches Theater oder ein Kolosseum, fast so
groß wie das in Rom, sind nur noch Schemen weit hinter uns
am Horizont. Als wir in Algerien auf die ausgewählte Piste
fahren, warnt uns ein Schild, niemals den gekennzeichneten
Weg zu verlassen. Die sind gut. Welchen Weg?

Das Kommando habe ich, weil ich die bin, die sich schlau-
gemacht hat, und meine Assistenten müssen parieren. So
eine Filmproduktion braucht immer einen Chef. In meinem
Fall eine Chefin. Bleiche Schädel von bedauernswerten Scha-
fen und Ziegen am Wegesrand künden von der Grausamkeit
des Verdurstens und dem Ernst unseres Unternehmens. Weil
ich ständig Vorträge halte, was wir tun sollen und was nicht,
welche Aufgaben wer zu erfüllen hat und was unbedingt zu
unterlassen ist, fährt Charly irgendwann übermütig mit dem
Geländewagen volles Karacho die nächste Düne hinauf und
bringt fast das Fahrzeug zum Umkippen.

Agi kreischt vor Vergnügen, und mir bleibt das Herz
stehen. Er will, dass ich mal für eine Weile die Klappe halte,
sagt er, und das tue ich. Charly sagt, dass ich ein Angsthase
sei. Viele Menschen behaupten, ich sei ängstlich. Na und?
Anderswo mag so etwas Spaß sein, wir sind hier in der Wüste
und nicht im Märchenwald, das haben meine Mitreisenden
offenbar noch nicht kapiert. *Wenn man einmal weiß, wie
wertvoll ein Liter Wasser sein kann, erscheinen die Probleme
zu Hause klein und unwichtig,* doziere ich vor mich hin,
als ich mich von der Vorstellung erholt habe, mitten in der
Wüste hilflos wie ein Käfer auf dem Rücken zu liegen. *Der
ganze Ballast fällt in der grandiosen Natur von einem ab,
als wäre er nie da gewesen.*

Da sehen wir kurz vor der nächsten Oase ein Auto mit Kölner Kennzeichen. Es ist nicht zu fassen. Gerade hatte ich das Gefühl, die kleingeistige Welt der Belanglosigkeiten hinter mir zu lassen, da kreuzt sie schon wieder tolldreist meinen Weg.

»'ne Kölsche«, schreit Agi sofort begeistert los, dreht das Fenster runter und ruft:»Alaaf, ihr Bekloppten, was treibt euch denn in die Wüste?«

Sie freut sich wie verrückt, will unbedingt anhalten und meint das ernst. Da platzt mir die Hutschnur.

»Wir fahren Tausende von Kilometern unter Lebensgefahr und hohen Kosten, die ich allein zu tragen habe, durch eine Kathedrale der Natur, um einzigartige Bilder zu einem Dokumentarfilm zu verarbeiten, und du hast nix Besseres zu tun, als dich dem nächsten Kölschen an den Hals zu schmeißen? Du dämliche Kuh, hätte ich dich doch bloß nicht mitgenommen – du verstehst nichts, rein gar nichts. Du bist so primitiv mit deinem Scheißlokalpatriotismus, du behinderst meine künstlerische Arbeit! Wie soll ich frei im Kopf werden, wenn meine blöde Schwester vor lauter Heimweh überall Kölner Kennzeichen sichtet?«

Als wir uns der Zivilisation wieder annähern und sie die Schranktür in unserem Hotelzimmer zuhalten muss, damit ich dort drin meine Fotos entwickeln kann – die arabischen Vertikos sind für Frauen meines Ausmaßes nicht konzipiert, aber woanders gibt es keine absolute Dunkelheit –, breche ich mit dem Schrankboden durch und liege in der Entwicklerflüssigkeit mitsamt meinem kompletten Kladderadatsch auf der Erde.

»Madonna in den Trümmern!«, kriegt sich Agi in Anspielung auf die Kölner Kirche St. Kolumba nach dem Krieg vor Lachen nicht mehr ein, und jetzt geraten wir derart aneinander, dass sie vom nächsten Flughafen aus zurück nach Köln fliegt. Sie kapiert einfach nicht, dass in dieser Landschaft, bei diesen Menschen für Albernheiten aus unserer Welt kein Platz mehr ist.

Wie ernst diese Wüste sein kann, erleben wir im Tschad. Die Regenzeit ist zu Ende, und die von einem auf den anderen Tag einsetzende Trockenheit hat den Boden gnadenlos zu Beton gebrannt. Dumm nur, dass kurz zuvor eine ganze Herde Elefanten durch den Morast marschierte, deren tiefe Spuren über viele Kilometer die komplette Piste zerlöchert zurückgelassen haben wie ein Meteoriteneinschlag die Mondlandschaft. Einen anderen Weg gibt es nicht.

Als wir völlig erschöpft und durcheinandergeschüttelt kurz vor Mali zwei Briten begegnen, erzählen sie uns verzweifelt, dass man sie nicht einreisen lässt, weil ihr Visum abgelaufen sei. Sie sind gezwungen umzudrehen, zurück auf die Mörderpiste, obwohl sie kein Benzin mehr haben, um zur nächsten Oase zu gelangen. Nachdem Charly und ich genau ausgerechnet haben, dass wir bequem bis zur nächsten Station kommen, geben wir den Briten von unserem Benzinvorrat ab, sodass auch sie sicher zurückreisen können. Dabei steht außer Frage: Wir hätten ihnen nichts geben können und sie dem sicheren Tod überlassen, wenn es nur noch für uns gereicht hätte.

Eine Erkenntnis, die mich für Wochen nicht mehr loslässt. In der Wüste hast du nichts zu verschenken. Sie sieht dir keinen Leichtsinn nach.

Am Tschadsee bekomme ich Fieber. Es wird so schlimm, dass wir nicht weiterfahren können und Charly mich am dritten Tag in eine Krankenstation bringt. Das Fieber kommt und geht, schlimmer Durchfall begleitet es, und ich fürchte, ich habe mir einen Magen-Darm-Infekt zugezogen. Leider hilft das Chinin nicht und auch sonst nichts, was ich an Medikamenten dabeihabe. Der Arzt in der Krankenstation eröffnet mir, dass ich an Malaria erkrankt sei, und verabreicht per Infusion ein Antibiotikum. Wegen des Durchfalls kann es eingenommen seine volle Wirkung nicht entfalten, und ich soll das Bett hüten. Das darf doch wohl nicht wahr sein! In dieser elend feuchten Hitze wird niemand gesund. Alle Reisepläne sind ab jetzt obsolet, und ich brauche Zeit, um mich wieder stark genug für die Heimfahrt zu fühlen. Sie haben mir gesagt, dass die Fieberschübe wiederkommen werden, zumindest die ersten Monate. Wenn ich Pech habe, ein Leben lang. So ein Mist!

Als wir zurück in Köln sind, bin ich zutiefst frustriert und immer noch krank. Mein Rücken macht sich wieder mit anfallartigem Schmerz bemerkbar, den sich kein Mensch vorstellen kann. Vielleicht ist damals doch etwas kaputtgegangen an meinem Steißbein, und jetzt, durch die langen Fahrten auf Rüttelpisten, ist die Verletzung wieder akut geworden. Wenn eine Schmerzattacke kommt, könnte ich laut schreien und bin zu nichts mehr in der Lage. Unvorstellbar, in welcher Größenordnung Schmerz existiert. Ich habe die allerstärksten Medikamente, aber auch sie vermögen nicht, alles zu unterdrücken. Ich soll zum Arzt gehen, sagt meine Familie, aber Ärzte sind Quacksalber und Besserwisser. Ich kenne genug Leute, die mir die richtige Medizin besorgen können. Dafür gehe ich nicht zum Arzt.

Ich wäre nicht mal in der Krankenkasse, wenn Hermann Ahrens, mein Agent, mir nicht so lange zugeredet hätte, bis ich eingetreten bin. Genau genommen nur, um ihn diesbezüglich loszuwerden. »*Du mit deiner bürgerlichen Welt!* Ich will in keine Krankenkasse!«, habe ich ihm gesagt, aber er ließ sich nicht abschütteln. Krankenkasse, Bausparvertrag, Rente – brrr. Das ist nicht meine Vorstellung von Leben. *Es ist besser, in der Sahara zu verdursten, als in Köln-Lindenthal auf die Rente zu warten.*

Mir fällt auf, dass ich trotz der Malaria auf unserer Reise weder Rückenschmerzen noch Alpträume hatte.

Wenige Wochen bevor wir nach Afrika aufgebrochen sind, haben die Amerikaner ihren jungen Präsidenten erschossen, am helllichten Tag. Im offenen Wagen neben seiner schönen Jackie, die vor lauter Panik während der Fahrt auf die Motorhaube zu kriechen versucht. Die Schönen holen die Götter früh zu sich, vielleicht ist es doch besser, ein langes Leben als hässliches Entlein zu führen.

Manche sagen, es war ein Verrückter, andere vermuten: der russische Geheimdienst. Zuzutrauen wäre es ihnen schon, nach ihrer Pleite auf Kuba.

Zunächst muss ich akzeptieren, dass ich vorläufig nicht arbeiten kann. Ich bin noch keine vierzig, aber so krank, dass einfach nichts mehr geht. Was mir fast am meisten Angst einjagt: Ich mag nicht essen. Diesmal ist es ernst. Völlig geschwächt und kraftlos hänge ich »in den Seilen«, wie der Boxer Peter Müller sagen würde. Was mache ich denn, wenn ich gar nicht mehr arbeiten kann? Krankfeiern funktioniert in meiner Branche nicht.

Schließlich gehe ich doch ins Krankenhaus, ins Severinsklösterchen, um mich untersuchen zu lassen. Es könne nicht sein, sagen die, dass ein solcher Schmerz vom Steißbein ausgehe. Mit dem Steißbein sei alles in Ordnung. Ich müsse abnehmen. Und die Malaria auskurieren. Und weniger rauchen. Na großartig, für diese kompetente Einlassung lassen die sich auch noch bezahlen!

Ich gehe direkt wieder nach Hause, aber wenige Wochen später breche ich erneut vor Schmerzen schreiend zusammen und werde mit dem Notarztwagen ins Krankenhaus gebracht. Bei eilig vorgenommenen Röntgenaufnahmen ist die Lage eindeutig. Die Weißkittel sind alarmiert.

Habe ich ein gebrochenes Rückgrat? Sie schütteln die Köpfe. Wahrscheinlicher sei, dass eine Niere mit Steinen gefüllt sei. Ich müsse sofort operiert werden.

»Moment mal …«, wende ich ein.

»Keinen Moment später«, teilt der leitende Arzt entschlossen mit, »sonst kann ich für nichts garantieren. Wie lange haben Sie denn das schon? Sie müssen doch gewaltige Nierenkoliken haben!«

Ich schweige vorsichtshalber zu meinen Schmerzattacken und ergebe mich in mein Schicksal. Ich hätte diesen Nierentisch nicht kaufen sollen. Es war ja klar, dass meine Nieren mit dieser Konkurrenz nicht leben wollen. Immerhin ist die Narkose gnädig. Wenn ich sterbe, werde ich nichts davon merken. Nierenkoliken. Pah.

Ich sterbe nicht, sondern wache wieder auf. Der Genesungsweg ist leider länger als gedacht, und ganz weg gehen die Attacken keineswegs. Vielleicht stimmt doch mit dem Steißbein irgendwas nicht … Mit meinem Pillensäckchen komme ich einigermaßen über die Runden, aber ohne wäre ich aufgeschmissen. Ich versuche es im Januar mit einem kleinen Auftritt und sehr vielen Tabletten, aber es ist noch sehr schwierig.

Die Eröffnung der »Lachenden Sporthalle« Otto Hofners in diesem Jahr kann ich leider nicht mitmachen, und das ist so schade! Er hat es tatsächlich geschafft, seine »Volkssitzung«, zu der jeder sein Picknick und sein Pittermännchen mitbringt, 1965 in die Tat umzusetzen. Ausprobiert hat er das Ding letztes Jahr in Dortmund, da habe ich meinen »Spiegel-Twist« vor Tausenden gesungen. In diesem Jahr wagt er es in Köln, und ich bin nicht dabei.

Er bringt tatsächlich einen Elferrat aus Dortmund mit, das gefällt dem Kölner Festkomitee sicher außerordentlich …! Camillo Felgen von Radio Luxemburg ist als Moderator dabei, Karl Berbuer, Kurt Lauterbach, die Doof Noss alias Hans Hachenberg, die Ratsbläser von Köln, das Eilemann-Trio und der unvermeidliche Willy Millowitsch. Mist! Mein Platz wäre unbedingt auf dieser Bühne gewesen! Es schmerzt fast noch mehr als der Rücken, nicht dabei zu sein.

Hoffentlich erinnert sich nächstes Jahr noch jemand an mich!

Im April unternehme ich einen neuen Versuch aufzutreten und muss mich sehr zusammenreißen. Die Erschöpfung ist nach wie vor groß, und die Schmerzattacken kehren immer wieder. Die Königin von England kommt zu Besuch. Die Stadt ist schon wieder ganz aus dem Häuschen. Statt zu Prinz und Jungfrau rennen diesmal alle, um die Queen zu sehen. Weil ich Zeit habe, verfolge ich im Fernsehen und in der Zeitung den Frankfurter Auschwitz-Prozess. Die Urteile sollen noch in diesem Sommer verkündet werden. Fritz Bauer, ein deutscher Jude und Generalstaatsanwalt in Frankfurt, fasst es als seine Lebensaufgabe auf, die Mörder von damals einzeln dingfest zu machen und hinter Gitter zu bringen. Gar nicht so einfach, wie sich herausstellt, denn in einem Rechtsstaat müssen für jede Tat schlüssige Beweise erbracht werden, und viele Juden wollen nicht nach Deutschland kommen, um auszusagen. Sie glauben nicht, dass ihre Folterer von einst verurteilt werden, viele haben Angst vor der Begegnung. Die hundertvierzig Herren von damals, die seit zwei Jahren in Frankfurt vor Gericht stehen, erinnern sich nicht, jemals einem Juden etwas zuleide getan zu haben.

Wahrscheinlich haben die sich allesamt selbst verschleppt, verstümmelt und vergast …

Ich muss an Papa denken, der scheinbar Glück hatte, wenn man hört, wozu diese Untiere alles fähig waren. Dann erfasst mich der Gedanke, dass er uns vielleicht nie erzählt hat, was sie wirklich mit ihm gemacht haben. Viele Opfer schämen sich zutiefst, weil sie schwach waren, weil sie überlebt haben oder weil sie in ihrer Not andere verraten haben, höre ich. Ich denke daran, wie verändert er für Mama und

Agi war, ich selbst kann mich kaum an die Zeit vor seiner Verhaftung erinnern. Wer weiß, was er erlebt hat. Ein Gedanke, den ich sehr schnell wieder wegschiebe.

Agi hat mal erzählt, dass sie sonntags mit dem Fahrrad nach Siegburg gefahren ist, weil sie wusste, dass sie Papa dort eingesperrt haben. Sie wusste auch, dass er für das Zuchthaus mit einem Karren Brot in einer Großbäckerei abholen musste, und hat sich in deren Nähe an den Wegesrand gestellt, um ihn wenigstens zu sehen. Sie durfte sich nichts anmerken lassen, aber sie war sicher, dass er sie auch gesehen hat, und jetzt fällt mir ihre Geschichte wieder ein.

Und mir fällt ein Lied ein, das Papa manchmal leise gesungen hat. Es ging um Moorsoldaten, sie ziehen mit den Spaten ins Moor. Ich bekomme die Geschichte nicht mehr ganz zusammen, ich habe mich nicht genug für ihn interessiert. Ich glaube, es ging um eine kommunistische Zeitung, »Die Weltbühne« und ihren Chef, den die Nazis auch sofort nach ihrer Wahl eingesperrt hatten, und zwar in einem Konzentrationslager im Emsland. Ossietzky hieß der und hat den Friedensnobelpreis bekommen. Aber leider hatten ihn die Nazis da schon fast totgeschlagen. Ohne Zähne, mit einem eingeschlagenen Auge wurde er zwar noch in ein Militärkrankenhaus gebracht, aber dort ist er gestorben. Und in den Lagern oben im Emsland, im Moor, haben die Häftlinge immer dieses Lied gesungen, denn sie mussten jeden Tag von morgens bis abends den Torf ausgraben. Vernichtung durch Arbeit, nannten die Nazis das.

»Ich glaube, es ist eine traurige Wahrheit, dass wir unserem Affenzustand noch sehr nahe sind und dass die Zivilisation nur eine dünne Decke ist, die schnell abblättert«, sagt Generalstaatsanwalt Fritz Bauer ein wenig resigniert in einem Interview. Der Mann mit der dicken schwarzen Brille verbreitet in seiner Unnachgiebigkeit dennoch eine gewisse Hoffnung auf Recht, obwohl bestimmte Zeitungen nichts unversucht lassen, um seine Reputation in ernste Zweifel zu ziehen. Schließlich sei er ein »warmer Bruder«, und das sei nicht nur strafbar, sondern weise nach allgemeiner Auffassung mindestens auf einen zweifelhaften Charakter hin. »Wir können aus der Erde keinen Himmel machen, aber jeder von uns kann etwas tun, dass sie nicht zur Hölle wird«, entgegnet Bauer grimmig und ignoriert die Vorwürfe. Was für einen Kampf kämpft dieser einsame Mann und für wen? Glaubt er wirklich, wir können die Welt zur Rechenschaft ziehen für das, was sie uns antut? Mir erscheinen die Naziverbrechen viel zu monströs, als dass ich sie in meine Welt hereinlassen kann. Ihre Unmenschlichkeit erschreckt mich derart, dass ich mich nicht damit beschäftigen will. Ich ertrage nicht, was real war, und muss meine Aufmerksamkeit woanders hinlenken, um weitermachen zu können. Die Gesellschaft sieht das offenbar ähnlich. Sie beschäftigt sich lieber damit, über Schwule herzuziehen, über dicke Weiber zu lachen und Freddy Quinns Seemannsgarn zu lauschen.

Ein kleines Gastspiel lädt mich in die DDR ein, nach Berlin in den Friedrichstadt-Palast und nach Leipzig, und ich sage begeistert zu. Meine erste Begegnung mit dem real existierenden Sozialismus. Das sollte doch wieder gehen! Gigi fährt mich in ihrem alten Ford Capri, damit ich nicht allein reisen muss. Ich fahre nicht gern ohne wenigstens ein bekanntes Gesicht in meiner Nähe.

Die Gage von mehr als sechstausendfünfhundert Mark wird in bar ausgezahlt, das meiste in Ost und ein Fünftel in West. Weil wir das Geld nicht mit nach Hause nehmen dürfen, das wäre Devisenschmuggel, sagen sie, müssen wir es ausgeben. In den paar Tagen! Von morgens bis abends ziehen wir durch die Geschäfte in Berlin und Leipzig, denn allzu viel hat der Arbeiter-und-

Bauern-Staat nicht zu veräußern. Was er hat, ist vergleichsweise preiswert, und das mag prima für die Arbeiter und Bauern sein, für mich wird es zum Problem. Bücher, von Gerhart Hauptmann bis Karl Marx, Einmachgläser, eine komplette Fotoausrüstung mit erstklassigen Zeiss-Objektiven aus Jena und ein Backbrett kaufen wir ein. Schmuck. Weniger nach Schönheit als nach Wert. Ich schätze, dies ist das erste Mal in meinem Leben, dass ich Mühe habe, mein Geld loszuwerden. Und das ausgerechnet mir, von der Familie und Freunde sagen: Wenn ich zwanzig Mark verdiene, gebe ich dreißig aus. Als wir es fast geschafft haben und in Gigis Auto wirklich nichts mehr reinpasst, eröffnet uns die nette Dame aus dem Produktionsbüro, dass wir noch eine Nachzahlung zu bekommen hätten, und unsere Einkaufstour geht von vorne los.

Zu Hause ergeben sich weiter große Probleme, Anschluss an meine Arbeit zu finden, die Filmangebote bleiben aus. »Der deutsche Unterhaltungsfilm hat seine besten Jahre hinter sich«, erklärt mir mein Agent Hermann bedrückt, »Papas Kino ist mausetot. Ein paar Heimatfilme vielleicht noch – aber fürs Fernsehen und nicht fürs Kino. Die Leute haben das ›Pantoffelkino‹ der netten kleinen Geschichten jetzt zu Hause. Im Kino wollen sie teure Monumentalfilme aus Hollywood sehen, ›Cäsar und Cleopatra‹, ›Spartacus‹, ›Lawrence von Arabien‹ – da kommen die deutschen Studios mit ihrer Schwarz-Weiß-Technik nicht mehr mit. Wenn ich dir was raten darf: Schlagerrevuen gehen nach wie vor. Du musst halt auf Tournee gehen, das kennst du doch.«

Von der Kurt-Edelhagen-Schau, bei der ich schon seit ein paar Jahren mitwirke, bis Max Greger tingele ich wie eine Menge anderer Unterhaltungskünstler das ganze Jahr von Bad Tölz bis Timmendorfer Strand durch Kurhäuser, Stadthallen und Aulen. Du bist immer auf der Straße, schläfst immer in spießigen Hotels mit schlechtem Frühstück und hast immer das Gefühl, einer Seniorenveranstaltung beizuwohnen. Einer sehr bürgerlichen Seniorenveranstaltung. Also haargenau mein Ding …

Wir haben zwar eine junge Bevölkerung in Deutschland, aber die kommt nicht zu Schlagerkonzerten. Sie hört englische Beatmusik und kreischt wie von Sinnen, wenn diese Milchbärte von den Beatles oder den Rolling Stones aufspielen. Agi erzählt, auf der Berliner Waldbühne haben sich die Fans mit der Polizei geprügelt. Sie ist froh, dass Gigi nicht auch so verrücktspielt.

Ich singe alte Schlager, mache alte Mätzchen, nicht einmal eine neue Schallplatte ist in Sicht. Ich singe natürlich jedes Mal die »Schokolade«.

Das hatte ich mir deutlich anders vorgestellt. Ich singe einfach immer die »Schokolade« und schlage meine Knie zusammen, damit die Leute darüber lachen.

Manchmal, wenn ich sehr gut drauf bin, gehe ich an freien Tagen unerkannt auf die Hohe Straße zu Campi, singe dort aber nicht die »Schokolade«, sondern hotte ein bisschen mit den Jazz-Livebands herum. Mache einen kölschen Text auf Frank Sinatras »Fly Me to the Moon«. Das macht großen Spaß, doch mit Jazz in kleinen, wenn auch berühmten Milchbars kann man leider kein Geld verdienen! Außerdem hält sich der Spaß in Grenzen, sobald dort über Politik debattiert wird.

In Indochina ist ein unerbittlicher Kampf entbrannt zwischen Kommunisten und Kapitalisten. Der ist bei Campi häufig Thema, weil auch amerikanische Bands hier spielen. Ein Bürgerkrieg tobt seit Jahren in einem Land namens Vietnam, und das kommt mir alles so bekannt vor. Die jungen Leute sind entsetzt über die kriegerische Auseinandersetzung und darüber, dass die Amis aktiv in diesen Krieg eingreifen. Die Russen unterstützen offenbar die Kommunisten im Norden und die Amerikaner die Kapitalisten im

Süden. Im Koreakrieg war das doch ganz ähnlich, seit dem Ende des Zweiten Weltkrieges gibt es einen sogenannten »kalten« Krieg der Systeme, der für weit entfernte Länder offenbar ziemlich heiß werden kann. Diesmal bombardieren die Amis ein Land Tausende von Kilometern von ihrer Heimat entfernt und töten unbewaffnete Zivilisten. Die meisten Künstler sind für die Kommunisten und für Gerechtigkeit. In Amerikas Universitäten protestieren immer mehr Studenten gegen den Militäreinsatz. Ich weiß nicht, was ich dazu sagen soll. Wie lange soll das noch so weitergehen? Für die eine Hälfte der Welt ist der Kommunismus das schlimmste Übel und für die andere der Kapitalismus. Warum lassen wir die Menschen nicht selbst entscheiden? Es scheint überall nur um eines zu gehen: anderen zu sagen, was sie zu tun und zu lassen haben.

Ein Kollege berichtet, dass sich an Pfingsten eine Menge Sänger und Musiker auf einer Burgruine getroffen haben, Burg Waldeck, gar nicht so weit von Köln. Sie nennen sich Liedermacher, singen Protestlieder und bauen Nomadenzelte auf, sogenannte Jurten, um darin zu diskutieren.

»Gammler auf Burg Waldeck – Nihilistische Pfingstfeier«, lautete die Überschrift im »Rheinischen Merkur«.

Der Gedanke Fritz Bauers an den überaus dünnen Firnis der Zivilisation beschäftigt mich immer noch. Was ist eine Zivilisation wert, wenn sie so leicht abblättert und verschwindet? Wenn die Leute, die den ganzen Mist ausbaden müssen, nie gefragt werden? Egal, ob Studenten in Universitäten, Künstler in italienischen Eiscafés oder in Jurten auf Burgruinen, sicher ist, diese ganzen Debattierer stecken niemals selbst im Schützengraben oder in einbrechenden Bergwerksstollen. Die können leicht herumschwadronieren. Sollten wir nicht lieber jeder für sich nach etwas suchen, das uns persönlich fordert, statt klugzuscheißen, was für andere gut und richtig ist?

Nach etwas, das die Jahrtausende über Bestand hat, das ursprünglich und wahr ist? Das älter und größer ist als wir? Das uns Respekt einflößt? Respekt voreinander und vor der Welt.

Wenn ich im Herbst die riesigen Kranichzüge über Köln sehe, wie sie laut schreiend – manchmal sogar nachts – ihren Weg nach Süden suchen, immer der Sonne und dem ewigen Sommer entgegen, *überfällt mich jedes Mal eine große Unruhe, und ich habe die verrücktesten Träume. Dann möchte ich der Sonne entgegenreisen und nie mehr zurückkommen.* Sie kennen ihren Weg ganz genau. Kenne ich meinen nur annähernd so gut?

Ich möchte all die Unwichtigkeiten sofort aus der Hand legen und mich den kreischenden Kranichen anschließen, über Frankreich, Spanien, den Felsen von Gibraltar nach Marokko, Algerien und immer weiter nach Süden ziehen. Es ist wie Magie, wie ein Sog, dem ich mich nicht zu widersetzen vermag. Sie wechseln sich ab – wer vorn fliegt, übernimmt den schwierigsten Part. Sie vertrauen den erfahrenen Vögeln, die die Route kennen, und lernen, sie beim nächsten Mal selbst wiederzufinden. *Flieg, mein Vogel, flieg ...* Es muss ja nicht gleich Frank Sinatras Mond sein.

Warum fällt es uns so schwer, es den Vögeln gleichzutun? *Die Sahara fordert uns Menschen wirklich heraus. Die Hitze, die Strapazen. Ja, es ist ein wenig Krieg dabei – durchhalten um jeden Preis.* Aber du schadest mit diesem Kampf niemand anderem. *Es ist ein bisschen Eigernordwand mit drin, der Ehrgeiz, es zu schaffen.* Vielleicht sollten wir all die Kriegstreiber und Besserwisser für eine Weile in die Wüste schicken.

12

Gut, dass ich mich entschieden habe, Filmproduzentin zu werden und unterhaltsame Dokumentarfilme über die Wüste zu drehen. Diesmal habe offenbar ich das richtige Näschen. Ich habe gutes Geld mit schlechten Filmen verdient und kann mir damit eine neue Existenz als Produzentin aufbauen. Das soll meine neue Aufgabe werden. Grandiose Naturaufnahmen, anrührende Geschichten aus der Ewigkeit und eine ordentliche Portion Mutterwitz, das ist ein völlig neues Genre. Das hat so noch niemand gemacht. Ich bin sicher, sie werden mir meine Filme aus den Händen reißen, und stürze mich mit großer Begeisterung in die Arbeit.

Im Dezember reise ich ein zweites Mal in die Wüste, vor Februar/März werden wir nicht zurückkommen. Diesmal führt unser Weg auf die Hoggar-Piste, die Transafrikastraße durch Algerien, Niger und Nigeria, mehr als viereinhalbtausend Kilometer lang, sie beginnt in Algier. Zusätzlich will ich einen Abstecher nach Obervolta machen, wo das Volk der Fulbe lebt, in der Sprache der Kolonialherren die »Peulh«. Dort werde ich meine Rahel und meinen Jaakob finden, denn die Menschen dort sollen von ungewöhnlicher Schönheit und Grazie sein.

Ich will mir die Schönsten aussuchen und mit ihnen die Geschichte von Thomas Mann nachstellen. Authentisch, unverfälscht, ohne Kunstlicht, so roh und ungeschützt, wie wir Menschen in diese Welt geworfen werden, als Gegenmodell zu unserem verdorbenen Sein.

Agi will nach unserer letzten Auseinandersetzung nicht mehr mit, ich fahre mit Charly und Gerdheinz, dem Bär. Charly hat noch mal zusätzliche Benzintanks in unseren Land Rover eingebaut, sodass wir jetzt sechshundertvierzig Liter tanken können und dreihundert Liter Wasser. Auf das Dach habe ich eine riesige Hutschachtel geschnallt, denn dieser Hut mit seinem gigantischen Blumen- und Früchtearrangement soll bei meinem Film eine wichtige Rolle spielen. Welche, wird mir schon noch einfallen.

Kurz vor Faya-Largeau hat unser Auto einen Differenzialschaden. Da wir kein Ersatzteil dabeihaben, legt sich Charly im Sandsturm unter das Fahrzeug, um die hinteren Räder vom Antrieb abzukoppeln, damit sie nicht mehr blockieren. Bär hilft ihm. Mir ist etwas langweilig. Es sind zum Glück nur rund dreißig Kilometer bis zur Oasenkette um den Wendekreis des Krebses herum, Gefahr besteht also keine für uns.

Eine Kamelkarawane hält an und fragt, ob sie uns helfen können. *Die Tuareg sind das kultivierteste Volk Afrikas. Weitab von jeder Zivilisation haben sie sich eine eigene Sprache, eine eigene Schrift, ja sogar eine eigene Literatur geschaffen. Sie sind die freiesten, stolzesten und männlichsten Männer, die ich je gesehen habe. Sie sind freundlich und haben unendlich viel Humor.*

Wir lehnen dankend ihr freundliches Hilfsangebot ab, aber ich habe eine Idee. Während Charly notdürftig das Auto flickt, damit wir zur Oase kommen, könnte ich doch mit einem dieser schmucken Berber auf dem Kamel bis zur Oase *reiten*. Ich könnte Hilfe zu Charly und Bär schicken, falls ihre provisorische Reparatur nicht funktioniert.

Als die stolzen Wüstensöhne nicken, klettere ich zur Verwunderung der Karawanisten auf das Dach unseres Fahrzeugs und öffne die mittels Gepäckspinne befestigte Hutschachtel. Ich setze mir das Ungetüm auf, was beim

Sturm gar nicht so einfach ist, ein Gummi löst sich, und ich bekomme einen ordentlichen Schmiss auf die Wange. Leicht blutend dirigiere ich unter einem riesigen Früchtehut den bereitwilligen Kameltreiber direkt neben das Auto und klettere über die Motorhaube auf die Höcker seines Wüstenschiffs, das glücklicherweise weiter von fachkundigem Personal gesteuert wird.

Ich habe mehrmals gesehen, wie Kamele aufstehen, nämlich mit den Hinterbeinen zuerst. Da möchte ich keinesfalls schon draufsitzen, denn ich ahne, dass ich bei dieser Aktion, grazil und sportlich, wie ich bin, mit der Eleganz eines Albatros zu Boden gehen werde wie ein nasser Sack. Weil ich von der Motorhaube aus fast spielend auf das stehende Tier gelangen kann, ist diese Klippe raffiniert umschifft. Charly und Bär schmeißen sich weg vor Lachen. Sie wissen genau, dass ich sie jetzt nicht zu packen kriege.

Auf der herrlich schunkeligen Weiterreise der traditionellen Art schmerzt zwar nach kurzer Zeit ordentlich die ungeübte Kehrseite, aber ich stelle mir die ganze Zeit vor, wie ich in die Stadt einreiten werde, huldvoll winkend, während die Menschenansammlungen zu unseren Füßen begeistert applaudieren oder Palmwedel vor mir auf den Boden legen wie einst vor dem bärtigen Sohn eines Zimmermanns aus Nazareth.

Bedauerlicherweise muss ich ein gutes Stück vor der Stadt absteigen, denn mir wird unmissverständlich klargemacht, dass es sich für einen Mann nicht schickt, hinter sich eine fremde und noch dazu weiße Frau auf dem Kamel sitzen zu haben. Als ich schwitzend und mit geschwollenen Füßen in Faya-Largeau ankomme, sind Charly und Bär längst da.

In manchen Oasen wohnt nur eine Handvoll Menschen, bettelarm und viele krank, ohne jede ärztliche Hilfe. Ich verteile großzügig Augentropfen, Salbe und Schmerztabletten, was die Leute zu großer Dankbarkeit und Gastfreundschaft veranlasst.

Beim Stamm der Fulbe wenig später beiße ich allerdings auf Granit. Die Menschen hier können weder lesen noch schreiben, sind noch nie Vertretern der westlichen Zivilisation begegnet, haben nicht vor, dieses Manko auszuwetzen, und reagieren entsprechend misstrauisch. Es dauert lange, bis sie so viel Vertrauen fassen, dass ich sie bei ihren normalen Tätigkeiten filmen darf. Hier und da kostet es einen Kaugummi, rot lackierte Fingernägel oder etwas Lidschatten. Was sie aber auch mit der größten Geduld keinesfalls akzeptieren: dass ich ihnen für die Dreharbeiten sage, was sie tun sollen. Der Begriff Schauspiel oder so tun, als ob, ist ihnen völlig unverständlich und erscheint ihnen unehrlich bis unmöglich.

Zusammen mit Charly fahre ich in die Hauptstadt und bitte den deutschen Botschafter um Hilfe. In der Hauptstadt gibt es ein Theater und einheimische Schauspieler, die sich bereit erklären, mitzumachen. Ich suche mir die beiden schönsten aus, »trimme« sie ein wenig auf Fulbe, und sie spielen die biblischen Szenen nach, die ich benötige. Nicht genau das, was ich mir gewünscht hatte in Sachen Authentizität, aber das merkt außer mir niemand.

Nach drei Monaten fahren wir wieder nach Hause, mit mehreren Kilometern schwarz-weißem Material im Gepäck und Filmaufnahmen zu Jaakob und Rahel, die ich sogar in Farbe gedreht habe, um das leuchtend blaue Gewand der schönen Rahel gebührend in Szene zu setzen. Diese Geschichte wird ein eigener Kurzfilm werden, er soll »Das Lächeln der Welt« heißen. Niemand lächelt wie diese bildschönen Kinder der Wüste. Für meinen großen Wüstenfilm finde ich noch einen anderen Titel.

Ich bin überzeugt, dass es großartig werden wird, wenn ich meine Arbeiten erst fertig geschnitten habe ... Originalton benötigen wir fast nie, ich werde den Streifen mit meiner Erzählstimme unterlegen, damit die ganze Sache nicht zu ernsthaft wird. Die Texte dafür schreibe ich unterwegs fleißig mit der Hand in dicke Kladden, wie Schulkinder sie haben.

Im Niger machen wir im Hotel Air in Agadez Station und genießen es, jeder ein eigenes Zimmer zu haben, was für ein Luxus! Als ich über den Innenhof nach Gerdheinz, dem Bär, rufe, dass er mir bitte meine Unterhosen von der Wäscheleine hereinbringe, steht plötzlich ein Wilhelm Hirschmann vor mir und fragt, ob wir aus Deutschland seien. Was will der denn?

Etwas unschlüssig drehe ich den frisch gewaschenen Schlüpfer in den Händen und mustere Herrn Hirschmann durchdringend. Er suche eine Mitfahrgelegenheit – dabei guckt er etwas irritiert auf das, was ich in den Händen halte. Ich bin zunächst nicht sehr angetan von der Idee, jemanden mitzunehmen, den wir nicht kennen. Nachdem ich das saubere Wäschestück wieder an seinen vorgesehenen Ort verbracht habe, essen wir zusammen. Wir können uns Herrn Hirschmann ja einmal anschauen.

Am Ende beschließen wir, das letzte Stück gemeinsam zu fahren, und ich berichte voller Enthusiasmus und in allen Einzelheiten von meinem Projekt. Erzähle, wo wir überall schon gewesen sind und was wir alles noch vorhaben. Welche Schwierigkeiten ich zu meistern hatte und welche Erkenntnisse mir zuteilwurden. Ich erkläre, wie berühmt ich bin und was ich alles kann, bis er schließlich irgendwas von seiner Firma erwähnt und dass er leider schneller nach Hause müsse als gedacht. Er schiffe sich jetzt doch schon in Algier ein und fahre nicht mehr bis Tunis mit.

Er lügt mich an, das sehe ich genau, aber abgesehen davon ist er ein netter Kerl. Wir tauschen die Adressen aus, denn auch er ist völlig vernarrt in die Sahara.

Vielleicht habe ich für seinen Geschmack ein bisschen zu viel geredet. Vielleicht erträgt er nicht so gut, dass eine Frau so viel klüger und erfahrener ist als er. Vielen Männern geht so etwas auf die Nerven. Zumal auch nicht jeder an das gewöhnt ist, was geschieht, wenn sich die Schleusentore der rheinischen Mitteilsamkeit erst einmal geöffnet haben. Wir werden uns bestimmt wiedersehen, mein schweigsamer Freund.

Bevor ich weiter darüber nachdenken kann, ob ich vielleicht eine Nuance zu kommunikativ gewesen sein könnte, bleibt unsere Karre schon wieder stehen. Ich helfe Charly, so gut es geht, die Kiste notdürftig zu reparieren, aber so dreckig, entnervt und müde, wie wir anschließend sind, beschließen wir, in Monastir noch einmal im Hotel zu übernachten und uns erneut den Komfort zu gönnen, ein Bad zu nehmen.

Als ich aussteige, lehnt ein bildhübscher Araber an der Bank direkt vor dem Hotel. Hoppla, ist das ein Schokoladentörtchen, da guckt man gerne zweimal hin! Nur um im nächsten Moment pflichtschuldig und mädchenhaft die Augen niederzuschlagen. Ich kenne natürlich alle erforderlichen Disziplinen der erfolgreichen romantischen Begegnung auf dem afrikanischen Kontinent.

Einen Blick riskiere ich noch. Ist der süß! Ob der abends schon rausdarf? Mir bricht der Schweiß aus.

Er kriegt den Mund gar nicht mehr zu vor lauter Staunen, als die schmutzige, dicke weiße Frau aus dem Auto steigt. Ich kichere wie ein Backfisch. Der soll mich erst mal erleben, wenn ich später nach Rosenöl duftend der Wanne entsteige wie ein Venusberg der Brandung!

Wie sich herausstellt, ist er der Sohn des Hoteliers und von einer auf die andere Sekunde in mich verliebt. Völlig beglückt vermerkt er, dass ich seine Avancen registriert habe und nicht empört zurückweise.

Er ist entzückende sechsundzwanzig Jahre alt und findet meine Körperfülle berauschend. Was soll ich sagen, so habe ich das bislang noch gar nicht gesehen, aber er hat natürlich recht. Zum Rauschgoldengel tauge ich allemal! Endlich verstehe ich, wofür ich mir die vielen Pfunde zugelegt habe. Warum ich mich weigere, ein Hungerhaken wie Twiggy zu werden, der zurzeit die gesamte Modewelt zu Füßen liegt, obwohl man bei ihr gar nicht unterscheiden kann, wo vorne und hinten ist. Das Kind ist ein Brett mit kurzen Haaren wie ein Junge. Da kann ich nicht mithalten und bin deshalb froh, dass es auf der Welt Kulturen gibt, die schätzen können, wenn man einer Frau ansieht, dass sie eine ist. Ahmed ist witzig, klug und außerordentlich charmant. Er staunt, denn eine Frau wie mich hat er noch nie gesehen.

Was für ein Geschenk hat sich denn die Wüste da bis zum Schluss aufgehoben? Hasilein, hast du heute schon etwas vor? Magst du vielleicht essen mit uns? Bedauerlicherweise habe ich nicht mehr viel Zeit, aber auch wir tauschen die Adressen aus und versprechen einander, in Kontakt zu bleiben.

Mit einigem Hochgefühl trete ich die Heimreise an. Eine glänzende Zukunft liegt vor mir. Noch eine Reise, und mein Film ist in trockenen Tüchern. Mit der Aussicht, meinen bildschönen Wüstensohn wiederzusehen, wird die nächste Reise nicht allzu lange auf sich warten lassen, und danach bin ich eine gemachte Filmproduzentin.

Wenige Monate später steht Ahmed in Köln vor meiner Tür. Wie wunderbar! Ich habe mein Gegenstück gefunden, stolz, stark und schön, und auch meine Familie ist verzaubert von dem höflichen jungen Mann aus Tunesien, der schnell und eifrig beim Goethe-Institut Deutsch lernt.

13

Künstlerischer Höhepunkt im Winter 1967 ist die Hallentournee von Otto Hofner an Karneval, denn dieses Mal kann ich mitmachen. Ich bin die letzte Nummer vor der Pause, weil nach mir keiner mehr auftreten will, so sehr reiße ich die Leute von den Stühlen.

»Ich möchte nun ein Lied vortragen, das ich gewöhnlich nur bei Jungfernkränzchen oder in Kinderheimen singe«, fange ich ganz verlegen und kleinlaut an. *»Spiel mal, Liebling!«*, lautet mein Hinweis Richtung Musikkapelle, und dann legen wir mit »Weil ich so sexy bin« los, dass die ganze Halle kocht.

Ja, der Schlager ist nicht neu, aber für mich ist er gerade von berauschender Aktualität. Und natürlich singe ich auch die »Schokolade«. Warum denn nicht? Otto Hofner zahlt anständig, mehrere tausend Zuschauer passen in die Sporthallen – von Hagen, Bremen (!) über Dortmund und Wuppertal bis Köln.

Schon seit Januar versinkt Köln im Schnee.

Gigi findet im Briefkasten in der Mauenheimer Straße ein Flugblatt. Die NPD lädt zur Versammlung in den Kempener Hof nach Nippes ein. Ihre Aufregung ist groß. »Das können wir uns unter keinen Umständen gefallen lassen!«, findet sie.

Nazis greifen schon wieder schamlos nach der Macht direkt vor unserer Nase! Das darf doch nicht wahr sein. Wir melden zum ersten Mal in unserem Leben eine Demonstration an und malen in Agis Fahrschule die Plakate. »Tausend

Jahre sind genug! Das Ende der Demokratie mit der NPD. Polenmorde – Dachau – Neuengamme.« Auf viele werden nur Hakenkreuze gemalt.

Mit fünfundzwanzig Teilnehmern stellen wir uns im dichten Schneetreiben vor den Kempener Hof und bilden ein Spalier, durch das die neuen und die alten Nazis zu ihrer Versammlung spießrutenlaufen müssen. Alle Zeitungen berichten, dass die berühmte Trude Herr dabei ist. Ich bin sehr zufrieden.

Eine Teilnehmerin unserer Nippeser Anti-Nazi-Demo kommt Monate später von ihrem Irlandurlaub zurück und bringt zu unser aller Überraschung ein Taschenbuch mit über Neonazis in Deutschland. Darin ist tatsächlich ein Foto unserer Nippeser Gegendemo zu sehen. In den Augen der Iren haben die Herrs und ihre Freunde das deutsche Ansehen in der Welt gerettet!

Im Juni kommen der Schah von Persien und seine bildschöne Königin Farah Diba nach Deutschland zu Besuch. Alles, was Beine hat, will natürlich einen Blick auf die atemberaubende Schönheit werfen, während ihr Gatte für Deutschland – genauer gesagt für die Amerikaner, aber das ist ja dasselbe – den Einfluss des Kommunismus respektive der Russen im Nahen Osten eindämmen soll. Denn im Nahen Osten ist das Öl, auf das die westliche Welt begehrlich schielt.

Im Gegenzug verspricht ihm unsere Regierung lukrative Zusammenarbeit in vielen Bereichen, obwohl er ein übler Diktator ist. Schon im Vorfeld regt sich vielfach Protest. In den Universitäten werden Gegendemonstrationen geplant. Ein gewisser Rudi Dutschke tut sich als charismatischer Redner hervor.

Bei Auseinandersetzungen mit einer sehr gewalttätigen Polizei wird ein unbewaffneter Student namens Benno Ohnesorg erschossen. Das Gezerre um Ideologie fordert schon wieder Leben auf unseren Straßen.

Es heißt, sie haben ihm in den Rücken geschossen. Das ganze Land ist in Aufruhr. Die, die die wütenden Studenten für die Verbrecher halten, sind in der Überzahl. Ich bin es so leid, dass die Menschen einfach nicht klüger werden.

Ende September beauftrage ich einen Makler, mein Grundstück in Italien wieder zu verkaufen. Es war eine Schnapsidee, dort ein Haus bauen zu wollen, das Geld kann ich gut brauchen. Wir fahren mit der Großfamilie nach Griechenland, unserer zweiten Heimat. Gigis frischgebackener Ehemann ist dabei und Gustl, der mir hilft, Drehbuch und Texte für meine Wüstenfilme zu bearbeiten.

Alle finden nach wie vor selbstverständlich, dass ich die ganze Blase durchfüttere. Keiner interessiert sich dafür, dass auch für mich das Geld nicht vom Himmel fällt. Dass ich ganz schön hart arbeiten muss und dass kein Filmvertrag in Sicht ist. Wie stellen diese Schmarotzer sich das in Zukunft vor? Ständig maulen sie herum, dass ich alle herumkommandiere. Kinder, ich habe auch alles bezahlt. Was glaubt denn ihr, wer hier bestimmen soll?

Nach wenigen Tagen habe ich die Faxen dicke und reise mit dem Liebsten nach Monastir zu seinen Eltern. Soll die gierige Mischpoke zusehen, wie sie ohne mich in Griechenland klarkommt.

In seinem heimischen Umfeld kenne ich meinen Wüstensohn kaum wieder. Er sperrt mich ein, verlangt, dass ich seine Füße wasche und mich anders kleide. Nur unter Aufbietung aller Kräfte und dem Backen kleinster Brötchen kann ich ihn davon überzeugen, auf der Stelle mit dem Quatsch aufzuhören. Ich unternehme ohne ihn von Monastir aus die dritte Saharareise auf der Fezzan-Route über den Tibesti. Seinen Eltern erzählt er mit Sicherheit etwas anderes, aber die müssen auch nicht alles wissen.

Der treue Charly ist natürlich wieder mit von der Partie, sein Flugticket erreicht ihn mit der Post. Wir treffen uns im Hotel von Ahmeds Eltern, und dann geht es los. Bär kommt auch nicht mehr mit, seit ich ihm klargemacht habe, dass er – verdammt noch mal – seine Getränke selber zu zahlen hat. Er behauptet, dass er von mir noch nie etwas angenommen habe, seine Getränke schon immer selbst bezahle und daran auch nichts ändern wolle. Nichts als Geschwätz.

Ich telefoniere mit Wilhelm Hirschmann, dem Mann, der uns bei der letzten Heimreise frühzeitig verließ, aber er kann diesmal leider nicht mitkommen. Beide spüren wir, dass uns etwas verbindet, eine Vertrautheit, und wir nehmen uns erneut vor, unbedingt einmal gemeinsam in die Sahara zu reisen.

Wahre Freunde, das sind für mich Menschen, die den letzten Tropfen Wasser mit mir teilen, wenn es um Leben und Tod geht. Das Gefühl, in der Sahara allein auf der Welt zu sein, ist berauschend, mit nichts zu vergleichen.

Ich habe nirgendwo so stark die absolute Freiheit gefühlt wie in der Sahara. Adra ist der letzte Grenzposten Algeriens vor dem großen Nichts. […] An Heiligabend sind wir mutterseelenallein mit einem kleinen Plastikweihnachtsbaum, mitgebracht aus Italien. […] Der Präfekt hatte uns geraten, nicht allein zu fahren, sondern auf den nächsten Konvoi zu warten, was wir natürlich nicht getan haben. Eine stille Nacht *mitten in der grausamen, schrecklichen, weiten und doch so mütterlichen Sahara.* Man weiß nie, *wo die Groteske aufhört und wo die Tragödie beginnt.* An dieser Stelle benötigt der Mensch Humor, um weiterzukommen.

Am nächsten Tag sehen wir bereits *aus der Ferne die Nadelspitzen des Tibesti, das Vulkangebirge im Osten der Sahara. Aasgeier kreisen* dort *als sicheres Anzeichen für eine bewohnte Gegend. Einmal im Jahr regnet es im Tibesti, und in steinernen Zisternen sammelt sich das Wasser für ein ganzes Jahr.*

Zuar heißt der Ort am Fuße des Gebirges, was so viel wie »liebliche Oase« bedeutet, und seine Einwohner nennen sich Tibus, die Bewohner der Berge. Am Tage nach unserer Ankunft wird dort ein großes Fest gefeiert, der sechste Jahrestag der Republik Tschad.

Der Tag ist rot angestrichen im Kalender und das Fest des Jahres überhaupt.

Wir haben unseren Beitrag zum Fest geleistet und aus sechs leeren Benzinfässern, einem alten Teppich und unserem Sonnenschirm eine Estrade aufgebaut. Alles, was im Umkreis von hundert Kilometern Beine hat, ist gekommen. Die Soldaten, Würdenträger und Hirten, die Frauen, die Kinder, die stattlichen Kamelreiter. Die Soldaten geben dem Ort ein militärisches Aussehen und auch der Stacheldraht, der wieder einmal nur zur Schau aufgestellt worden ist, wie so oft in Afrika. Die Frauen haben ihre besten Gewänder angezogen und sind reich geschmückt. Die Kinder haben bereits im Schatten der langen Kamelbeine Platz genommen.

Es kommen die letzten Zu-spät-Kommer, und sogar der kranke Bettler macht sich auf seine verkrüppelten Beine und will beim Fest nicht fehlen. Sie alle harren geduldig in der Sonne aus, denn auf ein Stündchen mehr oder weniger kommt es hier nicht an. Dann geht ein Raunen durch die Menge.

Da ist er nun, Chef de la Poste, Chef de la Gendarmérie, Chef de Prisonnier, Chef de Militaire, Chef de la Police und wie seine Titel alle heißen mögen, Leutnant der Tschad-Armee, Seele des Ortes, ja des ganzen Tibesti. Ein fleißiger, gutmütiger Mann, nur seine Eitelkeit schlägt ihm manchmal ein Schnippchen. Wenn man bedenkt, dass er mit all diesen Leuten, die hier wie lange nicht gesehene Freunde begrüßt werden, bis eben noch gefrühstückt hat, entbehrt das nicht einer gewissen Komik.

Nachdem er alle einzeln begrüßt hat, hält er noch einmal

eine Begrüßungsrede von der Estrade herunter. Ich musste sie ihm am Tag vorher immer abhören und habe ihn aufgrund meiner schauspielerischen Erfahrungen einige großartige Gesten hinzugelehrt.

Général de Gaulle, Général Eisenhower, Général Adenauer und ich, sagt er.

Er hat niemals erfahren, dass unser Altbundeskanzler nie Soldat gewesen ist. Wir haben es ihm auch nicht gesagt, um ihn nicht zu kränken. In Anbetracht von so viel Feierlichkeit und so vielen erhebenden Gedanken hält mich nun auch meinerseits nichts mehr. Ich schreite zur Tat. Einmal im Leben Wilhelmine Lübke sein.

Angetan mit einem Hut, der sämtliche Präsidentengattinnen und Monarchinnen der Erde vor Neid erblassen lässt, schreite ich nunmehr zur Estrade und verleihe ihm einen Orden. Ich nenne ihn »pour le mérite de l'hospitalité«, was so viel wie »für den Verdienst um die Gastfreundschaft« heißt, und diesen Orden hat er redlich verdient.

Leider habe ich nur einen Karnevalsorden zur Hand, aber was macht das schon bei so viel Begeisterung. Unser Freund trägt ihn mit Stolz, und Général Adenauer ist ihm um einige Zentimeter näher gerückt.

Den Akt der unverbrüchlichen Völkerfreundschaft zwischen Köln-Nippes und dem Dörfchen Zuar im Tschad habe ich für alle Zeiten auf Zelluloid, und das erfüllt mich mit Zuversicht. Eine große Zukunft jenseitig jedweder Ideologie erwartet unsere treuherzigen Völker.

Am 20. November erreicht mich die Nachricht, dass Gustl verstorben ist. Er hat vor zwei Tagen still in einer Straßenbahn in Köln gesessen, als sein Herz einfach stehen blieb. Am Ende der Fahrt fiel dem Fahrer der reglose Gast auf. Ich beauftrage Hermann und Agi, die notwendigen Dinge zu veranlassen und einen Kranz zu bestellen, eine Todesanzeige will ich nicht. Für wen sollte die sein? Für seinen gierigen Freund? Auf keinen Fall.

Dann benötige ich einige Tage unserer Reise, um Gustl im Zwiegespräch die letzten Dinge zu berichten, die mir noch wichtig sind, und will in Ruhe gelassen werden. Charly schaut ständig besorgt nach mir, aber ich jage ihn weg. Ich spreche ein letztes Mal mit Gustl und will mit ihm allein sein. Ich muss ihm vom beginnenden Tag in der Wüste erzählen, vom Neubeginn, denn in der Wüste gehören Anfang und Ende untrennbar zusammen.

Über der Rub al-Khali bekommt die Landschaft Konturen. Zuerst noch grau in grau. Die Sterne werden blasser. Eigentlich ist das die schönste Zeit des Tages. Kein Staub, überall tiefe Ruhe. Im Morgengrauen quält diese Landschaft noch nicht.

Wer sie lange genug kennt, verspürt um diese Tageszeit sogar einen Hauch Feuchtigkeit. Morgentau. Es riecht ein bisschen nach nasser Asche. Bevor die Sonne aufgeht, weht sogar ein frischer Wind, so, als sei dies ein Auftakt zur Schreckensherrschaft des Tages, der Sonne, der Hitze.

Es ist so, als ob die Natur den Menschen noch einmal aufatmen lässt, Luft holen, Kraft schöpfen, bevor die Qualen beginnen. Noch sind der Sand und die Steine kühl. [...] Noch wirft der Planet lange Schatten, tiefschwarz, abstrakt. So, als wolle jeder Stein ankündigen, wie gefährlich es sein kann, wie sehr er in der Lage ist, den Menschen zu quälen.

Und wenn erst die Helligkeit voll da ist, wenn die Augen tränen, wenn die Lider geschwollen und gerötet sind, wenn der Sand wie Salz in den Wunden brennt, weiß man um die ungeheure Kraft der Wüste. Sie zwingt den Besucher, ihre Gesetze zu akzeptieren, und wer sie nicht achtet, krepiert an ihr.

Wer sie aber liebt, dem gibt sie unendlich viel. Besonders an Orten, die die Zivilisation noch nicht heimgesucht hat.

Dort, wo die Schönheit noch keine Blessuren aufweist, wo die Welt einen Glanz hat wie am ersten Tag der Schöpfung.

Es ist eine Landschaft, die keine Vergleiche hat und alle Möglichkeiten zulässt. Sie ist hart, klar, und keine Lüge hat in ihr Platz.

Sie verlangt das Äußerste und gibt gleichzeitig alles. Wie ein Vogel fliegt die Seele voraus und dahin über weites Land, und nichts ist, was sie festhalten kann. Sie wird kühn und frei, frei, frei.

Nirgends gibt sich die Ästhetik der Nacktheit so wie in der Wüste. Ekstase verliert ihre Zweideutigkeit, wenn nicht der Mensch sie praktiziert. Die Wüste: welch eine Ekstase! Welch ein Land, in dem die Steine zu Blumen werden!

Man hat ihr viele Namen gegeben. Das heiße Herz Afrikas. Die Haut des Planeten. Die Schreckliche. Die Schöne.

So schön ihre Nächte auch sind, auch sie quälen und beglücken. Wer die Einsamkeit nicht erträgt, ist unter diesem Sternenhimmel verloren.

Ihre liebsten Kinder jedoch, die Nomaden, die Reisenden, die Ruhelosen, nimmt sie liebevoll in ihre Arme. Jene sind die Söhne der Wolken, die das Unstete lieben. Sie sind hingegeben an das für sie Unberechenbare. Aus der Weite und der Leere erwächst ihnen der Rausch der Ungebundenheit.

Sie, die Ewiggetriebenen, fühlen sich in ihr geborgen. Dort haben sie ein Zuhause, das nicht einsperrt.

Als wir zurückkehren nach Köln, bleibt mir nur, Gustls Grab zu besuchen. Alles hat seine Zeit, so ist der Lauf der Dinge. Leb wohl, Väterchen der Wolken.

Gigi ist böse mit mir, ich hätte dich im Stich gelassen, du seist an gebrochenem Herzen gestorben. Was versteht denn dieses Kind?

14

Weil Ahmed und mir das Gewusel in der Stadt zu viel wird, vor allem im Vergleich zum Leben in der nordafrikanischen Weite, überlegen wir, aufs Land zu ziehen wie Agi und ihr Bär. Da vor einiger Zeit tatsächlich ein neuer Filmvertrag mit der Bavaria ins Haus geflattert ist, geht es zunächst gemeinsam mit der Truppe der alten Haudegen noch einmal auf das Set. »Heubodengeflüster« heißt der Streifen, das klingt vielversprechend. Die Gage ist es in jedem Fall, und die Kritik denkt sich immerhin ein neues Adjektiv für unser Machwerk aus: »schmuddelig«, das hatten wir noch nicht. Das Heubodengeflüster ist also schmuddelig, als es im Dezember erscheint. Soso, ihr verklemmten Schmierfinken. Ihr seid noch nie in eurem Leben über Quadrath-Ichendorf hinausgekommen, aber unseren lustigen, nicht ganz ernst gemeinten Bauernschwank findet ihr schmuddelig. Ruf doch deine Mama, dass sie dir die Augen zuhält, damit du bloß kein Fetzchen nackte Haut einer Sünderin zu Gesicht bekommst, du sauberes Bürschlein. Kannst ja gleich in dasselbe Boot steigen, wo die Weihwasserschwenker schon drinsitzen, für die alles Sünde ist, was menschlich ist. Schmuddelig. Nicht zu fassen. Das sind dieselben Herren, die sich im Schutz der Dunkelheit in der Kleinen Brinkgasse um die Mädels herumdrücken. Das Geld ist nicht schmuddelig, dass ihr's wisst, es ist so sauber wie eures.

Bis auf die Tatsache, dass meines ehrlich verdient ist.

Im neuen Jahr wird mein Wüstenfilm nach monatelanger Arbeit tatsächlich fertig, und ich bin unendlich stolz. Ich erzähle Wilhelm Hirschmann davon, als Ahmed und ich ihn besuchen. »Südwärts durch Sonne und Sand – eine heitere Dokumentation« heißt er jetzt. Das ist ein sehr gelungener Titel. Von und mit Trude Herr. In Sachen Bearbeitung erwähne ich noch einmal Gustav Schellhardt. In alter Verbundenheit. Als Assistenzen Charly Werner und Gerdheinz Herr. Ich lasse mir nicht vorwerfen, ich sei nicht fair.

Ich habe es geschafft. Ich präsentiere ihn allen Leuten im Film- und Fernsehgeschäft, allen Produzenten, die ich kenne, und platze vor Neugier, was sie sagen werden.

Das Höchstgebot wird ihn bekommen. Wilhelm wünscht mir Glück, doch er wirkt ein wenig zurückhaltend. Er könnte mehr Begeisterung zeigen. Ist er etwa eifersüchtig, weil er selbst nicht auf die Idee gekommen ist?

Es dauert mit den Antworten. Wahrscheinlich überlegen sie, was man zahlen muss für eine solche Preziose in fünf Teilen von jeweils einer guten halben Stunde.

Dem WDR stünde dieser Mehrteiler fürs Familienprogramm außerordentlich gut zu Gesicht. Wir bringen Afrika in die Wohnstuben der Menschen, unterhaltsam, lehrreich und mit einem kleinen Augenzwinkern.

Ich erreiche telefonisch niemanden. Komisch. Immer noch keine Antwort. Wenn du wartest, kommt dir die Zeit gleich doppelt so lang vor. Zu oft darf man nicht nachfragen, das drückt den Preis.

Keine Reaktion auf meinen Film. Was ist denn da los? Sind die so platt, was ich abgeliefert habe? Ich kann mir schon vorstellen, dass denen der Mund offen stehen geblieben ist. Das hat mir keiner zugetraut.

Endlich erwische ich wen. Mir schlägt das Herz vor Vorfreude bis zum Hals.

Ich verbrenne mir die Finger an der fast heruntergebrannten Gauloise und stecke mir direkt eine neue an. Meine ganze Leidenschaft steckt in diesem Film, mein ganzes Können. Es gibt noch eine zweite Variante. Vielleicht hätte ich gleich beide vorstellen sollen. Und einen riesigen Bildband gibt es, mit nie gesehenen Fotos. Man kann den Film auch im Kino zeigen und den Bildband parallel dazu verkaufen. Dann kann der begeisterte Zuschauer das Wüstenerlebnis gleich mit nach Hause nehmen, man müsste nur einen Verlag beauftragen. Und ein Reisetagebuch habe ich geschrieben, das kommt mit zusätzlichen Anekdoten noch obendrauf, das kann man herausgeben. Und der Kurzfilm über Jaakob und Rahel.

Es ist wirklich das größte Ding, an dem ich je gearbeitet habe. Drei ganze Jahre, über zehn Kilometer Filmmaterial, zwölftausend Kilometer Strecke zurückgelegt unter Einsatz meines Lebens. In einem Teil der Welt, den hierzulande nie ein Mensch zuvor gesehen hat. Hundert-, nein hundertfünfzigtausend Mark habe ich sicher aufgewendet – jedenfalls habe ich weder Kosten noch Mühen gescheut. Das hat niemand erwartet, ich weiß.

Ich werde diesmal über den roten Teppich gehen. Ich, das Wunderkind. Aber ich werde bescheiden abwinken. Nicht meine Arbeit ist grandios, die Natur ist es. Das unberührte Land, die unverfälschten Menschen, fern jeder Ideologie, das einfache Leben der Eingeborenen.

Ich zeige nur Bilder. So wie Chargesheimer.

Sie wollen ihn nicht. Sie sagen, das kaufe mir keiner ab. Sie sagen, ich sei die Ulknudel, und einen Dokumentarfilm von mir nehme niemand ernst. Zumal er auch nicht stringent dokumentarisch sei, sondern manchmal lustig, hier und da sogar despektierlich.

Das sagen die, die überhaupt reingeschaut haben. Sie sagen, so gehe das nicht. Entweder Fleisch oder Fisch. Ich höre die Worte, aber ich verstehe nichts. Entweder Dokumentar oder Kommentar. Entweder Büttenrede oder Lied, verstehe ich. Und der Kommentar stünde mir nicht zu. Ich sei schließlich keine Afrikaexpertin. Keine Wissenschaftlerin. Nicht mal eine Filmemacherin. Die meisten lehnen ab, ohne sich überhaupt ein Bild gemacht zu haben. Nicht mal das bin ich ihnen wert. Dass sie sich ansehen, was sie verurteilen.

Nach dem letzten Telefongespräch wird mir schwarz vor Augen, und ich höre meinen eigenen Schmerzensschrei, bevor ich mir dabei zusehe, wie ich zu Boden gehe. Diese gottverdammten Schmerzattacken kommen in den unpassendsten Momenten.

Im Krankenhaus sagen sie mir, dass das Asthma durch das viele Rauchen sehr viel schlimmer geworden sei. Und die Zuckerkrankheit. Ich müsse Insulin spritzen, wenn ich meine Nieren behalten wolle. Die Schmerzen in den Füßen, das sei Gicht, und die komme von der bereits eingeschränkten Nierenfunktion. Ihr könnt mich alle mal. Entfernt doch meine Nieren, mein Herz wurde mir schon längst herausgerissen!

Diese Demütigung! Ich pfeife auf Nieren. Jetzt muss ich allen sagen, dass aus meinem Film nichts wird. Ich ringe nach Luft. Jetzt muss ich allen sagen, dass niemand meinen Film will. Dass ich auf einen großen Stein scheißen wollte, aber den Arsch nicht hochkriege. Mein Brustkorb fühlt sich an wie ein eiserner Harnisch, der von Sekunde zu Sekunde enger geschnürt wird.

Ich höre schon, wie sie mich auslachen. Mit Fingern werden sie auf mich zeigen. Die, die sowieso immer über mich hergezogen sind. Die, die mich noch nie leiden konnten. Die, die immer schon mehr sein wollten als ich. Die, die schon immer neidisch waren. Ich fühle mich wie ein angeschossenes Tier. Ich blute. Diese unendliche Schmach. Wo ist das

Mauseloch, in das ich mich verkriechen kann? Ja, ich weiß, es müsste das Loch einer ziemlich großen Maus sein. Ich möchte ab jetzt nur noch tief verschleiert unter Menschen gehen wie eine Wüstenbewohnerin.

Der Studentenführer, der maßgeblich gegen den Vietnamkrieg der Amerikaner, aber auch gegen die alten Nazis in Führungspositionen unseres Landes und für eine kommunistische Haltung eintritt, der charismatische Rudi Dutschke, ist Ostern auf offener Straße angeschossen worden. Schnell geht die Nachricht um, ein Nazi habe das Attentat verübt. Am 28. Mai 1968 demonstrieren in Köln auf dem Neumarkt lauter »Halbstarke«, wie die Leute sagen, gegen die Notstandsgesetze. Zwei Wochen vorher ist die sogenannte »außerparlamentarische Opposition« im Sternmarsch nach Bonn gezogen, und Heinrich Böll hat seine großen Bedenken gegen eine nunmehr befürchtete »totale Mobilmachung« des Staates und die Einschränkung der Grundrechte eines jeden Einzelnen im »Krisenfall« zum Ausdruck gebracht. Leider vergebens.

Mama ist entsetzt. »Es ist alles wie damals«, sagt sie, als sie mich im Krankenhaus besucht. »Es wird jeden Tag schlimmer.«

Wenige Wochen später marschieren die Russen in die Tschechoslowakei ein, weil sich Dubček und Svoboda, die Prager Regierungschefs, für etwas mehr Freiheit eingesetzt haben. So geht das wirklich nicht mehr weiter mit den Kommunisten, die können doch nicht überall einfach mit ihren Panzern einmarschieren und Hunderte von Leuten erschießen. Ich bezweifele manchmal, dass die in Moskau überhaupt wissen, welche Idee hinter dem Kommunismus steckt und wofür die Leute auf unseren Straßen demonstrieren. Wofür mein Papa zwölf Jahre im KZ gesessen hat. Die Studenten lassen nicht locker.

»Sie lassen sich die Haare bis auf die Schultern wachsen, diese Gammler«, sagen die Leute hasserfüllt.

»Die gehören in ein Arbeitslager, damit ihnen mal die Flausen ausgetrieben werden. Oder an die Wand gestellt! Und den Frauen mit den kurzen Röcken gehört der Arsch versohlt. Wenn die Kommunismus wollen, sollen sie doch rübergehen, in die Ostzone.«

»Es ist wie vor dem Zweiten Weltkrieg«, sagt Mama, »da ging es auch mit den Straßenkämpfen los, die nicht mehr aufhörten. Kommunisten gegen Kapitalisten und Faschisten gegen beide. Da ging es genau wie jetzt gegen jede Freizügigkeit, insbesondere die von Frauen.«

Sie habe 1926 ebenfalls protestiert. Mit mir im Bauch und Agi und Rudolf an der Hand. Für das Recht auf Abtreibung.

Ich bin unschlüssig, ob dieses Engagement für mich spricht, und beschließe, mich damit nicht genauer zu beschäftigen. Im Augenblick debattiert das Land den Sittenverfall bei jungen Leuten im Besonderen deshalb, weil Frauen mit der Antibabypille selbst bestimmen könnten, ob sie Nachwuchs wollen oder nicht. Ein Skandal, dass sich das Weib jetzt auch noch seiner gottgegebenen Aufgabe verweigern kann.

»Das passt den Kerlen nicht«, sagt Mama. »Deshalb werfen sie in Debatten gern die Antibabypille und das Contergan-Schlafmittel in denselben Pott. Die Schadensersatzprozesse zum Contergan-Skandal sind zurzeit in aller Munde. Das ist praktisch, um bei den Frauen große Ängste vor dem Verhütungsmittel zu schüren. Vor Krebs, vor Unfruchtbarkeit oder vor Missbildungen späterer Kinder.«

Dabei ist es sowieso alles andere als leicht, an dieses Medikament zu kommen, ohne verheiratet zu sein und mindestens drei Kinder vorweisen zu können. Hm, dann hätte ich es also vermutlich auch in Zeiten der Antibabypille geschafft, das Licht der Welt zu erblicken. Niemand versteht besser als ich, wie wichtig es ist, dass nur Kinder geboren werden, die gewollt sind. Du kämpfst dein Leben lang um Liebe, wenn du als Kind gesagt bekommst, dass du eigentlich nicht vorgesehen warst. Es kann nur gut sein, wenn sich auf diesem Planeten ausschließlich Wunschkinder tummeln. Und noch eine beunruhigende Parallele zu den zwanziger Jahren fällt Mama auf. In den zwanziger Jahren gab es eine weltweite Seuche – die Spanische Grippe. Und jetzt breitet sich wieder eine aus – diesmal die Hongkong-Grippe. Vielleicht hängt alles zusammen.

Die Ideologie, die die Menschen veranlasst, einander nach dem Leben zu trachten, und das Virus, das tötet und gegen das es kein Mittel gibt.

Die einzige Hoffnung stiftet eine neue Bewegung aus Amerika. Als Gegenmodell zu den brutalen Vietnamkriegern stecken sich junge Menschen Blumen ins Haar und setzen sich auf die Straßen zu sogenannten Sit-ins. Sie nennen sich Hippies und treffen sich in San Francisco.

The Mamas and the Papas singen: »If you're going to San Francisco, be sure to wear some flowers in your hair. All across the nation, such a strange vibration, people in motion. There's a whole generation with a new explanation, people in motion.«

Dieses Lied der Blumenkinder geht um die Welt, und dass eine solche Bewegung etwas bewirken könnte, ist leider viel zu schön, um wahr zu sein. Um an so etwas zu glauben, bin ich nicht mehr naiv genug.

Der Winter ist schon wieder sehr kalt und hört nicht auf. Seit vielen Jahren haben wir diese eiskalten Winter mit dem vielen Schnee, in dem im Februar und im März noch die ganze Stadt versinkt.

»Das Wetter spielt auch verrückt«, sagt Mama. »Seit sie die ganzen Raketen in den Himmel schießen, wird es hier immer kälter. Der ganze Nordatlantik hat so viel Eis wie seit sechzig Jahren nicht. Es gibt Leute im Fernsehen, die prophezeien uns eine neue Eiszeit, weil sie uns die schützende Atmosphäre zerschossen haben und die Eiseskälte aus dem Weltraum ungehindert auf die Erde dringen kann.« Irgendwann kommt aber auch in diesem Scheißjahr der Frühling. Ganz in der Nähe der Großen Brinkgasse macht der Skandalgalerist Michael Werner neue Ausstellungsräume auf, in der Sankt-Apern-Straße, steht in der Zeitung. Ein großer Rechtsstreit ist vor einigen Jahren durch die Presse gegangen. Werner habe in Berlin unzüchtige Bilder seines Künstlers Georg Baselitz gezeigt, die die Staatsanwaltschaft sofort beschlagnahmte. Na, der passt ja in mein unzüchtiges Viertel wie die Faust aufs Auge.

»Eine Nacht im Eimer« hieß das eine Bild, das habe ich mir gemerkt, weil dieser Titel auch von mir hätte sein können. Es soll einen Phallus darstellen, aber das muss man dranschreiben, von allein kommt da keiner drauf. Das andere weiß ich nicht mehr. Sie sind zu progressiv und zu freizügig, hieß es, und jetzt kommt dieser Berliner Galerist und lässt sich in Köln nieder.

Ich glaube, die Staatsanwaltschaft musste ihm seine Bilder zurückgeben, aber natürlich interessiert sich seither die Presse für seine Galerie und schreibt, wenn er in Köln eine Dependance eröffnet.

So muss man es machen. Die Presse braucht immer Futter. Du musst auffallen. Regeln brechen. Irgendwas mit Sex oder wenigstens nackter Haut. Alles, was nach Skandal riecht, ist nützlich für Künstler.

Meine Niederlage als Filmemacherin ist allerdings kein geeigneter Skandal. Da geht es nicht um mangelnde Kleidung, das ist mangelndes Know-how.

Ich bin erledigt. Für immer. Die Araber würden sagen, ich habe mein Gesicht verloren, und das trifft es haargenau.

15

Fritz Bauer, der Staatsanwalt aus Frankfurt, wurde tot aufgefunden. Es wird vermutet, dass er sich das Leben nahm, aus Verzweiflung darüber, wie durch das neue Einführungsgesetz zum Gesetz über Ordnungswidrigkeiten all die Prozesse der Schreibtischtäter, die er minutiös vorbereitet hatte, nichtig wurden und nicht weiterverfolgt werden können.

Beim Parteitag der CDU dringt eine junge Frau mit falschem Presseausweis bis zu Bundeskanzler Kiesinger vor und verpasst ihm vor laufenden Kameras wegen seiner Nazivergangenheit eine schallende Ohrfeige. Beate Klarsfeld heißt sie, und sie hat bereits zwei Jahre zuvor in einer französischen Zeitung veröffentlicht, dass Kiesinger wegen seiner Tätigkeit im nationalsozialistischen Außenministerium ungeeignet sei, deutscher Bundeskanzler zu sein.

Heinrich Böll schickt ihr einen Riesenstrauß rote Rosen. Ob er mir auch welche geschickt hätte, wenn er wüsste, was mir passiert ist?

In der Straße um die Ecke, die so heißt wie ich, in der Gertrudenstraße im Keller, gibt es seit einer Weile ein Kabarett, das »Machtwächter« heißt. Sie wollen der Macht auf die Finger gucken, die jungen Leute, sagen sie in der Presse, na, denn viel Spaß! Eine Handvoll Zuschauer findet sich dort am Wochenende ein und verlangt eine andere Politik.

Freiheit für Frauen. Abschaffung des Paragrafen hundertfünfundsiebzig.

Die Künstler tragen Rollkragenpullover und machen ernste Gesichter. Sie haben Adressen von Abtreibungskliniken ausgehängt und Fotos von Kiesingers Ohrfeige. Manchmal fliegen Bierflaschen auf die Bühne, wenn den Leuten etwas nicht passt oder die Veranstaltung zu langweilig erscheint. Mir ist diese Art Agitproptheater zu protestantisch. Zu freudlos. Das sind schon wieder solche Schwadronierer, die für kleine Leute ein Buch mit sieben Siegeln bleiben. Was wollen die? Wenn Kabarett, dann komisch – das weiß man doch seit langer Zeit. Schon Heinz Erhardt hielt nichts von Politik in der Komik. Und wenn es jemand weiß, dann wohl er.

Ich scheine mit dieser Einschätzung nicht ganz falschzuliegen, denn viele Zuschauer finden sich dort bislang nicht ein, erzählt mir Agi. An manchen Tagen bleibe der Laden ganz zu.

Ich fahre ein paar Wochen zu Wilhelm, der stellt keine Fragen, ich brauche immer noch Abstand. Abstand von meiner Niederlage. *Wir träumen von Ténéré und kriegen uns über meinen Leichtsinn und seine Sturheit in die Haare. Aber vielleicht auch nur wegen der Basken und wegen Leuten, die die Ordnung stören.*

Es ist ein guter Streit. Einer, der mich von meinen Problemen ablenkt. Einer, der von gegenseitigem Respekt und Vertrauen erzählt. Niemandem auf der Welt erlaube ich, so mit mir zu streiten wie Wilhelm.

Im Sommerurlaub in der Türkei lege ich mich derart mit Ahmed an, dass der Rest unseres Clans froh ist, als wir den Urlaub genau wie im letzten Jahr vorzeitig abbrechen. Ich weiß nicht mal mehr, worum es ging. Er war beleidigend, böse und betrunken. Ich habe ihn beschimpft und ihm das Geld weggenommen. Er hat mich geschlagen. Ich habe ihn an den Haaren gezogen. Wir lieben uns, kommen aber nicht miteinander aus.

Ein paar Wochen später, nach ihrer Rückkehr, stellt die

Familie überrascht fest, dass wir beiden Streithähne geheiratet haben. Die Wohnung in der Brinkgasse ist gekündigt und ein Haus in Loope bei Engelskirchen gemietet, in der Bruchstraße 30. Es ist gar nicht so weit zu Agi und Bär. Denen tut das Landleben auch gut, vielleicht ist das auch besser für uns.

Man kann der Presse entnehmen, dass wir in absehbarer Zeit nach Tunesien gehen wollen, um dort eine Bar zu eröffnen. Noch einmal etwas ganz Neues anzufangen ist ein schöner Gedanke. Ich muss vergessen, noch mehr Abstand schaffen. Wir brauchen Platz, Vogelgezwitscher. Natur. Außerdem kaufe ich einen Aufsitzrasenmäher und pflege mit Hingabe unsere Grünanlage rund um das »Anwesen«. Die Presse kommt und macht Fotos. Wenn die Zeitungsfritzen weg sind, mäht Ahmed.

Vielleicht ist es wirklich besser, wenn wir in Zukunft in Monastir leben. So ganz glücklich war Herr M'Barek nie mit der Nachbarschaft in der Kleinen Brinkgasse, muss ich zugeben. Wo die Mädchen halb nackt auf der Straße stehen, mit langen weißen Stiefeln bis übers Knie und nur einem Unterhöschen bekleidet, das diesen Namen nicht verdient. Ihm ist schon ein Dorn im Auge, dass überall die kürzesten Miniröcke zu bodenlangen Maximänteln getragen werden und Knautschlackstiefelchen auch fernab der Kleinen Brinkgasse das Tüpfelchen auf dem »i« sind. Er ist froh, dass diese Art Kleiderordnung aus Gründen für mich nicht in Frage kommt. Ein Streit weniger.

Wir kommen im aufgeräumten und ebenso vollständig wie zweckmäßig angezogenen Loope deutlich besser zurecht. Ahmed weiß nicht, dass ich als Ehefrau streng genommen ab jetzt seine Erlaubnis benötige, um zu arbeiten oder auch nur ein eigenes Konto zu haben. Ich werde es ihm bestimmt nicht auf die Nase binden, schlimm genug, dass es immer noch so ist. Auch wenn ich jetzt offiziell

Trude M'Barek heiße – meine Verträge und Konten laufen weiter auf den Namen Herr, denn der bleibt mein Künstlername.

Unser Haus ähnelt einem Lager der Tuareg. Wir schlafen auf dem Boden, weil es die Religion der Tuareg vorschreibt, erzähle ich jedem, der es wissen will, und den anderen auch, obwohl Ahmed gar nicht zu den Tuareg zählt. Er sieht aber aus wie einer, und er kann genauso hochmütig gucken.

Heute Nacht allerdings schlafen wir gar nicht. Wir verfolgen am Fernsehapparat gemeinsam mit der ganzen Welt, wie der erste Mensch den Mond betritt.

Es ist unvorstellbar. Frank Sinatra hat recht behalten: Sie fliegen uns zum Mond! Die Amerikaner haben eine Rakete bis zum Mond geschossen, den sie offenbar planmäßig umrundet. Eine kleine Landefähre ist von dort in dieser Nacht unterwegs durch die unendlichen Weiten des Universums, um nachzuschauen, ob es den Mann im Mond wirklich gibt.

Wenn ich aus dem Fenster schaue, ist vor der gelben Scheibe am Himmel rein gar nichts zu sehen. Die sind jetzt, in diesem Augenblick, dort oben? Müssten wir sie dann nicht sehen? Wie klein müssen wir von dort aus gesehen wirken? Es ist sehr aufregend.

Mich beeindrucken mehr noch als die Bilder vom staubigen Erdtrabanten mit Kratern, wie ich sie aus der Wüste kenne, die Aufnahmen, die sie aus der Rakete gemacht haben. Aufnahmen von unserer Erde. Die zarte blaue Kugel, die dort mutterseelenallein im tiefschwarzen Raum schwebt, wirkt ungemein zerbrechlich.

Fast durchsichtig. Das ist die ganze Welt? Mehr haben wir nicht? Das ist das einzige Refugium für Leben im eiskalten, luftleeren Weltenraum? Unser Planet, auf dem uns nichts Besseres einfällt, als ständig aufeinander loszugehen und alles kaputt zu machen?

Vielleicht ist es wirklich allerhöchste Zeit, sich Blumen ins Haar zu stecken und Liebe statt Krieg zu propagieren.

Ich kaufe meinem Purzelchen einen VW Käfer und die Kirmespläne vom Bergischen Land. Er liebt Karussellfahren, Zuckerwatte und die vielen bunten Lichter. Jeden Mittag um zwei fährt er los und klappert alle Kirmesplätze der Umgebung ab, das Taschengeld dafür bekommt er von mir. Dann verschaffe ich Ahmed Arbeit beim Deutschlandfunk als Nachrichtensprecher in maghrebinischer Sprache, so fühlt er sich nicht mehr unnütz. Er ist jetzt auch ein bisschen wichtig. Er macht Ärger, wenn er sich nicht ernst genug genommen fühlt, und beklagt, dass alle Aufmerksamkeit ständig auf mich gerichtet sei. Deshalb sorge ich jetzt mal ein bisschen für gute Laune. Im Grunde, mein kleiner Scheich, ist die Sache ganz einfach: Tu einfach, was ich dir sage, und schon scheint die Sonne für dich, mein Futzemann.

»Bist du verrückt?«, fragt Agi. »Wieso hast du ihn geheiratet? Er ist vierzehn Jahre jünger und kommt doch hier gar nicht zurecht. Was willst du denn nun schon wieder beweisen?«

Sie findet auch, dass er ein sehr schöner Mensch ist, aber sie versteht nicht, dass ich endlich verheiratet sein will wie jede andere Frau. Dass ich mich noch unzureichender fühle, wenn mich alle Fräulein Herr nennen, damit wirklich jeder unter die Nase gerieben bekommt, dass ich keinen abgekriegt habe.

Jedes »Fräulein« schreit in meinem Fall »alte Jungfer« und »sitzen geblieben«. Sie weiß halt nicht, dass es bei den Arabern ganz leicht ist, sich wieder scheiden zu lassen.

»Du wirfst drei Steine über die Schulter und sagst dreimal: Ich verstoße dich. Schon ist die Sache erledigt«, erkläre ich ihr.

Sie ist – glaube ich – nicht restlos überzeugt. Möglicherweise auch, weil wir nach deutschem Recht geheiratet haben und ihm jetzt die Hälfte von allem gehört, was Mein ist. Außerdem muss er einverstanden sein, wenn ich mich wieder scheiden lassen will, und hat ein Recht auf Versorgungsausgleich. Was für ein Wort im Zusammenhang mit Liebe! Ich schätze, das gibt es nur in Deutschland.

Ahmed fragt mich, warum ich immer noch so niedergeschlagen bin und so wütend. Warum ich mich nicht damit abfinden kann, dass meine ambitionierten Filmpläne so brüsk zu Ende sind. Wie soll ich ihm erklären, dass ich für alle Zeiten blamiert bin? Dass ich mich nirgendwo mehr sehen lassen kann?

Dass ich wieder an der gleichen Stelle bin wie vor zehn Jahren, als sie mich einfach aus dem Karneval verbannt haben? Dass ich nicht weiß, wie es weitergehen soll? Es ist ein Rausschmiss. Sie haben mich wieder rausgeschmissen.

Schließlich habe ich die rettende Idee: Ich erzähle allen, dass es am Schwarz-Weiß-Format liegt. Dass heute nur noch Buntfilme genommen werden. Dass es mir so ergangen ist wie den großen Stummfilmstars der zwanziger Jahre: Plötzlich gibt es eine technische Neuerung, und selbst die ganz Großen ihrer Zeit, so wie ich eine bin, sind abgemeldet. Das konnte niemand kommen sehen. Das ist Pech. Oder Schicksal.

So komme ich wenigstens nach außen mit der Niederlage einigermaßen klar und bekomme mein Gesicht zurück.

Vier Wochen nach unserer Hochzeit fahre ich mit dem Kollegen Wolfgang Reich auf Trude-Herr-Tournee, irgendwo muss das Geld herkommen. Außerdem bin ich ganz froh, mal ein wenig herauszukommen. Wenn ich mit Ahmed allein bin, wird es schnell schwierig.

Er macht nicht, was ich ihm sage. Er ist faul und weiß

alles besser. Ich versuche es mit Zuckerbrot und Peitsche, aber er ist zwei Köpfe größer als ich. Wolfgang ist mein Conférencier, wir kennen uns von Hofners Hallentournee. Die erste Hälfte der Tour fahren wir mit Wolfgangs Auto, in der zweiten darf Ahmed mitfahren. Wir nehmen dann unseren neuen zweisitzigen Maserati, verspreche ich ihm. Ein Geschenk von mir für meinen schönen Berber, der hierzulande ohne Kamel und stolzen Araberhengst auskommen muss, was sicher auch nicht leicht ist. Jeder hat sein Päckchen zu tragen.

In Heidelberg fangen Wolfgang und ich mit einem Probelauf an, und danach geht es rauf in alle Nord- und Ostseebäder. Hinter uns fährt der Bus mit den Musikern und dahinter das Fahrzeug mit der Tourneeorganisation. Ich nehme einen riesigen Stapel Autokarten mit, das kenne ich aus der Wüste, und im Kartenlesen bin ich sehr gut. Ich dirigiere unsere kleine Autokarawane um jeden Stau herum, und alle bewundern mich.

Wolfgang ist ein angenehmer Begleiter, er weiß, dass ich nicht gern in Restaurants esse, weil ich mich peinlicherweise ständig mit allem bekleckere. Ich picknicke lieber mit einem Stück Wurst, frischen Brötchen und einem halben Liter Milch auf der Wiese. Ich pfeife auf Insulin. Wie stellen die sich das vor, wenn du immer unterwegs bist? Das Zeug muss gekühlt werden, und glauben die ernsthaft, ich würde Broteinheiten zählen? Das ist nicht praktikabel in meinem Beruf. Milch macht müde Mädchen munter. Wolfgang gefällt diese Art Catering auch.

Für die Nordseeinseln bekommen wir eine kleine Cessna zur Verfügung gestellt, damit wir schneller von einem Eiland zum anderen kommen. Unser Pilot trinkt am Abend leider mehr, als er vertragen kann. Mich beunruhigt das. Mit so einem kleinen Grashüpfer fliege ich äußerst ungern, weil der für Menschen meiner Gewichtsklasse überhaupt nicht gemacht ist. Wenn dann der Pilot morgens noch immer nicht nüchtern ist, erhöht das nicht mein Vertrauen in diese geflügelte Blechbüchse. Muss man nicht nüchtern sein, wenn man so ein wackeliges Vögelchen fliegen soll? Ist ja nicht wie bei einem Auto, das mit allen vier Reifen auf der Erde steht. Wo es nichts ausmacht, wenn der Fahrer ein paar Bierchen getrunken hat.

Mitten im Flug angelt der tollkühne Mann in unserer fliegenden Kiste nach einem weiteren Bier und sagt zu Wolfgang: »Flieg du mal kurz weiter, aber wirf sie nicht hin, meine kleine Cessna.« Ich glaube es nicht!

»Das ist Ihr letzter Flug!«, schreie ich in Panik, und im gleichen Augenblick wird mir klar, dass damit wohl auch mein Schicksal besiegelt wäre.

Wolfgang rüttelt wie verrückt an der Steuerung und schreit: »Ich kann doch überhaupt nicht fliegen!«

»Ich werde mich über Sie beschweren!«, kreische ich, um im nächsten Augenblick schon wieder weiterzudenken: Falls ich es überhaupt noch kann!

Wolfgang hört das Rütteln auf und erklärt, der Mann habe doch nur Spaß gemacht. Die Steuerung sei nach wie vor fest in seinem Griff, aber solche Dinge sind kein Spaß. Ich jedenfalls finde kein bisschen lustig, wenn jemand mit dem Leben anderer spielt.

Wolfgang sagt, ich sei zu ängstlich. Das muss ich mir nun wirklich nicht gefallen lassen!

Im Kursaal Helgoland fordert mich ein älterer Kegelbruder nach der Veranstaltung zum Tanzen auf. Er erzählt freimütig, er habe mit seinen Clubkameraden gewettet und verliere fünf Flaschen Sekt, wenn ich ihn abblitzen lasse. Weil ich mir vor allen anderen nicht zweimal an einem Tag Feigheit vorwerfen lassen will, gebe ich dem alten Herrn nach, was ich im nächsten Moment bereue, denn der kegelnde Tänzer greift entschlossener zu, als es mir gefällt.

»*Erzählt es Ahmed nicht*«, bitte ich meine Kollegen, »*er würde es nicht verstehen.*« Ahmed versteht ohnehin nicht, wie eine Frau sich so frei und ungezwungen mit lauter Männern umgeben kann, mit denen sie nicht verheiratet ist. Auf eine der Inseln müssen wir mit einem Schiff übersetzen, weil sie keinen Flughafen hat. Dort wurde vergessen, unsere Hotelzimmer zu bestellen, sodass wir nach der Veranstaltung mitten in der Nacht mit einem alten Kahn zurückschippern müssen. Beide Schiffer sind so blau, dass sie größte Mühe haben, den Weg durchs Watt zu finden. »What shall we do with the drunken sailor«, singen sie, wenn sie nicht wissen, wo wir entlangmüssen, und kriegen sich nicht mehr ein vor Lachen.

Wir sollten meine aktuelle Tournee »Reise ohne Wiederkehr« nennen, analog zum »Fluss ohne Wiederkehr« mit Marilyn Monroe. Vielleicht sollte ich meine Haare blondieren und das Hemd frech über dem Bauch geknotet tragen wie die Sexbombe aus Hollywood und als Risikozulage die doppelte Gage verlangen. Stattdessen schwitze ich Blut und Wasser auf dem rostigen Seelenverkäufer und bin heilfroh, als wir die Inseltour hinter uns haben und wieder in Köln sind, genauer gesagt in Loope.

Wir holen Ahmed ab und setzen die Tournee nach Süddeutschland fort. Er hat großen Spaß, seinen neuen kleinen Flitzer auf der Autobahn spazieren zu fahren. In einem zivilisierten Land ohne besoffene Piloten, Schiffskapitäne und blöde Scherze, mit Festland unter den Füßen und Alpenglühen in sicherer Entfernung.

In einem der Kurhäuser, wo wir praktischerweise nach der Veranstaltung auch übernachten wollen, wird Ahmed der Zutritt verweigert. Der Geschäftsführer senkt bedrohlich die Stimme und erklärt, er könne seinen Gästen keinen Schwarzen zumuten. Die kleinen Schweinsäuglein im sorgsam rasierten Schädel mustern uns kalt, und er schnauft vor Empörung.

Ich glaube mich verhört zu haben, da erklärt uns der feiste Cherub, dass er lediglich von seinem Hausrecht Gebrauch mache, und so etwas müsse man doch bei der Reservierung angeben. Dass man einen »N*ger« mitbringen wolle. Dies sei ja eine Unverschämtheit, einfach hier aufzukreuzen, noch dazu in diesem Aufzug. Schweißperlchen stehen auf seiner Oberlippe, und er riecht nach einer ordentlichen Maß Bier. Hat er sich Mut antrinken müssen? Fürchtet er, wie so viele vor ihm, im Kochtopf der finsteren Kannibalen zu landen?

Wir sind leger angezogen in bunten Pullovern und Hosen mit Blumenmuster. Ja, auch ich als Frau habe Hosen an, vielleicht kennt man das hierzulande noch nicht. Ahmed trägt das Haupthaar im modernen Afrolook statt militärischer Bürste. Dass Wolfgangs Vater Jude war, sieht man ihm zum Glück nicht an, auch wenn die Nazis immer etwas anderes behauptet haben. Er darf bleiben, denn wir verpfeifen ihn nicht.

Ahmed und ich müssen jedoch klein beigeben und in eine Pension ausweichen, wo man sich weder vor Buschmännern noch Wüstensöhnen fürchtet.

Das ist mir in Afrika nirgends begegnet, dass Weiße nicht willkommen sind.

In Afrika erzeugt Fremdes lediglich Neugier, den Wunsch nach Kennenlernen, und das, obwohl wir den Kontinent ausgeplündert, die Menschen verschleppt oder ermordet haben. Afrikaner hätten allen Grund, Weißen gegenüber misstrauisch zu sein, stattdessen singen sie uns die »Wacht am Rhein« mit allen Strophen vor, wie in Kamerun, um ihre Begeisterung für alles Deutsche zu dokumentieren.

Ich schäme mich meinem Mann gegenüber und werde gleichzeitig unendlich traurig. Diese Ohnmacht. Das Gefühl, Mensch zweiter Klasse zu sein. Ob du Arbeiter bist, eine Frau, dick, Kommunist, Jude oder Schwarzer – was du wert bist, bestimmen andere! Die Würde eines Menschen ist alles andere als unantastbar. Wenn sie genug Geld oder Macht haben, können sie dich herabsetzen, wie sie wollen. Und wenn du schwul bist und noch keine einundzwanzig, sperren sie dich immer noch ein. Der reformierte Paragraf hundertfünfundsiebzig gilt nur für Erwachsene über einundzwanzig, darunter gilt noch immer das alte Nazigesetz, nach dem Homosexualität unnatürlich und strafbar ist. Wir fliegen bis zum Mond und fragen niemanden, ob wir dort willkommen sind. Aber wir können dem normalen Bürger nicht zumuten, mit einem schwarzen Exemplar seiner Art am gleichen Tisch das Frühstücksei zu löffeln und Männer, die Männer lieben, ihr Leben leben zu lassen.

Zur Strafe für diese Kleingeister trinken wir in der nächsten Hotelbar in Augsburg fast die ganze Bar leer. Der Angeber von Hotelier behauptet nämlich großspurig, alle Schnäpse der Welt zu haben, woraufhin ich sämtliche afrikanischen Schnäpse bestelle, die ich kenne. Leider hat er tatsächlich jeden einzelnen auf Lager. Wie wir am nächsten Morgen aussehen, kann sich jeder vorstellen.

Das einzig Gute an der Sache ist, dass ich mich an die Schweinsäuglein von vorgestern nur noch verschwommen erinnern kann.

Auch wenn es meistens Spaß macht, sobald ich auf der Bühne stehe, dies ist meine letzte Tournee. Ich setze mich diesem Wahnsinn nicht mehr aus. Das Herumtingeln ist mir zu anstrengend. Die Leute, denen ich begegne, sind genau die, denen ich mein Leben lang versuche zu entfliehen. Ich schlafe zu schlecht, und der Kopfschmerz ist zu unerträglich.

Ich will zurück zum Theater. Wenn mich das Stadttheater nicht will, ist vielleicht doch das Volkstheater meine Heimat. Meine Idee vom reformierten Volkstheater rückt mir jeden Tag wieder mehr ins Bewusstsein, vielleicht ist jetzt der richtige Zeitpunkt.

Wolfgang fragt mich, wo ich eigentlich studiert habe. Und dass das nicht sein kann, weil – zu der Zeit habe es in Düsseldorf gar keine Schauspielschule gegeben. Wo denn mein erstes Engagement war und dass das nicht sein kann, weil Siegen zu diesem Zeitpunkt gar kein Stadttheater hatte. »Hast du dir das alles nur ausgedacht? So wie du in deinem Wüstenfilm auch keine unverfälschten Kinder der Wüste zeigst, sondern bezahlte Schauspieler, die so tun, als ob. Die von dir geschminkt und verkleidet wurden, von wegen Authentizität – lächerlich. Du hast den Afrikanern respektlos einen Bären aufgebunden, als du ihrem gewählten Repräsentanten einen Karnevalsorden verliehen hast, den du keinesfalls zufällig dabeihattest!«

Woher weiß er das alles?

»Schämst du dich nicht? Mit dieser Überheblichkeit Menschen anderer Kulturen derart vorzuführen? Und dann wunderst du dich, dass man deinen Film nicht haben will ... Er ist verlogen. Außerdem bist du eine schlechte Sängerin, hat dir das noch keiner gesagt? Du reißt schlechte Witze, und zwar immer dieselben. Und dieses alberne Knie-Aneinanderschlagen! Wie viele Jahre machst du das eigentlich schon? Du produzierst immer den gleichen Schund, wie diese billigen Comichefte. Bunte Bildchen mit albernen Sprechblasen für ausgemachte Dummköpfe.«

Auf einmal sieht Wolfgang aus wie Heinz Erhardt und lacht schallend. Er kann sich gar nicht mehr einkriegen vor Lachen. Aber das schöne, kindliche Heinz-Erhardt-Lachen ist einem abgrundtief gemeinen Hohngelächter gewichen, und zwei Schweinsäuglein mustern mich kalt.

Ich halte mir die Ohren zu.

Hilfe! Jetzt kriegen sie mich dran. Wolfgang! Ich wollte niemanden hinters Licht führen, das musst du mir glauben! Ich habe nur das Beste gewollt! Ich muss mich doch ein bisschen größer machen, ich bin zu klein. Mich sieht sonst niemand. Ich wusste, eines Tages kommt alles raus. Mein Kopf! Schweißgebadet schrecke ich hoch und habe großen Hunger. Der Reisewecker auf dem Nachttisch zeigt Viertel vor drei. Ahmed schnarcht tief und fest. Mein Herz schlägt bis zum Hals, und ich kriege ganz schlecht Luft. Es braucht ein paar Minuten, bis ich orientiert bin. Zum Glück sind wenigstens Zigaretten da.

Wen könnte ich um diese Uhrzeit anrufen? Das Telefon tutet nur Freizeichen, und ich bleibe allein mit dem bitteren Geschmack des »Ertapptseins«. Ich hasse diese Alpträume.

Inzwischen haben es die Klarsfelds geschafft. Genau genommen haben es die Bürger der Bundesrepublik geschafft, Kiesinger abzuwählen und mit seinem ehemaligen Außenminister Willy Brandt einen Sozialdemokraten zum Bundeskanzler zu machen. Er will »mehr Demokratie wagen!«. Da bleibt nur, ihm viel Erfolg zu wünschen.

Das ganze Land wird von einer Art sozialliberalem Aufbruch ergriffen. Die Chance auf eine gerechtere, freiere Welt wirkt mit einem Mal greifbar nah. Wenn ich keine Filmproduzentin sein kann, werde ich Volksschauspielerin. Auf dem Theater. Wenn nicht jetzt, wann dann? Jetzt ist genau der richtige Zeitpunkt für ein reformiertes Volkstheater! Ich gehe zu Otto Hofner, der wird Rat wissen. Büttenrednerin, Bardame, Filmstar. Schlagersängerin, Filmproduzentin und jetzt Volksschauspielerin. Das ist ein kontinuierlicher Aufstieg. Langweilig ist es jedenfalls nicht.

Mama erzählt mir, dass sie sich die neue Monatskarte der Kölner Verkehrsbetriebe gekauft hat. Für Kölner ab fünfundsechzig Jahren gibt es die seit Sommer für nur zehn Mark. Sie gilt den ganzen Monat für die komplette Stadt. Endlich eine gute Idee. Hat der Stadtrat beschlossen. Vor allem, weil jetzt die erste Untergrundbahn fertig ist. Sie haben die Stadt durchlöchert wie einen Schweizer Käse, denn oben fahren die ganzen Autos.

»Wenn wir für so viel Geld eine Untergrundbahn bauen, dann muss doch jetzt auch wer mitfahren.«

Sie hat recht. Und so viele Alte gibt es durch den Krieg in unserer jungen Republik nicht, da kann sich Köln das leisten. Schlimmer wäre die Sache ausgegangen, wenn alle Leute mit wenig Geld diese Karte bekommen könnten ...

Im Oktober statten die amerikanischen Mondfahrer auf ihrer Deutschlandtournee unserem Kölle einen Besuch ab und lassen etwas kostbares Mondgestein da. »Zeugnisse vom elementaren Glasperlenspiel des Kosmos«, wie unser Oberbürgermeister poetisch und mit Hinweis auf Hermann Hesse bei seiner Willkommensansprache festhält, bevor sich die Astronauten in das Goldene Buch der Stadt einschreiben. Sieh an, auch Herrn Burauen ist Hesse ein Begriff. Immer noch kaum vorstellbar, dass diese Männer wirklich dort oben waren – sie sehen so normal aus wie die Väter, die sonntags im Zoo ihren Kindern einen roten Hasenballon kaufen.

Dabei haben sie unseren Planeten ganz verlassen und ihn vom Weltraum aus angesehen. Es muss sich komisch anfühlen, wieder hier unten zu stehen und sich in Goldene Bücher einzuschreiben, nachdem man einen Blick durchs Schlüsselloch ins Universum riskiert hat und nur die eigene Winzigkeit erblickte.

16

Der nächste Winter steht schon vor der Tür und kündigt sich früh mit Frost und Schnee an. Otto Hofner hat wie immer ein offenes Ohr für mich. Gerade hat er von den Millowitschs für sechs Monate im Jahr ihr Theater gepachtet, weil die nicht gleichzeitig produzieren, spielen und auch noch auf Tournee oder zu Fernsehauftritten gehen können. Es ist für sie schwierig, ein halbes Jahr lang Miete und Nebenkosten aufzubringen, wenn das Haus in dieser Zeit keine Einnahmen erwirtschaftet, erzählt er. Als das Gebäude den Besitzer wechselte, ist die gewerkschaftsnahe Publikumsorganisation »Freie Volksbühne« als Käuferin eingesprungen, aber Miete will natürlich auch die für ein ganzes und nicht nur für ein halbes Jahr.

Otto Hofner wird eigene Produktionen im »*Volkstheater* Millowitsch« zeigen, wie es ab jetzt heißt, und mein Stück könnte eine davon sein. In einem gewerkschaftsnahen »Volkstheater« – das klingt doch nach einer guten Idee.

Die Lösung ist für alle Parteien optimal! Wenn ich mir den Willy wegdenke, natürlich … Ich überrede Otto, mit mir die »Perle Anna« zu produzieren. Ich in der Hauptrolle, die anderen Mitspieler will ich mir selbst aussuchen. Otto ist einverstanden. Meine erste wirkliche Hauptrolle. Sogar Ahmed bekommt ein Engagement als Bühnenhelfer, und auswärts zahlt Otto uns Flug und Hotel. Ich bekomme fünfhundert am Abend.

Wir starten im St. Pauli Theater Hamburg, spielen dann

in Bremen und schließlich ab dem 16. September in Köln am Volkstheater Millowitsch.

Es wird Licht am Horizont. Sogar zwei Filmangebote stellen sich ein, eine Fortsetzung der »Tollen Tanten« und noch irgendein Schinken, die paar Drehtage kann ich leicht einschieben, sie sind gut für die Kasse. Die Kritiken lese ich nicht.

Als sich in Köln zum ersten Mal der Vorhang für meine »Perle Anna« hebt, tobt das Publikum, und wir sind Wochen im Voraus ausverkauft. Ich muss wieder und wieder an die Rampe kommen und mich verbeugen, ich bin der Star des Abends. Fast zehn Jahre stand ich hier auf keiner Theaterbühne, von der Handvoll Karnevalsauftritte mal abgesehen. Der Kaiserhof ist lange geschlossen. Ich habe es tatsächlich geschafft! Das Gefühl ist unbeschreiblich. Ich bin eins mit meinem Publikum. Da gibt es direkte, unsichtbare Verbindungen. Manchmal muss ich nur die Augenbraue heben, oder ein Blick von mir genügt. Das ist Magie – genau wie in der Wüste.

Vier Wochen später läuft im Fernsehen eine Art Spielshow. »Das Millionenspiel«, Dieter Thomas Heck, den viele als Moderator von der ZDF-Hitparade kennen, fungiert als Spielleiter. Mama ist entsetzt. Auftragsmörder hetzen einen Kandidaten eine Woche lang durch das ganze Land, auf Leben und Tod. Wenn er es schafft, seinen Häschern zu entkommen, gewinnt er eine Million. Wenn nicht, ist er tot, und die Jäger erhalten die Million Mark. Außenreporter verfolgen die Hatz, über ein Fernsehstudio können Zuschauer eingreifen und entweder den Jägern oder dem Gejagten nützliche Hinweise geben.

Es erinnert mich an meine Alpträume, anscheinend hat da jemand ähnliche Träume wie ich.

»Das kann man doch nicht machen«, empört sich Mama,

»es gibt offenbar keinen Funken Anstand mehr, für Geld tun die Leute alles!«, bis sie versteht, wie so viele andere im Land, dass dies gar keine echte Spielshow ist, sondern ein Film *über* eine Spielshow, der darstellen will, was in einer kapitalistischen Gesellschaft ein Menschenleben wert ist. Der Wirbel um das Millionenspiel von Wolfgang Menge ist enorm. So langsam setzt die sozialdemokratische Kulturpolitik Akzente, könnte man meinen. Willy Brandt, unser Bundeskanzler, fällt am Warschauer Ghetto auf die Knie und bittet die Polen um Verzeihung.

»Dann kniet er, der das nicht nötig hat, da für alle, die es nötig haben, aber nicht da knien. […] Dann bekennt er sich zu einer Schuld, an der er selber nicht zu tragen hat, und bittet um eine Vergebung, derer er selber nicht bedarf. […]«, schreibt vielleicht ein wenig zu salbungsvoll der »Spiegel«.

Beate Klarsfeld und ihr Mann Serge haben versucht, einen Nazi zu entführen, steht in der Zeitung. Kurt Lischka, der in Köln als »unbescholtener« Prokurist eines Weizengroßhandels lebt, mit dessen Inhaber er schon vor dem Krieg befreundet war. Er wohnt hier ganz normal, der Mann, der vom Schreibtisch aus Zigtausende von Männern, Frauen und mehr als elftausend Kinder von Paris nach Auschwitz ins Gas geschickt hat. Er musste seinen Arbeitgeber gar nicht täuschen über seine Vergangenheit, die alten Seilschaften funktionieren nach wie vor.

Die Klarsfelds hatten Lischka einen Monat zuvor, am Karnevalsdienstag, auf offener Straße in Köln-Holweide bereits gefilmt, den Mann mit Hornbrille, Hut und Wintermantel, und versucht, ihn zur Rede zu stellen. Er sieht nicht anders aus als viele andere Männer, die in diesen nasskalten Wintertagen ins Büro gehen. Man sieht den Menschen halt nicht an, wer sie sind.

Mit der gescheiterten Entführung garantiert das Nazijäger-Duo eine Menge Aufmerksamkeit in einer Stadt, die diese Dinge am liebsten auf sich beruhen lassen will.

»Man kann uns doch nicht ständig an den Pranger stellen. Man muss doch die Vergangenheit mal ruhen lassen. Man muss doch anfangen, nach vorne zu schauen. Es waren doch nicht nur die Deutschen, die schlimme Dinge getan haben. Denkt nur mal an den Feuersturm in Hamburg und Dresden, das waren die Tommys. Im Krieg geschehen nun mal schlimme Dinge.«

So oder so ähnlich sieht das wohl die Mehrheit in diesem Land und in dieser Stadt, und ich selber bin auch gar nicht sicher, ob ich ständig wie ein kleiner Hund mit der Nase in die Pipipfütze gedrückt werden will. Ich habe nichts getan, und alle, die so alt sind wie ich oder jünger, auch nicht. Das ist die Mehrheit in dieser Republik, und sie applaudieren mir jeden Abend voller Begeisterung. Soll ich mich jeden Abend fragen, was jeder Einzelne auf dem Kerbholz hat, der dort unten sitzt?

Kurz vor der fünfzigsten Vorstellung der »Perle Anna« habe ich ein Schwein ins Millowitsch-Theater bestellt, ein großes Spanferkel, bereits grillfertig, das ich im Anschluss mit nach Loope nehmen will. Ich liebe einen deftigen Krustenbraten direkt vom Drehgrill, wir wollen unseren Erfolg ein wenig feiern. Es ist zwar regnerisch an diesem 5. November, aber meine Terrasse ist überdacht und das Haus groß genug. Die Anlieferung habe ich gar nicht mitbekommen, was für meine Kollegen »ein gefundenes Fressen« ist. Das Ensemble, allen voran Edith Teichmann und Hans von Borsody, wird sich im Nu einig, mir einen Streich zu spielen, und legt in der Pause heimlich das Schwein auf den Wohnzimmertisch der Bühne, in seiner ganzen Pracht, mit abgeflämmten Borsten und klassisch mit Apfel im Maul.

Als die Vorstellung wieder losgeht, läuft die Perle Anna, also ich, ahnungslos direkt dem Schwein in die Arme, und alle anderen tun so, als sei rein gar nichts. Dabei können sie sich kaum halten vor Lachattacken auf der Bühne. Es wird mit jedem Dialog schlimmer, sobald sich der Blick wieder auf den Tisch verirrt.

Mancher Zuschauer wundert sich vermutlich über das außerordentlich gut gelaunte Ensemble, sie können ja nicht wissen, dass wir nicht jeden Abend eine Sau auf der Bühne herumliegen haben. Irgendwie kriegen wir die Vorstellung zu Ende, und meine Grillparty wird ein voller Erfolg.

Es könnte alles so schön sein, wenn nicht die junge Kollegin Teichmann ständig das Dekolleté ihres Kostüms vergrößern ließe. Schlimm genug, dass ich ihr Dienstmädchen bin und sie meine Herrschaft. Im Lauf der Zeit sieht sie aus wie eines der Mädels aus der Brinkgasse, diese Schlampe. Und sie verdreht meinem Mann den Kopf.

Ich verlange von Otto, dass er sie rauswirft. Die Leute starren den ganzen Abend nur auf ihre Brüste und hören mir überhaupt nicht mehr zu. Das macht die extra, weil sie als Schauspielerin rein gar nichts kann und mir die Schau stehlen will. In der ganzen Stadt hat sich herumgesprochen, was zu sehen ist, wenn sich am Ende des Stücks die Teichmann verbeugt. Wir sind doch nicht auf dem Viehmarkt! Kein Wunder, dass ausgerechnet die Teichmann auf die Idee mit dem Schwein gekommen ist!

Ich stelle ihn vor die Wahl, entweder die oder ich. Er könne sie nicht rauswerfen, sagt Otto, sie habe einen Vertrag. Das ist mir vollkommen egal, und er wirft sie schließlich doch hinaus. Sie klagt gegen Otto, und er fürchtet, dass er eine saftige Strafe zahlen muss, aber das ist nicht mein Problem.

Mein Problem ist mein Mann, dem diese Hexe jeden Abend schöne Augen macht und der gar nicht mehr woanders hingucken kann.

An der Mülheimer Brücke, direkt in der Riehler Aue, wird anlässlich der erneuten Bundesgartenschau im nächsten Jahr ein Tivoli aufgebaut. So wie in Wien der Prater soll das einmal werden, und er soll für immer stehen bleiben, so wie einst unser Lunapark, von dem mir die Eltern erzählt haben, und auch Agi erinnert sich, obwohl sie noch klein war. Das wird ein Fest für Ahmed! Dann kann er auf die Kirmes gehen, sooft er will und sooft ihm seine Frau das Geld dafür gibt. Guckt er vielleicht weniger in fremde Ausschnitte …

Außerdem beschert uns die Bundesgartenschau eine Seilbahn. Die einzige Seilbahn deutschlandweit über den Rhein, verkünden die Stadtväter stolz. Sie diskutieren, ob die neue Zoobrücke nicht besonders durch Auffahrunfälle gefährdet sein wird, wenn die Autofahrer von den schaukelnden Seilbahnwaggons abgelenkt werden, die über ihren Köpfen schweben. Die haben Sorgen.

Chargesheimer haben sie tot in seiner Wohnung aufgefunden, er habe seinem Leben selbst ein Ende gesetzt. Eine gewisse Schwermütigkeit hat ihn schon immer umgeben, vielleicht hat ihm die Sache mit Lischka den Rest gegeben.

Mama erzählt es mir, als sie – zum wie vielten Mal? – in der Vorstellung der »Perle Anna« sitzt. Sie wird es nie leid. Sie findet das Stück großartig. Sie sitzt da unten im Dunkeln, ihr Rheinkiesel-Collier glitzert, sie trägt das gute dunkle Kleid und platzt aus allen Nähten vor Stolz.

Es tut mir natürlich leid für Chargesheimer, aber wir hatten schon lange nichts mehr miteinander zu tun. Mein ständiges Unterwegssein lässt wenig Raum für Freundschaft oder Familie, das ist der Preis.

17

Bernd Hoffmann, der in der »Perle Anna« den Robert spielt, tüftelt mit mir gemeinsam ein neues Stück aus. Wir wollen etwas Neues schaffen. Ein Volksstück, das einfach mehr mit dem Leben der kleinen Leute zu tun hat. Bei ihm renne ich offene Türen ein, er findet genau wie ich, dass die »Perle Anna« aus einer Zeit stammt, die längst vorbei ist. Dienstmädchen! Das von seiner Herrschaft herablassend behandelt wird, obwohl es dreimal so klug ist! Ich habe genug davon.

Die Nachfolgerin von der Teichmann ist keinen Deut besser. Sie schikaniert mich ernsthaft und verdreht meinem Mann auch den Kopf, erst mit der dritten Besetzung, Mady Rahl, komme ich einigermaßen zurecht. Was wollen denn diese Kolleginnen auf dem Theater? Es gibt andere Berufe, wo solcherart »Qualitäten« durchaus gefragt sind. Die Schauspielerei ist ein Handwerk. Ein ernsthaftes Handwerk, aber ein Handwerk. Kein Striptease und kein Debattierclub. Es gibt nur gute oder schlechte Arbeit. Mit Weibern zusammenzuarbeiten ist immer eine Herausforderung. Sie machen ständig Ärger. Sie gehen ständig in Konkurrenz oder machen andere Frauen schlecht.

Ich will ein Stück schreiben, wo ich mehr sein kann als das bauernschlaue Trampel, das noch dazu von seiner Herrschaft herumkommandiert wird. Für eine wie mich gibt es nirgendwo eine vernünftige Rolle. Ich will komisch sein, aber nicht die Doofe.

Ich schreibe mit Bernd mein erstes Theaterstück über

»Familie Pütz«, es soll »Karriere bei Pütz« heißen. Es ist fast so wie früher mit Gustl und Thomas. Wir phantasieren und quatschen, wir denken uns Dialoge aus und lachen. Wir schreiben ein Stück über Maria Pütz, die alle Hebel in Bewegung setzt, um ihren trägen Bruder in den Landtag zu hieven, mit allen Intrigen und Erpressungen, die dazugehören, und diese Maria bin ich. Ich will Geld und ich will Macht, mein Bruder gewinnt die Wahl, bis er über eine Dienstmädchenaffäre stolpert. Verdammt – wie ist denn jetzt schon wieder das Dienstmädchen in unsere Geschichte hineingekommen? Diese servilen Weibchen sind wie Giersch, du kannst sie hundertmal ausreißen, die Damen mit dem Schürzchen sprießen an allen Ecken und Enden aus dem Volkstheater!

Im Fernsehen zeigen sie einen Mehrteiler aus dem Arbeitermilieu, »Acht Stunden sind kein Tag«. Ein junger Regisseur namens Fassbinder beschreibt, was Arbeiter so machen, wenn sie nicht arbeiten. Ich zeige dir, mein Freund, was Arbeiter so machen, wenn sie sich auf den Marsch durch die Institutionen begeben.

Im September 1972 hebt sich der Premierenvorhang für meine »Familie Pütz«. »*Ich habe ja doch ziemlich die Hose voll*«, gestehe ich der Presse. Autorin und Hauptdarstellerin zu sein, da gibt es keinen Fluchtweg mehr, wenn die Sache floppt.

Wolfgang Gebracht hat uns geholfen und ein wenig die zu »vordergründige politische Schärfe« herausgenommen, wie er sagt. Er meint, dass ich gewisse Mandatsträger nicht zu direkt angehen darf, wenn wir Erfolg haben wollen.

Es wird ein Kassenschlager, den wir nicht nur monatelang im Millowitsch-Theater, sondern auch im »Malkasten« in Düsseldorf spielen.

Willy Brandt und die SPD gewinnen erneut die Wahl, obwohl die CDUler den unverschämten Wahlslogan geklebt haben: »Moskau würde Brandt wählen – und Sie?«

So dumm sind die Wähler nicht, meine verehrten Herren Großjunker.

Ich denke, die meisten Menschen haben mitbekommen, dass es ihnen besser geht als vorher, dass sie freier werden, wenn den alten Kadern der sogenannten Volksvertreter Einhalt geboten wird. Menschen wie ich in jedem Fall. Viele gehen auf die Straße, um ihre Unterstützung für Willys Ostpolitik zu artikulieren. Sie haben Verwandte drüben in der DDR und wollen sie wenigstens besuchen oder einladen dürfen.

BASF Records macht tatsächlich eine neue Platte mit mir. »Mama, ich ben esu bang!«, ein schönes Lied mit kölschem Refrain, wie gemacht für mich und für die nächste Karnevalssession. Ich weiß genau, wie es sich anfühlt, wenn einem so richtig bange zumute ist, weil sich der Premierenvorhang hebt.

Leider meldet sich meine Gesundheit mit Macht zurück, genauer gesagt: meine Krankheit. Die Schmerzattacken im Rücken sind so gewaltig wie damals. Im Krankenhaus sagen sie mir, dass man meine Niere auf dem Röntgenbild nicht mehr erkennen kann. Sie sei so riesig, dass sich ihre Außengrenzen nicht mehr lokalisieren lassen. Der einzige Weg sei, sie komplett zu entfernen. Sofort. Und dass es eine gefährliche Operation ist. Selbst wenn alles gut geht, habe ich danach nur noch eine Niere, und der darf nichts mehr passieren.

Mutter stirbt. Jetzt bin ich eine Vollwaise. Ich brauche lange, um mich von der erneuten, schweren Operation zu erholen. Ganz allein auf mich gestellt, mache ich tatsächlich jetzt noch mit sechsundvierzig Jahren den Führerschein. Mein

Ehemann wird mehr und mehr zur Belastung, und ich will unabhängig von ihm sein. Ich will ihn nicht mehr bitten müssen, mich ins Theater zu bringen. Ich will nicht streiten müssen, ob er zu viel getrunken hat, um Auto zu fahren. Sie haben in diesem Sommer eine Promillegrenze für Alkohol am Steuer eingeführt, das wird teuer, wenn man trinkt und Auto fährt. Sie glauben, dass betrunkene Autofahrer leichter Unfälle verursachen. Was für meinen Mann teuer wird, bezahle am Ende ich. Außerdem nehmen sie einem den Führerschein für eine Weile weg, und dann habe ich keinen Fahrer mehr. Nein, ich gehe zu Agi und Bär – wozu habe ich eine Schwester mit einer Fahrschule?

Agi nimmt ihren Terminkalender und die große Tasche, setzt ihre Brille auf und sagt zu mir: »Dann wollen wir mal.«

Ich verabrede mich mit Wilhelm Hirschmann zu einer Wüstenreise. Endlich soll es klappen, dass wir zusammen fahren. Er wird mich in Madrid im Hilton Hotel abholen, ich steige sofort nach der letzten Vorstellung ins Flugzeug nach Spanien, Wilhelm fährt schon vor.

Wir haben zwei Land Rover gemietet, die miteinander in Sprechverbindung stehen. Ich erzähle Wilhelm haarklein, warum mein Flug nach Madrid solche Verspätung hatte, denn da war eine Frau, die ihren Hund nicht in den Frachtraum sperren lassen, sondern auf dem Schoß behalten wollte, weil es ein kleiner Hund sei. Hunde dürfen aber generell nicht in die Kabine, was die Frau nicht einsah, bis der Pilot sich einschaltete, aber die Frau blieb stur. Und dann sagte der Pilot –

An dieser Stelle unterbricht mich Wilhelm und sagt: »Du musst von der flachen Seite in das Mikro sprechen. Ich höre dich nur ganz verzerrt!«

Dieser Wichtigtuer will *mir* doch wohl nicht erzählen, wie man in ein Mikrofon spricht! Es darf doch wohl nicht wahr sein, dass mich augenscheinlich alle bevormunden müssen! Warum ist er denn so genervt? Ich hätte Grund, genervt zu sein, denn ich musste wegen dieser Frau die ganze Zeit warten, und ich habe ihm doch überhaupt noch nicht die ganze Geschichte erzählt! Mit einer Fähre setzen wir von Algeciras nach Marokko über und fahren dann weiter nach Casablanca. An einer Kreuzung machen wir halt, um zu tanken und im angrenzenden Restaurant Mittag zu essen.

»Ach, Austern, ich habe schon lange keine Austern mehr gegessen. Ich bestell mir Austern!«, sage ich zu Wilhelm, als ich die Leckerei auf der Karte des piekfeinen Ladens entdecke. Wilhelm verdreht die Augen und rät mir ab. Austern könnten in Marokko nicht frisch sein, die kämen doch aus Frankreich hier herunter, ist sein Ich-bin-der-schlaue-Wilhelm-und-du-die-dumme-Trude-Argument.

Der alte Besserwisser schon wieder! Ich kann essen, was ich will! *»Die züchten hier doch selber Austern!«*, sage ich, so weit ist das Meer nicht.

Als der Kellner kommt, fragt Wilhelm, wo die Austern herkommen.

»Arcachon«, gibt dieser bereitwillig Auskunft, und Wilhelm triumphiert.

Dann zeigt er mir einen alten Mann, der im Lokal die Essenreste von den Tischen klaubt und in eine Blechdose füllt, die er bei sich hat.

»Die Sozialromantikerin und erklärte Kommunistin muss in einem der ärmsten Länder also unbedingt Austern bestellen, die zweitausend Kilometer weit gereist sind«, weist er mich zurecht und erklärt mir, dass er mich jetzt zum Flughafen nach Casablanca bringt und ich dann wieder nach Hause fliege. Er habe genug.

»Auf so einer Wüstenreise bestimmt nur einer, was gemacht wird, sonst geht das für uns beide schief!«, sagt er bestimmt, und niemand anders als Wilhelm hätte sich getraut, so mit mir zu reden.

Er hat recht, und mir laufen die Tränen über das Gesicht, als ich die Gangway hinaufsteige, ich habe mir offenbar mal wieder selbst ins Knie geschossen.

Im September stehe ich erneut mit einem selbst verfassten Theaterstück auf der Volksbühne im Millowitsch-Theater: »Scheidung auf Kölsch«.

Das Thema kommt nicht von ungefähr, diesmal benötige ich beim Schreiben keinerlei Hilfe. Ahmed hat ständig andere Frauen, er demütigt mich, wo er kann, und ich will eigentlich nur noch eins: ihn loswerden. Doch er wehrt sich mit Händen und Füßen und verlangt Geld. Er ist längst nicht mehr der schöne, höfliche junge Mann, in den ich mich verliebt habe. Er ist vulgär, er ist dick geworden, und er säuft.

Wie eine Frau sich fühlt, die nicht mehr ganz jung ist, enttäuscht von ihrem Mann, im ständigen Wechselbad der Gefühle, unterlegen, verletzt und doch immer wieder voll Hoffnung, alles das weiß ich nur zu gut und stricke daraus die deftige Boulevardkomödie.

Eine dicke Frau glaubt, dass ihr Mann eine andere, Jüngere und Schlankere hat. Die Dicke schaufelt bergeweise Sahnetorte in sich hinein, während sie ihrer Freundin vom untreuen Gatten berichtet. Als diese andeutet, sie sei aber auch in die Breite gegangen, beklagt die vermeintlich betrogene Gattin mit dem Mund voller Sahne: »*Und er weiß genau, das sind bei mir die Drüsen!*«

Diesen Witz kann ich erst jetzt machen, wo Mama nicht mehr im Publikum sitzt. Unsere Mama war klein und dick und hat ihr Lebtag lang, wenn sie jemand auf ihre Leibesfülle angesprochen hat, im Brustton der Überzeugung geschmettert: »Das sind bei mir die Drüsen!«

Ich höre meine Schwester Agi in der Premiere bis auf die

Bühne herauf lauthals lachen. Die gefühlt Betrogene teilt ihren Hausstand per Liste auf, schlägt geschäftig die Wolkenstores als Höhepunkt bürgerlicher Gardinenmode der eigenen Hälfte zu und versucht ein letztes Mal, den Gatten mittels einer Zarah-Leander-Darbietung von ihren erotischen Qualitäten zu überzeugen, was diesen lediglich irritiert.

Sie setzt einen Privatdetektiv auf ihn an und beginnt einen Flirt mit dem jungen Fensterputzer, der im legendären Satz endet: *»Hubert, wie kommt dieser Schieber in meine Gesäßfalte?«*

Als sie Fotos von der gertenschlanken Konkurrentin in die Hände bekommt, sagt sie: *»Bah. Ist die dick! Bäh. Dicke Weiber kann ich nicht leiden!«*

Das Publikum kugelt sich vor Lachen. Ich kann alles sagen und tun, was ich mir im echten Leben in meinem Stolz niemals zugestehen könnte, und es hilft, meine Wut und Enttäuschung auszuleben. Oder es macht sie schlimmer. Ich bin nicht sicher. Vielleicht steigere ich mich ja auch immer mehr hinein. Ich konnte noch nie gut meine Bühnenexistenz von der privaten trennen. Ich weiß auch gar nicht, ob das wirklich geht.

Ich schreibe mir deshalb ein Happy End. Die »Scheidung auf Kölsch« geht gut aus, nicht wie im wirklichen Leben. Für das Bühnenpaar ist die versöhnende Lösung ein Baby. Ich hätte auch sehr gern eins gehabt, aber das ist jetzt zu spät.

Agi liebt dieses Stück und besonders natürlich die Stelle mit den Drüsen. Sie kommt jetzt fast so oft ins Theater wie davor unsere Mama.

Heute erzählt sie mir von einer neuen Fernsehreihe, »Ein Herz und eine Seele«. Es sei genau derselbe Autor wie der vom »Millionenspiel«, die Serie würde mir bestimmt gefallen. Da würde kein Blatt vor den Mund genommen. Hildegard Krekel spiele mit, und es sei wirklich witzig.

Ich frage mich, warum der WDR immer andere Leute mit den spannenden Aufgaben betraut und warum er kein einziges Mal meine Theaterstücke im Fernsehen zeigt. Was habe ich denen getan? Ich bin auch witzig! Dass ich in einer Sendereihe wie »Klimbim« keinen Platz finde, schön und gut. Ich bin halt nackig nicht so gut herzuzeigen. Dass die nackten Brüste von der Steeger übrigens nicht »schmuddelig«, sondern frech sein sollen, im Gegensatz zu unserem Heubodengeflüster, all diese Widersprüchlichkeiten, denen man hilflos ausgeliefert ist, machen das Brot einer Künstlerin zwar kontinuierlich sauer. Aber ich wäre eine gute Else für Ekel Alfred! Allein von der Größe passen wir sehr gut zusammen!

Wahrscheinlich glauben sie, mir fehle der Intellekt für solch eine komplexe Rolle, die Arschgeigen. Mir fehle der Sinn für höhere Kunst! Aber damit bin ich wenigstens nicht allein.

Der SPD-Ortsverein Leverkusen-Alkenrath hat ein kostbares Kunstwerk von Joseph Beuys – eine Plastikbabywanne mit Mullbinden und Pflaster – nach einem geselligen Beisammensein zum Gläserspülen benutzt und sieht sich einer gigantischen Schadensersatzforderung gegenüber, weil sie ein Kunstwerk zerstört haben. Das ist kein Grund, sich zu schämen, wenn das Proletariat Babywannen mit Pflaster nicht für Kunst hält, verehrte Genossen, sondern ihrer Funktion gemäß zur Reinigung einsetzt! Das zeugt von gesundem Menschenverstand! Wir sind Praktiker, und wir sollten stolz darauf sein!

18

Im November bekommen wir ein Problem. Weil die arabischen Länder die Ölpreise stark erhöht haben – die ganze Sache mit dem Schah scheint nutzlos gewesen zu sein –, wird das Benzin knapp, und die Bundesregierung verordnet uns allen autofreie Sonntage. Man traut seinen Augen nicht. Auf unseren Autobahnen tummeln sich sonntags Familien mit Kindern – zu Fuß! Wir haben sonntags um siebzehn Uhr eine Vorstellung, aber ich komme nicht mehr ins Theater. Ich muss bei Gigi übernachten und dann mit der Bahn fahren. Zum Glück ist der Spuk nach ein paar Sonntagen vorbei.

Der WDR bietet mir eine kleine Serie mit Sketchen an, die »Klamotten*kugeln*«, haha, mit der *kugel*runden Ulknudel! Ich muss feststellen, in Sachen Humor hat sich beim WDR noch nicht allzu viel getan. Ich soll nach wie vor die gleichen Witze machen. Ich denke, die haben jetzt so eine neue Fernsehreihe mit Ekel Alfred? Ich denke, Pflaster in Wannen sind jetzt der letzte Schrei! Aber nicht für Proleten wie mich, oder was? Ich kann auch etwas Modernes machen. Dietmar Schönherr, der neuerdings Talkshow-Moderator beim WDR ist, erklärt seinem Publikum, dass er keine Tagschau moderiert, wie es eine Nachtschau geben könnte, sondern eine Talkshow, das heißt, bei diesem neuen Format ginge es um Rederei. Ich habe mir die erste angeschaut, damit ich weiß, was der Dietmar offenbar richtiger macht als ich, und hätte am liebsten ergänzt: aber nicht die Sache mit den Schiffen, Schätzchen, sondern Rederei mit nur einem »e«. Mich fragt jedoch niemand.

Er lädt mich tatsächlich für den 9. Februar 1974 ein, in seine neue sonntägliche Schau »Je später der Abend ...«. Er interviewt mich, als hätten wir uns noch nie zuvor gesehen, der Dietmar. Dabei haben ihn doch die gleichen Schinken groß gemacht wie mich. Ich erinnere mich sogar noch an seine schlechte Kritik in »Alle Tage ist kein Sonntag«, weil das mein allererster Film war.

Sie haben ihm den Russen nicht abgenommen, damals, ob ich ihm das mal gleich aufs Butterbrot schmieren soll? Es wäre ziemlich lustig, aber eine Weile lasse ich ihn gewähren und bin nett und bescheiden, wie immer in diesen Interviews, sage Jaja, lache höflich und senke den Blick. Schließlich erwähne ich, dass wir uns doch kennen. Von der gleichen Sorte Spielfilme, er wisse schon, was ich meine. Es ist ihm natürlich peinlich, und er antwortet mir nicht.

»Ich meine die Spielfilme, wo man das Drehbuch gar nicht lesen brauchte, Dietmar, weil wir sowieso immer dieselben Sätze zu sagen hatten, weißt du noch? Da haben wir auf unser Konto geguckt und uns gesagt, okay, sage ich denselben Satz halt noch mal.«

Er lenkt rasch ab. Er habe gelesen, dass man mein selbst geschriebenes Stück, den Politschwank »Familie Pütz«, »politisch entschärfen« musste. Was denn damit gemeint sei. Das ist vor allem gemein gemeint, Dietmar. Es klingt, als ob ich eingeknickt wäre, du kleine Stinkwanze. Jetzt will *ich* nicht direkt antworten. Dann überlege ich es mir anders und sieze ihn wieder.

»Wissen Sie, Frau Pütz in meinem Theaterstück ›Familie Pütz‹ will unbedingt ihren Bruder in den Landtag haben, und sie ist keine Gute. Das schafft sie auch. Dann hat man mir gesagt, ins Millowitsch gehen so viele CDU-Wähler. Da kannst du die Partei doch nicht christlich-konservativen

Block nennen. Sie wissen schon, die Partei mit dem Weihrauch und dem Knoblauch und so. Da haben wir sie halt Konservative Fortschrittspartei genannt, und damit kamen auch die CDU-Wähler zurecht. Mit Fortschrittspartei konnten sie ja nicht gemeint sein. *Das Stück hieß im Original ›Karriere bei Pütz‹ statt ›Familie Pütz‹. Das war schon alles. Ich glaube, man kann den Leuten auch mal etwas zumuten. Ich bin diesen ständigen Edelmut leid. Die Leute, die Dialekt sprechen im Volkstheater, sind immer die Guten, die mit dem Edelmut. Jetzt will ich Ihnen mal was sagen, Herr Schönherr, in Köln nennt man diesen ständigen Edelmut Sößheu. Dazu habe ich keine Lust mehr.«*

»Möchten Sie gern schmaler sein?« Jetzt tritt er ordentlich nach, der gute Schönherr.

»Ach ja, allein wegen dem Treppensteigen«, kontere ich. »Tun Sie etwas dafür?« Der alte Wadenbeißer.

»Nein.« Ich gebe mich einsilbig.

»Essen Sie denn so gern?«

Wenn ich dich zwischen die Finger kriege, Bürschlein, lege ich als Erstes dich auf den Grill! *»Gerne, ja«*, antworte ich. *»Nicht viel, aber öfter«*, und kichere wieder verschämt.

Jetzt, mein Freund, kriegst du gar nichts mehr raus aus mir. Ich bin eine Dame, du blödes Ei – aber das denke ich nur. Die Studiogäste kichern mit, ich denke, sie haben verstanden.

Wenige Wochen nach mir kommt Romy Schneider in seine Show, und alle schreiben, sie sei inzwischen noch viel schöner als mit fünfzehn. Das deutsche Publikum mag sie trotzdem nicht mehr, weil sie in Frankreich spielt, beim Erzfeind, in Filmen, die man als »schwarz« bezeichnet. »Noir« – das haben die Deutschen nicht gern. Sie hätten lieber Sissi zurück. Niemand kriegt auf diesem Planeten, was er haben will. Sie antwortet Dietmar auch nur sehr einsilbig, das hat sie sich sicher bei mir abgeguckt.

Ob sie eine kleine Dicke beim schwarzen Film in Frankreich brauchen können? Schwarze Haare habe ich ja schon. Mit Michel Piccoli im »Trio Infernal«, das könnte ich mir vorstellen. Der ist ein richtiger Kerl. Ich spreche gar nicht so schlecht Französisch.

Das bleibt wohl für immer Träume.

Als wir im Juni 1974 aus der Sahara zurückkommen, hat ein nächtlicher Regenguss auf sämtlichen Autos der Stadt Saharasand hinterlassen. Manchmal transportieren südliche Winde den Sand bis hierherauf zu uns. Ein Gruß aus meinem Sehnsuchtsland.

Wer einmal da war, dem sagt alles andere nichts mehr. Ich kann nicht mehr in einem Hotel Urlaub machen, am Strand im Liegestuhl. Die Sahara ist eine Landschaft. Transzendenz, das ist das richtige Wort.

Sie überschreitet alle Grenzen und geht weit über die menschliche Erfahrung hinaus. Zum Göttlichen? Ich weiß es nicht. Ich bin Atheistin. Und dieses Mal bin ich in der Wüste zum ersten Mal selbst gefahren. Es ist noch einmal etwas anderes, selbst am Steuer zu sitzen, als wenn andere für dich die Richtung bestimmen.

Während unserer Reise ist der charismatische Willy Brandt als Bundeskanzler zurückgetreten. Sein persönlicher Referent war offenbar ein Spion der DDR. Das muss ein schlimmes Gefühl sein, der Verrat einer solchen Vertrauensperson, von der du glaubst, sie teile deine politischen Überzeugungen. Die dich besser kennt als deine Ehefrau und vor der du keine Geheimnisse hast. Fünfzehn Jahre war der Mann Mitglied in der SPD. Er ist durch Einsatz und Talent regulär aufgestiegen bis in die Spitze, nur um sie auszuspionieren. Unvorstellbar!

Was geht in so jemandem vor? Gegen grundsätzlichen Anstand zu verstoßen, ohne Not? Bei einem der anständigsten Menschen, die es in der Politik gibt.

Ich verstehe das nicht. Ich verstehe allerdings auch nicht, warum Brandt zurücktritt. Der hat doch gar nichts gemacht! Am 27. Juni stürmen Kölner Bankkunden ihre Bank. Die Nachrichten melden, dass das Bankhaus Herstatt sich verspekuliert hat und Insolvenz anmelden muss. Sie haben das Geld der kleinen Sparer wie in einer Spielbank einfach verzockt. Raumschiff Orion nannten sie intern die Zentrale, in der die Termingeschäfte abgewickelt wurden, nach der Serie, in der Dietmar Schönherr einen deutschen Raumschiffkommandanten spielt. Humor haben die völlig abgehobenen Gangster offenbar. Statt Außerirdischer bedroht die Menschheit allerdings die Gier einiger ihrer eigenen Exemplare. Am Schluss ist das Geld der Sparer weg, und sie haben einen riesigen Haufen Schulden.

Hans-Hermann Gerloff, einer der Banker, stellt sich mit Megafon vor die aufgebrachte Menge und erklärt den Bankrott der Bank, die an diesem Tag geschlossen wird. Er muss von der Polizei geschützt werden.

Die Reklame des Bankhauses zeigt einen kleinen Jungen, der sich die Augen zuhält. »Mein Papi ist weitsichtiger. Er ist Kunde bei der Herstatt-Bank«, steht darunter. Die Sache mit den zugehaltenen Augen ist anscheinend mehr Programm in diesem Haus, als so mancher Kunde ahnte.

Im letzten Dezember hat der Bankchef seinen sechzigsten Geburtstag gefeiert und eine Riesenparty gegeben. Eigentlich war an diesem Tag ein autofreier Sonntag. Im Gegensatz zu mir, die arbeiten und mit der Bahn ins Theater fahren musste, haben Herstatts Geburtstagsgäste alle eine Ausnahmegenehmigung bekommen und konnten mit der Limousine vorfahren. Manche sind gleicher als andere, und es macht einen nur unglücklich, ständig dagegen anzurennen.

Mir ist als Kind beigebracht worden, der Kommunismus sei die richtige Antwort auf eine ungerechte Welt. Ich bin aber nicht mehr sicher, ob das stimmen kann. Wenn sie

mit Panzern gegen Arbeiter vorgehen und Spione in sozialdemokratische Regierungen schleusen, dann stimmt doch
etwas nicht!
Ich nehme mir eine Pause.

Brigitte Mira, die ich vor vielen Jahren in einem meiner Schinken kennenlernte, die große Brigitte Mira, auch
nicht schön, auch zu dick, aber im Gegensatz zu mir am
Stadttheater engagiert, dreht einen Film mit diesem jungen
Rainer Werner Fassbinder, der aus seinen Filmsets eine Art
Kommune machen soll, wie man so hört. Schätze, auch der
glaubt eigentlich an den Kommunismus. Er verlange große
Intensität von seinen Darstellern, und »seine Bildsprache
wechselt zwischen Theater, Film und Zeitdokument in nie
gekannter Radikalität«, schreibt die Presse.
So etwas haben sie über mich noch nie geschrieben.

»Angst essen Seele auf« ist die Liebesgeschichte einer
dicken, nicht sehr schönen älteren Putzfrau, die sich in einen
Marokkaner verliebt und er sich in sie. Der Film schneidet
wie ein Flammenschwert in mein Herz.

Wie gut kenne ich die gezeigte Verachtung der bürgerlichen Welt. Es ist kein Problem, wenn sich ein alter Sack
ein junges Mädchen nimmt, aber weh dir, es ist umgekehrt!
Diese Vorstellung erzeugt offenbar Brechreiz, wie dereinst
die wilde Ehe meiner Schwester, und setzt schlimmste Phan-
tasien in Gang. Und dann auch noch ein Araber. Wie gut
kenne ich die Hetze gegen Menschen aus einem anderen
Kulturkreis, gegen Männer mit einem anderen Weltbild.
Gegen ihre natürliche Körperlichkeit. Es wird nicht mehr
das Individuum gesehen, sondern »die« werden alle über
einen Kamm geschoren. Diese Hetze, die am Ende den
Mann zweifeln lässt, an seiner Liebe, an seiner Ehe, und
verzweifeln am ganzen Leben. *Ich* hätte die Putzfrau spielen sollen, niemand kennt diese Gefühle besser als ich, aber
Brigitte spielt sie.

Was hat sie, was ich nicht habe? Wieso kommt nie einer auf mich? Fassbinder will gesellschaftlich relevante Filme machen, aber für ein breites Publikum, sonst habe es keinen Sinn. Genau das mache ich mit meinen Stücken auch. Wir sind wie seelenverwandt, er entwickelt seine Konzepte auch im Arbeiterviertel, nicht in den betuchteren Kreisen. Und er lässt seine Figuren die Konflikte austragen, insbesondere die Rolle der Frauen entlarvt er mit ehrlichem Blick auf die Realität.

»Ich bin gegen Karikaturen, und ich bin gegen Parodien«, lese ich in einem Interview mit Fassbinder, er begegne seinen Figuren immer mit liebevollem Respekt. Das ist wohl der Knackpunkt: Der Mann hat keinen Humor, und ich sehe in allem zuerst den Witz. Ich bin die Stimmungskanone. Wie Königskinder werden wir so wohl nie zueinanderfinden.

Der erfindungsreiche Autor Wolfgang Menge beim WDR hat sich schon wieder etwas Neues ausgedacht: Sein neuester Spielfilm heißt »Smog«. Durch die Autoabgase ist unsere Luft so verschmutzt, dass die Leute sterben wie die Fliegen, und schon wieder verwischt er die Grenzen zur Realität so gekonnt, dass die Leute beim Sender anrufen und sich in Sicherheit bringen wollen. Denn es stimmt, dass an manchen Tagen ein grauer Schleier über der Stadt hängt, den die Sonne nicht mehr durchdringen kann. Wie sollen wir da atmen?

Als mir mein Garten im Jahr darauf tonnenweise Pflaumen beschert, schreibe ich ein Stück namens »Pflaumenschwemme« und frage Gigi, ob sie mitspielen will. So ein hübsches Kind ist sie und möchte doch so gern aufs Theater! Sie ist göttlich und hochbegabt, sage ich ihr. Und so jung! Harry J. Bong spielt auch mit, der hübsche Junge ist ein Mädchenschwarm, und die beiden verstehen sich ausgezeichnet.

Eine Nacht brauche ich, um mir ein Gerüst zu bauen,

und dann schreibe ich in wenigen Wochen mein Theater-stück. Inzwischen habe ich den Bogen raus. Wir wollen ein bisschen Spaß haben mit unserer »Pflaumenschwemme«, unbeschwerten Spaß. Doch Gigi nimmt sich Dinge heraus, die ihr nicht zustehen. Ich muss sie immer wieder zurechtweisen.

In dem kleinen Kellertheater unweit der Brinkgasse, in der Straße, die so heißt wie ich, hat etwa zur gleichen Zeit ein Stück Premiere, das »Ihr schönster Tag« heißt. Es nimmt das Ehegefängnis, in dem wir Frauen uns unversehens nach dem Jawort wiederfinden, mächtig auf die Schippe. Ein Schelm, wer hier Parallelen zur »Scheidung auf Kölsch« herausliest …

Das bislang eher mäßig erfolgreiche Kabarettisten-Duo in der Gertrudenstraße ist plötzlich in aller Munde, und der WDR wird eine Aufzeichnung ihres Programms im Fernsehen zeigen. Sie zeichnen die ganze Vorstellung im Theater auf und zahlen dafür Tantieme wie früher im Millowitsch. Warum bietet das für meine Stücke keiner an? Schmücken sich die jungen Leute etwa mit fremden Federn? Mit meinen Federn? Wollen die mir das Wasser abgraben? Werde ich jetzt von allen Seiten in die Zange genommen? Wer sind die?

Die SPD gewinnt erneut die Bundestagswahl, und Helmut Schmidt bleibt Kanzler. Sie haben mit prallen Mädchenbrüsten in einem knappen Bikinioberteil aus Jeansstoff für ihre Gesundheitsvorsorge geworben: »Damit alles hübsch beieinanderbleibt.« Der Kopf des Mädchens war nicht abgebildet, und die Frauenbewegung, allen voran Alice Schwarzer, läuft gegen die Reduzierung auf Geschlechtsmerkmale Sturm.

Die Damen haben mitunter einen recht freudlosen Diskussionsansatz und müssen sich deshalb nicht selten anhören, dass es Gründe gibt, warum die Blaustrümpfe so vehement gegen die Männer zu Felde ziehen. Ein Spiegel könnte einer davon sein … Mal bin ich zu witzig, mal despektierlich.

Als die »Pflaumenschwemme« abgespielt ist, habe ich genug, besonders von der vorlauten Gisela.

Ich mache in einer Musiksendung namens »Tango-Tango« mit und finde mich auf dem Set in einem Meer von leer getrunkenen Flaschen wieder. Ist es das, was von mir übrig ist? Leere Schnaps- und Schampusflaschen? Sehen mich so die Fernsehproduzenten? Überhaupt alle Leute? Ich will nicht sofort ein neues Stück schreiben. Ich muss atmen, und ich muss nachdenken. So komme ich einfach nicht weiter. Ich schufte mir für die Millowitschs den Buckel krumm, in ihrem ganzen Theater hängen nur ihre Plakate, ihre Fotos, ihre Presseartikel. Vor jeder meiner Vorstellungen spielen sie *ihren* Reklamefilm vor Tausenden von Zuschauern, die *ich* anschleppe!

Es ist so kleinbürgerlich, so eng im Theater auf der Aachener Straße. Von einem Volkstheater, wie ich es mir vorstelle, keine Spur. Ich habe die Nase gestrichen voll, immer für andere zu schuften wie auf einer Galeere. Für untreue Ehemänner, für Kollegen mit Nehmerqualitäten und Freunde, die ständig die Hand aufhalten.

Am Ende noch für ein mir völlig unbekanntes Kabarett-Duo, das mir mindestens die Idee klaut. Otto wendet ein, das könne man so nicht sagen. Das Thema liege halt in der Luft, und sie würden inhaltlich schon etwas ganz anderes machen als ich. Ich habe verstanden: Was andere machen, ist immer toll, spiele dagegen ich, wie zum Beispiel am Hansa-Theater in Moabit, darf ich im »Westberliner Abend« etwas von »harmloser Volksbelustigung« lesen.

Die diebischen Kollegen werden in den Himmel gelobt und kassieren die Fernsehübertragungen ein. *Die Kritiker haben schon immer etwas an mir auszusetzen, nur das Pu-*

blikum ist auf meiner Seite, weil ich eine von ihnen bin. Unterprivilegiert, verlacht, dick, ausgestellt wie auf dem Jahrmarkt.

Ich muss etwas ändern, aber ich weiß noch nicht genau, was und vor allem wie.

Als Erstes beende ich die Zusammenarbeit mit dem Fernsehen in Sachen »Klamottenkugeln«, für solche Dinge stehe ich ab sofort nicht mehr zur Verfügung.

Ich brauche Abstand und reise erneut in die Wüste, genau genommen nach Libyen. In einem Camp der Firma Holzmann mache ich Station, die meisten der Arbeiter dort sind Deutsche, und ich fühle mich im Kreis der Wüstlinge und Abenteurer, der Glücksritter und Vagabunden für eine Weile pudelwohl. Sie bauen in El Gatroun für Gaddafi eine Anzahl von Kleinfarmen. Ich mache mir Notizen. Über diese Art Camps müsste man eine Geschichte schreiben. Hier gelten andere Regeln. Hier ist man rau, aber herzlich, direkt, ohne Hinterhalt. Auf gewisse Weise schamlos. Man nennt die Dinge beim Namen, statt verschämt drum herumzugiggeln. *Mit Männern habe ich nie ein Problem. Es gibt ja Frauen, die haben ständig Ärger mit Männern, ich nie.* Ich habe das ernst gemeint, als ich es der Presse gesagt habe. Die wollen mich immer in einen Sack stopfen mit Frau Schwarzer, aber ich schwöre, da passt nicht mal mein dicker Zeh rein.

Ich atme einfach ein paar Tage durch in dieser Männerwelt, die Kantine kocht lecker, deftig und sehr deutsch, damit die Jungs, die jeden Tag auf der Baustelle schuften, abends etwas Ordentliches zwischen die Zähne bekommen. Das ist genau das, was ich gebraucht habe. Keine Intrigen, keine Eitelkeiten, kein Neid, ganz normales Leben fernab der Welt, die mir so schrecklich auf die Nerven geht.

Einer der Männer begleitet mich zu einem Ausflug in die Wüste, als meinem Land Rover der Keilriemen reißt. Wir kriegen die Reparatur nicht hin. Nicht mal ein Provisorium. Wir sitzen fest, leider weit jenseits der üblichen Routen. Nach kurzer Überlegung bleibt uns eine einzige Chance: Mein Begleiter nimmt den größten Teil des Wassers und geht zu Fuß zum Camp zurück, um Hilfe zu holen. Einen Kompass haben wir dabei, der Weg ist vergleichsweise klar, aber es sind fünfzig Kilometer durch die Wüste, das ist kein Pappenstiel. Ich werde tagsüber Leuchtkugeln abschießen und nachts meine Autoreifen nacheinander anzünden, um eventuell vorüberziehende Karawanen oder auch den Rückkehrer auf mich aufmerksam zu machen.

Leider ohne Erfolg. Der Mann kehrt nicht zurück. Ich kann nicht einschätzen, ob er es geschafft hat. Und wenn ja, ob sie mich wiederfinden werden.

In der Wüste gibt es keine Ampeln und Schilder, es gibt meistens nicht mal einen Weg. Wie lange ist er weg? Habe ich erst eine Nacht hier verbracht oder schon zwei? Drei? Mein Wasser geht zu Ende.

Die Hitze ist enorm, und die Zunge klebt am Gaumen. Das Fahrzeug bietet kaum Schatten und sandet immer mehr ein. Ich versuche, mit einem Strohhalm an das Wasser im Kühler zu kommen – es gelingt mir schluckweise. Der Geschmack ist grausam, aber allemal besser als kein Wasser. Lange halte ich nicht mehr durch. Wie viel Wasser wird in so einem Kühler sein? Und wie viel habe ich schon getrunken? Es fällt mir immer schwerer, mich zu konzentrieren.

Noch zwei Leuchtkugeln, dann sind auch diese aufgebraucht. Die Luft flirrt, und ich fange an, Stimmen zu hören. Woher kommen diese Stimmen? Am Ende wird mich niemand finden können, weil mein Auto und ich nur noch ein weiterer Sandhügel sind wie die unzähligen verdursteten Kamele am Wegesrand. Nichts wird von mir übrig bleiben. Gut möglich, dass dies mein letzter Ausflug in die Wüste war, Angst vor dem Sterben habe ich nicht.

Ich habe Wilhelm schon manches Mal geschrieben, *dass er meine Todesverliebtheit nicht so ernst nehmen soll, sie besteht schon lange. Auch meine Fahrten in die Sahara haben damit zu tun. Ich bin derart neugierig auf den Tod, dass ich es manchmal gar nicht erwarten kann.* Das Blöde ist, dass es keinen Probelauf gibt. Wenn es einem nicht gefällt, tot zu sein, kann man nicht mehr zurück. Man bleibt tot. *Wenn man nicht daran sterben würde, wäre ich schon lange tot.* Ich höre Motorengeräusch. Wahrscheinlich wieder eine Sinnestäuschung. Dann hält ein Jeep neben mir, und ein fremder Mann steigt aus. Er hat eine Wasserflasche dabei und hält sie mir kommentarlos an den Mund. Kühles, frisches Wasser. Er gießt mir welches über den Kopf, bis ich wieder klar sehen kann. Er heißt Martin, sagt er und erzählt, dass mein Begleiter es zurück ins Camp geschafft hat.

Ohne den genauen Ort zu kennen, ohne Feldmarken oder eindeutige Wegweiser, nur mit einer Himmelsrichtung als einziger Angabe hat Martin eine Stecknadel im Heuhaufen gefunden, nämlich mich. Martin ist Schlosser, und er ist mein Lebensretter. Ihn hat der Himmel geschickt, die Todesnähe und sein bedingungsloser Einsatz für eine wildfremde Frau verbinden uns von der ersten Sekunde an, wie zwei Menschen nur verbunden sein können. Wie konnte er mich finden? In dieser riesigen Wüste?

Er hat einen Abschlepphaken am Fahrzeug und bringt mein Auto ins Camp, wo er als Schlosser arbeitet. Als alle Reparaturen beendet sind und ich mich einigermaßen erholt habe, setze ich schweren Herzens die Weiterreise fort. Der Mann ist Schlosser, er hat Hände wie Schaufelräder und ein Herz aus Gold. Gibt es so was wie Schicksal? Ich glaube, ich habe mich verliebt.

Mein Weg führt mich nach Algier in die Oase Touggourt. Dort gibt es ein ausgezeichnetes Hotel, in dem man großartig kocht. Nach der einfachen Welt im Camp der Firma

Holzmann eine schöne Abwechslung. Ein reizender Mann vom Nachbartisch spricht mich nach wenigen Minuten auf Französisch an. Ich komme ihm bekannt vor, ob das sein könne, fragt er. »Natürlich kann das sein, Sie sprechen mit der berühmtesten Frau Deutschlands, mein Lieber«, antworte ich bescheiden. Es stellt sich heraus, dass Karl Seemann für die Kölner Firma KHD ein Zementwerk in Algerien errichtet und mit seiner Familie in einem benachbarten Camp lebt. Er ist kein Ingenieur, sondern Projektleiter, ein kluger, sachlicher Kopf, und er interessiert sich brennend fürs Theater. Als ich ihm erzähle, woher er mich kennt, haben wir ein ganz wunderbares Gespräch. Zwei Wochen später besuche ich ihn in seinem Camp.

Wir machen eine kleine Spazierfahrt, er lässt sich haarklein meine Idee des reformierten Volkstheaters erklären und verspricht, im Herbst, nach Abschluss seines Projekts, nach Köln zu kommen. Beseelt von gleich zwei so schönen Begegnungen auf einer einzigen Reise fahre ich weiter. Ich habe das Gefühl, sowohl dem »Was« als auch dem »Wie« meines weiteren Lebenswegs ein gutes Stück näher gekommen zu sein. Wie immer hat mich Mama Afrika fest in ihre Arme genommen und weist mir den Weg. Ich wusste, dass ich nur hier die notwendige Orientierung finden würde.

Leider lässt mich mein Land Rover erneut im Stich. Es ist noch gar nicht so lange her, seit ich das Camp hinter mir gelassen habe, aber ich traue mir nicht zu, die Strecke zurückzulaufen. Man unterschätzt Entfernungen in der Wüste, und man unterschätzt die Hitze. Leider habe ich auf dieser Strecke bislang keine Karawanen gesehen. Jäh werde ich aus meinen glücklichen Gedanken gerissen. Ich habe den Fehler gemacht, einen Augenblick lang den Ernst der Wüste außer Acht zu lassen. Das verzeiht sie nicht.

Ich muss mich entscheiden. Je länger ich warte, desto kleiner werden meine Chancen. Diesmal wird kein Retter kommen, ich muss mich selbst auf den Weg machen. Als ich gerade einen Wasservorrat in einen Rucksack umpacke, höre ich Motorengeräusch. Ein Arbeiter aus Karl Seemanns Camp erscheint über einer Düne. Ihm sei etwas komisch vorgekommen, sagt er, und da sei er mir zur Sicherheit nachgefahren.

Eine Schicksalsreise. Bruno Krupki ist Heizungsmonteur aus Bielefeld, und er hat einen sehr geraden, beinahe durchdringenden Blick. Auch er kann sich vorstellen, seinen Lebensmittelpunkt aus der Wüste Algeriens an den Rhein zu verlegen, er liebt das Abenteuer.

Langsam nimmt mein Plan Konturen an. Ich werde ein eigenes Theater aufmachen. Die Menschen, die an meiner Seite stehen werden, sind mir auf dieser Wüstenreise begegnet. Und nicht nur das, sie haben mich gerettet. Sie verstehen, wovon ich spreche, wenn ich über die Wüste erzähle. Über existenzielle Entscheidungen. Über Ernst und Schönheit. Sie besitzen Kompetenzen, Liebe zum Theater, und sie sind wie ich: Praktiker. Sie sind keine lebensuntauglichen Schöngeister. Zu ihnen kann ich uneingeschränktes Vertrauen haben.

Die Würfel sind gefallen. Das sind genau die Menschen, die ich gesucht habe. Die Wüste, meine Göttin, hat mir die richtigen Partner geschickt, auf sie ist Verlass.

19

»Du nimmst rücksichtslos jeden Menschen, dem du begegnest, für deine Zwecke in Anspruch«, sagt Wilhelm, und ich bin unsicher, ob er das mit Bewunderung oder Abscheu formuliert.

Ich liebe seine Ehrlichkeit, er redet mir niemals nach dem Mund, er meint es gut mit mir. Aber diesmal hat er unrecht. Hier schließen sich aus freien Stücken Menschen zusammen, die dasselbe wollen.

»Du kennst diese Leute kaum«, gibt Wilhelm erneut zu bedenken, aber ich weiß, dass ich den Wüstengefährten trauen kann.

»Ehe der Hahn dreimal kräht«, schießt mir eine biblische Geschichte vom Verrat durch den Kopf, aber sie ist schnell verdrängt. Was habe ich mit der Bibel zu schaffen? Und was hat es Willy Brandt genutzt, Herrn Guillaume schon seit vielen Jahren zu kennen?

Die Wüstengöttin beschert uns zu Hause einen Jahrhundertsommer. Wochenlang Sonne, über dreißig Grad, das gab es seit Jahrzehnten nicht mehr und ist für mich ein Zeichen. Die Sonne begleitet mich in mein neues Leben.

Nach einigen Wochen zu Hause, in denen ich Otto Hofner erklärt habe, bei Millowitsch nicht mehr aufzutreten, fahre ich nach Bonn, um meinen Parteigenossen Wischnewski um einen Gefallen zu bitten. Der Mann ist Außenminister. Ich benötige ein Visum für Saudi-Arabien. Mein Schlosser arbeitet inzwischen dort, und allein reisende Frauen bekommen kein Einreisevisum. Ich muss ihn sehen.

Ihm erzählen, was ich beschlossen habe und dass ich ihn dabeihaben will.

Jedes Theater sollte einen Schlosser haben, und dieser Schlosser gehört zu mir. Herr Wischnewski soll sich so gut auskennen, dass ihn alle nur noch Ben Wisch nennen. Ein bisschen wie Lawrence von Arabien. Ich frage frech an, und Herr Wischnewski hilft mir tatsächlich schnell und unbürokratisch. Gut, wenn ich ehrlich bin, habe ich aus Martin meinen Lebensgefährten gemacht, ohne dass dieser etwas davon weiß, aber das spielt keine Rolle.

Ben Wisch hat mich bei der »Lachenden Sporthalle« gesehen und ist begeistert von mir. *Prominent sein ist eigentlich kein Vorteil. Die Nachteile überwiegen. Nur manchmal, wenn man noch einen Platz in einem eigentlich vollen Flugzeug bekommt* oder wenn man ein Visum braucht, kann es nützlich sein. Wenn ich wirklich ein Theater aufmache, will er zur Eröffnung kommen, das kriege ich hin.

Als ich beglückt von meiner Reise zurückkehre, treibe ich die Vorbereitungen für meine eigene Bühne voran. Karl Seemann kommt wie versprochen nach Köln, und in wenigen Gesprächen sind wir handelseinig. Er wird mein Geschäftsführer. Bruno und Martin werden auf der praktischen Seite arbeiten, Bühnenbau, was es halt so braucht in einem Theater. Einen Inspizienten brauche ich noch. Alte Kollegen frage ich an, ob sie mitspielen werden auf meiner Bühne. Erste Ideen für ein neues Stück wollen aufgeschrieben werden, aber das Wichtigste: Wir brauchen ein Haus.

Und vor den Preis haben die Götter den Schweiß gestellt: Eine schlimme Sache muss ich zuallererst zu Ende bringen.

Am 15. Januar 1977 um zehn Uhr elf in der zweiten Zivilkammer des Kölner Landgerichts gelingt es mir, die Scheidung von Ahmed durchzusetzen. Es ist der sechzehnte (!) Anlauf. Allein die Verfahrenskosten betragen mehr als zehntausend Mark, ich habe ihm drei Jahre lang immer wieder verziehen und ihm immer wieder Geld gegeben. »*Ich will diesen fiesen Möpp nur noch loswerden!*«, diktiere ich dem Kölner »Express« ins Blöckchen. Eine Journalistin will unbedingt in meinem Sexualleben herumwühlen und lässt nicht locker. »*Glauben Sie ernsthaft, dass eine fünfzigjährige Frau noch ein aufregendes Liebesleben hat?*«, blaffe ich sie an und sage: »Allein bin ich glücklicher«, denn ich weiß ja, allein werde ich nicht sein. Martin ist da.

Das Kino in der alten VringsOper ist geschlossen, wird mir zugetragen. Ich sehe es mir an – vierhundertneununddreißig Plätze. Es hat praktisch nichts, was ein Theater braucht. Die Stühle sind alt und gehen aus dem Leim. Das Foyer ist viel zu klein. Otto sagt, ich sei verrückt. Ich könnte doch jedes Jahr zwischen September und Dezember gutes Geld im Millowitsch-Theater verdienen und den Rest des Jahres sorgenfrei in der Wüste herumgondeln. Was ich denn eigentlich noch wolle.

Er versteht mich nicht. Er war noch nie in der Wüste. Er weiß nicht, dass es Wahres und Unwahres gibt. Er kann mit Transzendenz nichts anfangen. Er ist zu sehr in dieser Welt, der zivilisierten Welt verhaftet. Er meint es nicht böse. Unsere Zusammenarbeit ist hier zu Ende. Nach Volksschauspielerin kommt Theaterchefin, lieber Otto.

Das Puppentheater der Stadt ist in eine schlimme finanzielle Schieflage geraten, denn die Stockpuppen im Hänneschen sind nicht mehr in Mode. Das Festkomitee Kölner Karneval hat offenbar ein Herz für Puppenspieler und als Zugmotto »Mer losse de Poppe danze« ausgerufen, um die Aufmerksamkeit der Jecken wieder auf die Britz zu lenken. Ich drücke die Daumen, dass es klappt. Das Hänneschen ist für mich die Urform des Kölner Volkstheaters, nicht Millowitsch.

Diese Begeisterung, wenn sich der Vorhang hebt. Dieses fröhliche Staunen nach jedem Akt über ein besonders gut gelungenes Bühnenbild. Ich liebe diese kindliche Freude an der Verwandlung, die Überraschung, denn es geht mir ganz genauso.

Viele Menschen finden keine Wohnung in Köln, lese ich in der Zeitung, sodass eine Reihe leer stehender Häuser von jungen Leuten einfach besetzt wird. Eine »Sozialistische Selbsthilfe Köln« wird gegründet, und Heinrich Böll zahlt die Miete für deren Domizil. Sie machen Umzüge und Entrümpelungen, um ihr Geld zu verdienen und auch um leer stehende Objekte ausfindig zu machen, die man besetzen könnte. Es ist nicht richtig, dass Immobilienbesitzer ihre Gebäude verfallen lassen, um sie abreißen zu können und in teure Bürogebäude zu verwandeln, wo vorher Menschen in bezahlbaren Wohnungen lebten. Ob sie auch ein Haus für mein Theater finden könnten? Oder habe ich es mit der VringsOper bereits gefunden?

Im April beherrscht ein aufsehenerregender Terroranschlag die Schlagzeilen. Der Generalbundesanwalt Siegfried Buback, sein Fahrer und sein Mitarbeiter werden mitten am Tag auf offener Straße erschossen. Die nächste Generation der Baader-Meinhof-Gruppe, die sogenannte Rote-Armee-Fraktion, will Rache üben an dem Mann, der ihrer Ansicht nach an den »unmenschlichen« Haftbedingungen von Andreas Baader und dem Selbstmord von Ulrike Meinhof die Schuld trage. Buback sei Mitglied der NSDAP gewesen und ein Faschist.

Ich kann nicht einschätzen, ob sie recht haben, aber Mord? Wir sind doch nicht im Wilden Westen, wo unliebsame Figuren einfach umgeschossen werden.

Ich denke wieder an Mama und ihre Sorge vor einem Krieg. Sogenannte Sympathisanten der RAF werden in der

Bevölkerung vermutet und sollen durch Rasterfahndung herausgefiltert werden. Das klingt alles sehr ungut. Das weckt sehr böse Erinnerungen daran, wie die Staatspolizei unbescholtene Bürger aus ihren Wohnungen holte.

Ich bin mal wieder nicht sicher, ob wir die Leute ausreichend auf »andere Gedanken« bringen konnten und ob die das überhaupt wollen. Vielleicht haben wir doch den falschen Zeitpunkt gewählt für unser Volkstheater. Es wäre nicht das erste Mal, dass mein Timing diesbezüglich nicht stimmt. Ich muss an die Kohlenhandlung in der Ottostraße denken.

Ich schlafe sehr schlecht. Als sich der Vorhang in meinem Theater öffnet, stehen schwarz vermummte Zuschauer mit Gewehren auf und erschießen alle Darsteller. Wir seien Lügner, keine Menschen, schreien sie, als sie abdrücken. Zum Glück nur ein böser Traum, meine Dämonen sind zurück. Ich brauche bessere Schlaftabletten.

Ab Juli läuft unser Mietvertrag, die Bauphase fängt an. Aus der VringsOper machen wir jetzt das »Theater im Vringsveedel«, es ist ein guter Ort in der Severinstraße 81. Wir brauchen Garderoben, ein Bühnenbild, Licht und Ton, und die Wandbespannung im Saal muss weg, *das sieht ja aus wie eine riesige Pralinenschachtel.*

Neue Bestuhlung können wir uns nicht leisten. Mehr als zweihunderttausend Mark müssen wir zusammenkratzen, siebzig Prozent bringt Karl als Geschäftsführer auf und dreißig ich.

Ich liebe es, mit den Männern auf der Baustelle zu sein und zu sehen, wie unser Theater entsteht. Ich nähe die Vorhänge auf meiner alten Pfaff, und Terroristen erschießen den Bankdirektor Jürgen Ponto in seinem Haus. Diesmal leider kein Alptraum. Was zum Teufel wollen diese Leute? Sind die verrückt? Auch wenn das Vertrauen in Banken spätestens seit Herstatt aus gutem Grund erschüttert ist, wir können sie doch nicht einfach erschießen!

Macht die RAF mit den Russen gemeinsame Sache? Ich lese, sie seien in Palästinenserlagern in sämtlichen Guerilla-kampftechniken ausgebildet worden – wollen die hier einen Bürgerkrieg entfachen, und was hat Palästina damit zu tun? Sind das nicht dieselben, die 1972 bei der Olympiade die israelischen Sportler erschossen haben? Mit so jemandem wollen die gemeinsame Sache machen? Das ist nicht meine Vorstellung von Linkssein.

Ich will mit Politik nichts mehr zu tun haben. Seit ich sechs Jahre alt bin, wird mein Leben durch die Politik bestimmt, und es ist nie etwas Gutes dabei herausgekommen. Dieser Satz, den ich einem Journalisten sage, ist gar nicht so sehr übertrieben.

»Ich bin schon für eine gerechtere Verteilung«, erkläre ich Martin, während ich mit bloßen Händen den Hummer auseinandernehme, den wir bestellt haben. »Aber doch nicht für Lynchjustiz!«

Wir stoßen an. Mit Charles Heidsieck.

Es ist ein besonderer Anlass für einen besonderen Champagner. Denn mitten in den letzten Vorbereitungen für die Theatereröffnung fahre ich noch einmal mit Martin in die Wüste. Ich muss mich bedanken beim *heißen Herz der Welt* und will das gebührend tun. Martin gehört zu den wenigen Menschen, die nicht seltsam finden, dass jemand für Gerechtigkeit ist und es sich dennoch gut gehen lassen kann.

Mein Eröffnungsstück wird »Die kölsche Geisha« heißen, denn genau das will ich ab jetzt sein für diese Stadt: eine sorgfältig zurechtgemachte Unterhaltungskünstlerin und Gastgeberin, die professionell verschiedenste traditionelle Künste und Aufführungen darbietet.

Ich brauche nicht mehr auf ein Engagement am Schauspiel zu hoffen, ich bin selbst Intendantin. Prinzipalin. Theaterchefin. *Ich bin die Herr, dein Gott.*

Und tatsächlich müsste ich jetzt, wo mein Ehemann weg

ist, ihn auch nicht mehr fragen, ob und wie ich berufstätig sein darf. Sie haben das Gesetz geändert. Ehefrauen dürfen ab jetzt ihre Entscheidungen allein treffen, wer hätte das zu hoffen gewagt! Wir sind doch Menschen und haben Rechte. Es hat eine Weile gedauert, bis sich das in der Politik herumgesprochen hat, aber immerhin. Halleluja! Die Sozis schaffen es tatsächlich, diese Republik ganz allmählich in moderne Gewässer zu lenken.

Drei Tage vor unserer Premiere entführt die RAF den Arbeitgeberpräsidenten und ehemaligen SS-Untersturmbannführer Hanns Martin Schleyer und erschießt dabei drei weitere Menschen. Sie erklären, sie befänden sich im Krieg mit dem »Schweinesystem«, und Schleyer sei ihr Kriegsgefangener. Schwer bewaffnete Polizeikontrollen werden auf allen Ausfallstraßen der Stadt durchgeführt. Jedes Mal wenn ich nachts nach Hause fahre, werde ich angehalten. Vermummte Polizisten mit Maschinengewehren heißen mich aussteigen und halten mich in Schach, während sie meine Papiere kontrollieren. Was passiert wäre, wenn ich noch M'Barek hieße und einen Araber an meiner Seite hätte, kann ich mir lebhaft ausmalen.

Ich bin froh, wenn ich direkt nach der Ortseinfahrt Loope in die nächste Straße rechts einbiegen kann, in meine friedliche kleine Bruchstraße. Der Weg windet sich nach oben, oberhalb des Ortes bin ich in einem gepflegten Wohnviertel zu Hause. Während ich das denke, frage ich mich, was den Ort eigentlich von Köln-Lindenthal unterscheidet. Die Aussicht natürlich, fällt mir als Erstes ein. Schnell schiebe ich den Gedanken beiseite, schließlich warte ich noch lange nicht auf die Rente, sondern breche gerade auf zu neuen Ufern.

Kurz nach unserer Premiere am 8. September 1977 wird bei mir eingebrochen. Meine Kameraausrüstung ist weg, mein Fernseher und noch mehr Dinge, die einiges wert sind. Ich fahre nach Köln und erstatte dort Anzeige. Dann erzähle ich es aufgeregt der Presse. Wir brauchen einfach mehr Presse, sonst spielen wir bald vor leeren Rängen. Mir komme es die ganze Zeit so vor, als ob sich der Dieb ausgekannt habe, erzähle ich. Ahmed sei aber längst zurück in Tunesien. Ob mich wohl die Konkurrenz auf dem Kieker habe? Aber wer?

Die Polizei findet schnell heraus, dass mein eigener Inspizient der Übeltäter war – sehr großer Presseartikel. Ich brauche auf die Schnelle einen Nachfolger. Gigi hat einen Bekannten, der ist Fliesenleger. Ich will nur Leute um mich herum haben, die ihr Geld mit der ehrlichen Arbeit ihrer Hände verdienen. Nicht diese ganzen Möchtegernwillis, die mir erklären wollen, wie die Welt funktioniert.

Zum Glück für mich ist Theo, wie so viele im Augenblick, arbeitslos und sagt zu. Er muss schnell lernen, denn er muss den Vorhang ziehen, Licht und Ton fahren, die Bühne und die Requisite inspizieren, den Hausmeister machen – ich brauche tüchtige Leute – er ist einer. Gigi darf auch wieder mitmachen, obwohl sie mir ständig auf den Nerven herumtrampelt. Die anderen Schauspieler sagen, ich sei nicht fair zu ihr. Fair! Wer ist denn fair zu mir?

Mir wohlbekannte Schmerzattacken im Rücken kehren zurück. Es wird doch wohl nicht die andere Niere im Eimer sein? Ausgerechnet jetzt, wo ich auf keinen Fall krank werden darf! Ich habe Angst und gehe nicht zum Arzt. Martin will nicht bei mir wohnen, nach manchem Streit ist es auch besser, wenn wir einander ein bisschen aus dem Weg gehen können. Außerdem ist er ein Abenteurer, sagt er und brauche Beinfreiheit. Das kenne ich nur zu gut.

Wir spielen eine Vorstellung nach der anderen, es ist wahnsinnig anstrengend, das viele Geld muss wieder rein …
Zum Glück hat Karl die geschäftliche Seite unter Kontrolle

und steuert mit ruhiger Hand unser schlingerndes Schiff durch tosende See.

Er kann kalkulieren, er managt die Verwaltung, all das, was ich nicht kann. Er sagt mir, ich darf maximal neun Schauspieler einplanen und vier Akte mit einer großen gastronomischen Pause, sonst steigt uns der Pächter aufs Dach. Wir sind fast jeden Abend ausverkauft, die Schmerzattacken nehmen zu.

Im Oktober entführen palästinensische Terroristen ein Lufthansa-Flugzeug, um RAF-Terroristen, die verurteilt im Gefängnis sitzen, freizupressen. Die Welt hält den Atem an, denn die deutsche Bundesregierung, vertreten durch Bundeskanzler Helmut Schmidt, will sich nicht erpressen lassen, stürmt das entführte Flugzeug im afrikanischen Mogadischu und befreit die Geiseln.

Die Terroristen ermorden daraufhin Hanns Martin Schleyer, den sie offenbar in einem Hochhaus in Köln-Meschenich gefangen gehalten hatten. Die deutsche Gesellschaft und die Staatsgewalt werden immer nervöser.

Wer mit einem Terroristen die gleiche Grundschulklasse besucht hat, muss mit einer nächtlichen Stürmung seiner Wohnung durch schwerstbewaffnete Polizei rechnen. Die Springer-Presse eröffnet eine böse Jagd auf alles, was anders ist. Heinrich Böll hat schon vor Jahren von einem Klima der Denunzianten und Hetze gesprochen, in dem kein Künstler mehr arbeiten kann. Dazu die hohe Arbeitslosigkeit. Die angespannte Atmosphäre überträgt sich ins Theater. Ständig gibt es Ärger im Ensemble. Harry J. Bong, der schon bei der »Pflaumenschwemme« dabei war, stänkert den ganzen Tag herum. Ist jeden Abend besoffen. Sagt, ich wäre nicht zu ertragen.

Die Schauspieler tuscheln hinter meinem Rücken, die Hälfte ihrer Gage sei Schmerzensgeld. Die sollten mal meine

Schmerzen haben, und dann reden wir erneut über Schmerzensgeld! Ich kriege Streit mit Martin. Dann vertragen wir uns wieder. Er braucht Geld, und es gibt neuen Streit. Wenn der so weitermacht, klage ich das Geld wieder ein, das ich ihm für seine Oldtimer geliehen habe. Als ich am nächsten Tag ins Theater komme, wird gerade im Nachbarhaus eingebrochen. Ich rufe die Polizei – und die Presse. Wir stellen einen Antrag auf Subventionen beim Stadtrat, der wird abgelehnt. Der Streit mit Harry eskaliert. Nach der einhundertdreiundvierzigsten Vorstellung der »Kölschen Geisha« Ende Dezember kippt er mir ein Kölsch über den Kopf und nennt mich »Frau Millowitsch«.

Der Terror ist allgegenwärtig! Was ist denn bloß los mit den Leuten?

Zur letzten Vorstellung erscheint Harry einfach nicht, und ich verklage ihn. Ich muss noch überlegen, ob wegen Arbeitsverweigerung oder wegen Beleidigung. Frau Millowitsch! Ich reiße ihm den Kopf ab, sobald diese Schmerzattacke vorbei ist. Vorerst muss ich mich komplett zusammenreißen, um nicht laut zu schreien. Was mache ich bloß, wenn es die andere Niere ist?

20

Die erste Saison ist geschafft, und ich bin völlig erledigt! Ich brauche Erholung. Martin und ich vertragen uns wieder. Ich muss als Erstes raus aus Deutschland. Karl erklärt, das ginge so nicht. Wir könnten nicht zwölf Monate lang Miete zahlen, aber nur vier Monate im Jahr spielen. Er könne in den restlichen acht Monaten sinnvolle Dinge tun.

Ich erkläre ihm, dass das so läuft auf dem Theater. Künstler brauchen Zeit für Muße, für neue Ideen, für Vorbereitung. Die Schauspieler werden ja nicht fest angestellt, sondern nur für die vier Monate engagiert. Mein Inspizient Theo meldet sich in der Spielpause arbeitslos, Martin will ohnehin keine dauerhaften Fesseln, insofern sind die Fixkosten nicht zu hoch.

Ich verstehe nicht, was diese Auseinandersetzung soll! Karl will Gastspiele anderer Künstler einladen, das kommt für mich nicht in Frage. Wir einigen uns auf gelegentliche Gastspiele vom Schweizer Kabarettisten Emil Steinberger, vom Kölner Rezitator Lutz Görner und von Roncallis Clowns Pic und Pello.

So richtig gefällt mir das nicht. Ich will keinen Gemischtwarenladen, sondern ein Volkstheater, und fahre erst mal in Urlaub.

Wohin, ist keine Frage: In der Wüste schreibe ich unser neues Theaterstück »Der große Hit«. Wie es in den Plattenfirmen zugeht, das weiß ich nur zu gut. Wie viele Schlagersternchen es gibt, die rein gar nichts können, aber hübsch genug aussehen, um mit dem Produzenten ins Bett zu gehen.

Ich werde den Erfolg der unscheinbaren Putzfrau zuschanzen, die rein zufällig in dieses Geschäft gerät, und ich werde natürlich beide spielen. Das Sternchen und die brave Reinigungsfrau. Das wird lustig. Auf den Hit »Feelings« schreibe ich einen neuen Text, den die Putzfrau singen wird: Föhl enz!

Ich habe jetzt schon unbändigen Spaß, mal wieder diesen ganzen Möchte-gern-was-Besseres-Seins eins auszuwischen.

Dann versuche ich, Martin noch einmal zu treffen. Er vertröstet mich immer wieder, und ich engagiere für Harry einen neuen Schauspieler. Für die Regie bitte ich diesmal den Chef aus dem Theater der Keller hinzu. Damit käme auch Frau Schwarzhaupt zur Premiere – vielleicht möchte die betuchte Dame ja noch ein zweites freies Theater in Köln unter ihre monetären Fittiche nehmen …

Ich biete Gigi großzügig an, im »Großen Hit« doch wieder mitzuspielen. Ihr Mann hat sie verlassen, sie ist jetzt alleinerziehende Mutter und muss Geld verdienen. Ich gebe ihr achtzig Mark am Abend, das ist eine Menge. Unseren Streit haben wir begraben. Ich lasse mir doch nicht nachsagen, dass ich meine Nichte im Stich lasse.

Außerdem hat sie mir Theo als Inspizienten vermittelt, und der ist wirklich eine Wucht.

Sobald sie auf der Bühne steht, ändert sich wieder alles. Sie will partout die bessere Trude sein. Die hübschere, jüngere, schlankere und gescheitere. Wer setzt diesem Kind die Flausen in den Kopf? Dabei stellt sie sich selten blöd an, sodass ich sie ständig korrigieren muss. Hübsch sein alleine reicht halt nicht! Sie ist faul und eine unbegabte Kuh! Nie mehr lasse ich sie auf meine Bühne! Sie rauszuschmeißen traue ich mich aber auch nicht mehr, dann wird Karl aus dem Anzug springen. Außerdem macht Harrys Nachfolger innerhalb kürzester Zeit den gleichen Ärger wie sein Vorgänger, den müsste ich gleich mit rausschmeißen.

Martin entscheidet sich, die nächsten paar Monate doch wieder im Theater zu arbeiten, und ich bin selig. Wenigstens an dieser Front herrscht eitel Sonnenschein.

Als ich erneut eine Schmerzattacke bekomme, bringt er mich gegen meinen Willen ins Krankenhaus. Ich habe Angst und bin wütend, dass er mich einfach eingeliefert hat. Ich kann jetzt nicht krank sein. Wir haben Premiere!

Der Doc kommt mit ernstem Gesicht ins Zimmer. Ich wusste es! Er sagt:»Sie müssen doch gewaltige Koliken haben!« Ich schweige verstockt.»Ihre Galle muss raus, sie ist voller Steine.« Es dauert einen Moment, ehe ich verstehe. Die Galle? Nur die Galle?»Ach so, die Galle! Das ist ja wunderbar!«

Der Arzt schaut mich verständnislos an. Die Operation lässt sich noch ein paar Monate hinauszögern, mit Schmerzmitteln und mit Diät, bestätigt er mir, bis unser Stück abgespielt ist. Empfehlen könne er das nicht.

Hauptsache, ich kann spielen. Zur Premiere stehe ich auf der Bühne, als sei nichts gewesen. Die»Kölnische Rundschau« schreibt, das Stück sei»ein wenig schwach auf der Brust«, das ist mir egal. Martin ist da, ich werde meine Niere behalten, die Bude ist voll, ich habe viel Spaß an diesem Wechselspiel zwischen verlotterter Putzfrau und glitzerndem Schlagersternchen, genau das ist meine Welt.

Ich habe in diesem Stück einen sehr schnellen Umzug zu bewältigen und muss deshalb unter dem Putzkittel schon die Hose der schicken Schlagersängerin anhaben. Kittel aus, Paillettenjäckchen an, Federboa, Perücke – und raus.

Eines Abends stehe ich zum Entzücken aller Zuschauer im Ungerbötzje da und halte mir schamhaft die Federboa vor die Blöße. Ich habe tatsächlich die Hose vergessen und überlege, ob wir das jetzt immer so machen. Es ist richtig gut angekommen. Am Ende entscheide ich mich aber für ein Schild in der Garderobe: »Botz nit verjesse!« Wir sind ein Theater und keine Stripteasebar. Wem habe ich das noch mal gesagt? Ich habe es vergessen. Der Teichmann?

Nach fast hundert Vorstellungen habe ich genug vom ständigen Ärger und werfe den unerträglichen Kollegen kurzerhand doch raus, dessen Namen ich nicht mehr aussprechen und den ich nie mehr sehen möchte. Keine Ahnung, wer morgen Abend seine Rolle spielen soll. Gut zehn Vorstellungen haben wir noch, dann wären wir durch gewesen.

Karl fragt mich, ob ich eigentlich noch zu retten sei. Der zweite Schauspieler, den ich vorzeitig verschlissen hätte. Wieso ich? Die verschleißen mich! So könne man doch kein Theater führen! Ich schon. Wenn ich eins gelernt habe, dann, dass du auf dem Theater nicht auf Mitbestimmung und freundliche Bitten setzen kannst. Auf dem Theater ist es wie auf einer Wüstenreise: Es gibt *einen* Bestimmer. In meinem Fall eine Bestimmerin, und immerhin habe ich Gigi nicht mit rausgeschmissen. Mit ihr rede ich aber nur noch so wenig wie möglich.

Sie erzählt, dass in der Mauenheimer Straße, quasi im übernächsten Haus neben unserer Familie, ein Schauspieler wohne, Herbert Meurer heiße der und arbeite im Schauspielhaus. Der sei ein verträglicher Kerl. Am Ende ist das Kind doch für etwas gut.

Ich rufe umgehend im Schauspielhaus an, und sie holen mir Herbert ans Telefon. Nach zwei netten Floskeln frage ich ihn, ob er sich vorstellen kann, ein Stück im Volkstheater zu spielen. Er reagiert positiv und schlägt vor, sich in den nächsten Tagen zu treffen. Ich erläutere ihm, dass er sofort kommen muss, seine Vorstellung sei doch sicher auch zu Ende. Für ein Uhr sei bei uns eine Probe angesetzt. Ein Uhr nachts. Denn ab morgen solle er mitspielen.

Er zeigt sich überrascht, aber flexibel. Der Rest des Ensembles bleibt auch da. Wie er denn die Sache mit seinem Engagement im Schauspiel regeln solle, fragt er mich, immer noch einigermaßen verblüfft. Ich verspreche, dass ich mich darum kümmere – schließlich wird es allerhöchste Zeit, für einen guten Draht von Intendant zu Intendantin zu sorgen. Die Sache ist geritzt. Wir proben in der Nacht, er kriegt den Text mit nach Hause und steht am nächsten Abend im »Großen Hit« mit uns auf der Bühne. So einer gefällt mir. Schauspielerei ist kein Hexenwerk. Es ist Fleiß, Handwerk und Ehrlichkeit. Bis auf einen Holperer gleich am Anfang, den Peter kollegial rettet, läuft die Vorstellung tadellos, als hätten wir nie mit wem anders gespielt. Dann sagt er: »Das Elektrizitätswerk schickt mich«, statt »Der Kulturattaché schickt mich«. Wir kriegen vor und hinter der Bühne einen kompletten Lachanfall, und ich pruste ihm auf der Bühne meinen Kaffee ins Gesicht. Das sind die guten Momente. Elektrizitätswerk! Dann wird ihm ja gleich ein Licht aufgehen.

Man merkt, der Mann ist Praktiker und war in seinem ersten Leben Bauingenieur. Ich könnte schwören, dass da eine Seelenverwandtschaft besteht, die entpuppt sich oft als die belastbarere.

Mit der Blutsverwandtschaft breche ich nach der letzten Vorstellung vom »Großen Hit« alle Brücken ab. Ich will Gigi nicht mehr sehen. Auch sie benutzt mich nur. Es ist völlig zwecklos. Agi ist sauer auf mich und sagt, dass ich ihr Töchterlein schlecht behandele. Was soll ich antworten? Ich will sie auch nie mehr sehen. Ich will meine Ruhe.

Mit Helga Feddersen spiele ich Anfang des neuen Jahres eine schöne Persiflage. Als etwas aus der Art geschlagenes Popduo »Baccara« singen wir »Yes Sir, I Can Boogie«. Das ist ein großer Spaß, wie wir beide ins Mikrofon stöhnen. Sie, die lange Dürre, und ich, die kleine Dicke – und es passt so gut zum Thema unseres gerade abgespielten Stücks »Der große Hit«. Natürlich ist es Klamauk hoch drei, aber es ist wirklich lustig mit Helga. Eine der wenigen Frauen, die nicht gleich gegen mich konkurrieren.

Im Fernsehen kommt ein amerikanischer Vierteiler.»Holocaust« heißt er, Brandopfer. Er erzählt die Geschichte der jüdischen Familie Weiß in der Nazizeit, der Vater wird als jüdischer Kommunist verhaftet. Die Fernsehanstalten haben sich gegen die Ausstrahlung im Hauptprogramm mit Händen und Füßen gewehrt. So was könne man doch nicht zur besten Sendezeit zeigen! Schließlich hat der WDR die Serie gekauft und erreicht, dass sie wenigstens überall in den dritten Programmen gesendet wird. Es gibt Brandanschläge von Neonazis gegen die Sendemasten. Die deutsche Gesellschaft reagiert geschockt. Dass die Serie doch gezeigt wird. Schon wieder sollen die Deutschen an den Pranger gestellt werden.

Im März 1979 lässt sich ein Künstler namens Kurt Holl zusammen mit dem Fotografen Gernot Huber in einen Aktenkeller der Stadt Köln einschließen. Sie rücken in der Nacht die Regale ab und dokumentieren, dass dies die Zellen des Gestapogefängnisses direkt gegenüber dem Gericht am Appellhofplatz waren. Die verzweifelten Inschriften der Gefangenen sind noch genau so erhalten, wie die Unglücklichen sie in den Putz gekritzelt haben. Die beiden Künstler hatten einen Hinweis aus der Bevölkerung erhalten, dass dieser Keller noch existiert und einfach von der Stadt mit Aktenschränken zugestellt wurde.

Die Zeitung berichtet weiter, dass Herr Lischka, der alte Nazi, den die Klarsfelds in Köln-Holweide aufgespürt haben und dem in diesem Jahr noch der Prozess gemacht werden soll, für fast ein Dreivierteljahr Chef genau dieses Gestapogefängnisses war. Das schlägt in der Öffentlichkeit hohe Wellen.

Dennoch braucht es erst den Druck des Altbundeskanzlers Willy Brandt auf unseren Oberstadtdirektor Rossa, der immer gern zu meinen Premieren kommt, bis dieser sich entschließt, die ehemaligen Gefängniszellen und ihre Inschriften restaurieren zu lassen und eine Gedenkstätte einzurichten. Ich frage mich, ob sie unseren Papa zuerst auch dort hingebracht haben und er eine Nachricht für uns hinterließ.

Um Karls Wunsch nachzukommen, das Theater länger zu bespielen, habe ich für diese Spielzeit ein zweites Stück geschrieben, »Der Hausmann«, das im Frühjahr Premiere hat. Peter René Körner spielt die Hauptrolle, und ich habe frei. So bekommt jeder, was er braucht. Meine Galle muss endlich entfernt werden, das ist doch eine schöne Idee, meinen Urlaub mal im Krankenhaus zu verbringen.

Ich fühle mich langsam ausgeweidet wie ein Spanferkel. Wenn sie anfangen, mich mit Marinade einzupinseln, und mir einen Apfel in den Mund schieben, muss ich sehen, dass ich rechtzeitig abhaue!

Ein netter Journalist einer linken Zeitschrift kommt für ein Interview, als ich mich zu Hause von der Operation erhole. Er fragt mich nach meinen Themen und kommt auf Berufsverbote zu sprechen, denen Mitglieder der Deutschen Kommunistischen Partei schon wieder ausgesetzt sind.

»Nä«, sage ich ihm, »Berufsverbote, also, da können Sie mit mir überhaupt nicht reden, da bin ich humorlos. Oder – ich muss mich schon wieder empören – wenn man gegen Krieg ist und wenn das kommunistisch ist, dass man gegen Krieg und Bomben ist – dann bin ich kommunistisch! Ich möchte mit konkreten Sachen ein bisschen aufräumen. Mit dem Muttertag zum Beispiel. Oder mit Weihnachten möchte ich auch aufräumen. Das hat Herr Böll schon vor mir sehr gut gemacht. Es gibt eingefahrene Bahnen in unse-

rer Gesellschaft – ich möchte gesellschaftskritisch sein –, die unbedingt einer Reform bedürfen. *Und dieses so furchtbar in die Hose gegangene Jahr der Frau – man kann nicht das Jahr der Frau ausrufen und dann sagen«*, hier imitiere ich die flötende Stimme einer Kaufhausdurchsage, *»›Zum Jahr der Frau bringen wir eine ganz neue Lederhandtasche‹ – also das finde ich lächerlich!«*

Mein Gegenüber ist offenbar nichts Gutes gewohnt. Ihm treibt der starke arabische Tee die Schweißperlen auf die Stirn, und er kippt die ganze Zuckerdose in sein Glas. Ich bin nicht sicher, ob er mir folgen kann.

»Ich möchte in den nächsten fünf oder sechs Jahren weg vom Star-Theater.« Ich muss geschickt dahin überleiten, dass wir in Kürze ein Stück spielen, in dem ich gar nicht dabei sein werde, das ich aber geschrieben habe und das deshalb auch großartig sein wird und unbedingt besucht werden muss.

»Ich kann«, fahre ich fort, *»über diese Mittel verfüge ich, so vier-, fünfhundert Leute in eine Richtung drängen, von der Emotion her. Es ist eine irrige Vorstellung, die Volksschauspieler haben: Die wollen unbedingt beliebt sein. Ich würde nicht um jeden Zuschauer buhlen. Ich fänd es auch ganz gesund, wenn es Zuschauer gibt, die mich ablehnen. Ich will, dass man mich kritisiert. Ich werde mich bemühen, dass man sagt: Es ist nicht wichtig, wer in diesem Haus spielt, sondern das, was in diesem Haus spielt, ist gut.«*

Es wird sich sehr bald herausstellen, ob ich mit diesem Vorhaben erfolgreich sein werde. Ob die, die mich wirklich kritisieren, im echten Leben überhaupt eine Überlebenschance haben, ist noch nicht ausgemacht.

Ein wesentlicher Part des zweiten Stücks in dieser Spielzeit spielt sich zunächst hinter den Kulissen ab. Wir haben eine neue Kollegin, die Henne Berta.

Sie wartet im Garten hinter dem Theater auf ihren Einsatz, und Theo als Inspizient muss sie jeden Abend einfangen, um sie zu ihrem Einsatzort auf die Bühne zu bringen. Theo fürchtet sich allerdings vor Hühnern und möchte sie keinesfalls anfassen. Das Spektakel, bis das Tier seinen Platz einnehmen kann, ist enorm – im benachbarten Krankenhaus Severinsklösterchen liegen abends alle Patienten lachend in den Fenstern, um Theos wilde Jagd im Garten zu verfolgen.

Ich überlege, im Krankenhaus jemanden mit dem Hut herumzuschicken, um milde Gaben einzusammeln, denn der Teil, der im Theater spielt, läuft leider nicht halb so gut. Es liegt nicht an Peter, es liegt daran, dass ich nicht mitspiele. Am Ende treten sie vor zwanzig Leuten auf, und wir müssen das Stück absetzen. Von wegen, es ist egal, wer spielt. Das Loch in unserer Kasse ist gigantisch.

»Ich hätte gedacht, dass das Star-Theater passé ist, aber das stimmt nicht«, erkläre ich der Presse gewichtig, damit jeder in dieser Stadt, der dessen noch nicht gewahr wurde, kapiert, dass ich der Star bin und unbedingt Karten für meine neue Produktion gekauft werden müssen. Wenn die noch einmal floppt, sind wir pleite!

»Die Leute wollen ihren Star auf der Bühne, sonst kommen sie nicht. Die Leute wollen mich.«

21

Karl Seemann will nicht mehr. Er hatte sich die Sache mit dem Theater anders vorgestellt. Unsere Wege trennen sich, und Bruno wird der neue Geschäftsführer. Er muss das Häuschen seiner Mutter verpfänden, damit wir überhaupt noch eine neue Produktion stemmen können.

Die Kopfschmerzen sind mit voller Wucht zurück, Martin und ich haben schon wieder erbitterten Streit. Der Kulturdezernent der Stadt verabschiedet sich, und Auszüge seiner Abschiedsrede, bei der er der Stadt ganz schön die Leviten liest, sind in der Zeitung nachzulesen. Er sagt in der Rede vom 22. Mai 1979:

»Es war nicht immer alles so schön und so erfolgreich, wie Sie, lieber Herr Oberbürgermeister, das eben so liebenswürdig dargestellt haben. [...] Kultur ist eben kein Orchestrion, in das man einen Groschen wirft, und unten fängt es zu klimpern an. Auch mir ist es zuweilen so gegangen wie Kurt Tucholsky: Immer wünscht man sich eine große Schlanke, und nachher kriegt man eine kleine Dicke.«

Hat der Mann etwa Helgas und meinen Boogie-Auftritt gesehen?

»Aber meine Damen und Herren: Die kleinen Dicken sind standfest und haben meistens ganz nette Kinder.«

Den hätte ich gern getroffen!

Weiter sagt er: »Meine Mitarbeiter waren die Konstrukteure und Handwerker, die den Kulturturm Köln errichtet haben, auf dessen Spitze ich als munterer Hahn krähte und krächzte.«

Das ist meine Sprache, wie blöd, dass ausgerechnet der einzig Vernünftige in dieser Stadt jetzt weg ist.

Ich will nicht mehr in Loope wohnen und ziehe vorübergehend auf die Jülicher Straße. Loope war Ahmeds und mein Zuhause, das passt nicht mehr. Loope ist der Ort, wo ich nicht mehr sicher sein kann, wo ich vielleicht nie sicher war, aber in der Stadt ist es mir viel zu eng. Ich suche mir in Ruhe etwas Neues.

Wer bereits etwas Neues gefunden hat, ist der Skandalgalerist mit den unzüchtigen Bildern. Michael Werner ist inzwischen zum erfolgreichsten Galeristen der Stadt aufgestiegen und zieht über dem Machtwächter-Theater in der Gertrudenstraße ein. Jetzt haben das erfolgreiche Kabarett und die erfolgreiche Galerie dieselbe Anschrift in der Stadt. Georg Baselitz, Sigmar Polke und Gerhard Richter sind Namen bildender Künstler, die man offenbar kennen muss. Ihre Bilder wirken eher, als hätte man Gigis Kindergartengekritzel auf Großformat gezogen.

Ich bin nur froh, dass Joseph Beuys nicht dabei ist und so weitere Badewannendebakel umschifft werden können. »Ist das Kunst, oder kann das weg?«, geht als geflügeltes Wort unter kleinen Leuten um, während die progressive Stadtgesellschaft sowohl in der Galerie Werner als auch im Kabarett der Machtwächter ein und aus geht. Sehen und gesehen werden bei Vernissagen und Premieren ist an dieser Stelle genauso wichtig wie einst in den höheren Kreisen.

Gleichzeitig mit uns eröffnet in diesem Herbst der neue Intendant des Schauspielhauses mit einer Riesensause am Offenbachplatz seine erste Spielzeit. Er heißt Jürgen Flimm und soll auch einer dieser jungen Wilden sein. Drei leibhaftige Elefanten schickt er durch die Stadt mit großen Schildern auf dem Rücken: »Fest im Schauspielhaus«.

Die Presse ist begeistert. Er hat Konstantin Wecker, einen

dieser modernen Liedermacher, für ein Eröffnungskonzert eingeladen und einen jungen Schauspieler namens Herbert Grönemeyer. Der junge Kunststudent, der in einer Ecke des Hofes zu kölschen Liedern klampft, heiße Wolfgang Niedecken, weiß die Presse zu berichten. Willy Millowitsch schlägt das erste Fass Kölsch an, und Gisela Holzinger, Chargesheimers ehemalige Freundin, liest bei der Eröffnung in einer goldenen Kutsche Goethes Gedichte. Guck an, die Grande Dame gehört also immer noch zum Ensemble! Er hätte sicher tolle Fotos von dieser Aktion gemacht, der große Chargesheimer. Mich haben sie nicht eingeladen, um etwas beizutragen. Ich bin offenbar zu ungehobelt und zu ungebildet.

Ich gehe ohnehin nicht gern auf Partys. Da sind mir zu viele Menschen. Ich frage mich bei jeder Einladung, wer sich nun schon wieder damit schmücken will, dass er Trude Herr kennt. Die berühmte Trude Herr, mit der er angeben kann. Darauf kann ich verzichten, die Eitelkeiten anderer Leute zu bedienen. Ich will Theater spielen und sonst nichts.

Aber – gegen diese Mittelpunkte der Stadtgespräche will ich schon anstinken. Muss ich anstinken, wenn ich nicht vor leeren Rängen spielen will. Werde ich Kamelkarawanen durch die Severinstraße jagen und Jurten auf dem Kirchplatz aufschlagen, in denen wir den Einmarsch der Russen in Afghanistan diskutieren? Werde ich nackte Tänzer mit einer Pfauenfeder zwischen den Pobacken auftreten lassen, die Farbbeutel an die Wände werfen und als Kunst teuer verkaufen? Der Himmel möge mich davor bewahren.

Nein, ich bin vorbereitet. Ich habe im Sommer eine Drehbühne einbauen lassen, um mein Publikum zu überraschen. Theo und Bruno haben ganze Arbeit geleistet. »Mit dem kleinen Finger kann man das Ding drehen«, erzählt mir Theo voller Stolz.

Mein »Massagesalon Denz« kann eröffnet werden, und

ich freue mich wie Bolle auf den Moment, wo sich der Vorhang nach einem kurzen Moment wieder hebt und ein völlig neues Szenario zu sehen ist. Dieser Ausruf des Staunens im Publikum wie im Puppentheater! Ich liebe es! Denn neben der medizinischen Massagepraxis wird es auch noch eine gänzlich andere Art von Massageetablissement geben, sodass die Gäste ständig im falschen Laden landen. Das ist Theater. Dafür lohnt sich der ganze Wahnsinn!

Als wir es das erste Mal ausprobieren, stehen mir die Tränen in den Augen. Außerdem wird Manfred Schmidt meine Premierenpartys organisieren. Wenn es jemanden gibt, der wirklich jeden mit Rang und Namen kennt, dann ist es Manfred, der Netzwerker.

Am Nachmittag klingelt im Büro das Telefon.

»Guten Tag, hier ist die Kulturredaktion des Kölner ›Express‹«, meldet sich eine Stimme am anderen Ende.

Ich kriege einen Lachkrampf. »Wer ist da?«

»Die Kulturredaktion des ›Express‹.«

Als ich wieder sprechen kann, konstatiere ich: *»Wenn der Kölner ›Express‹ eine Kulturredaktion hat, dann spiele ich ab morgen die Kreuzigung auf Golgatha in Originalbesetzung«*, und lege auf.

Bruno geht bei den Millowitschs spitzeln und erzählt mir brühwarm, dass da nur vierzig Zuschauer waren. Das klingt doch so, als machten *wir* alles richtig. Bei uns ist die Hütte voll, die sensationelle Drehbühne wollen alle sehen. Wenn es nicht jeden Abend so erbärmlich nach Reibekuchen stinken würde, dass einem auf der Bühne das Essen aus dem Gesicht fallen möchte, wäre alles in bester Ordnung.

Ich beschwere mich bei unserem Bewirtungspächter, der in der Pause das kölsche Nationalgericht aus seiner Gaststätte ins Theater bringen lässt. Der Gestank reicht bis in die hinterletzte Ecke und ist eine Zumutung. Der Mann ist völlig uneinsichtig, und ich schmeiße ihn fristlos raus. Er will mich verklagen, das kann er ja mal versuchen! Wenn beim Bau unseres Schauspielhauses ein wichtiger Beweggrund war, dass man die Essensgerüche aus dem Restaurant Opernterrassen nicht im Theater riechen darf, weil das den Kunstgenuss stört, dann gilt gleiches Recht wohl auch fürs Volkstheater. Wir sind keine Künstler zweiter Klasse, die man im Reibekuchenmief ersticken lassen kann!

Martin sagt, ich übertreibe und müsse offenbar mit jedem Streit anfangen. Was bildet sich der denn ein? Der soll mir lieber das Geld zurückgeben, das ich ihm geliehen habe. Er geht bei mir aus und ein, wie es ihm passt, er isst mein Essen, ich bezahle ihn für seine Arbeit, und er gibt mir nicht mein Geld zurück. Der soll aufpassen, dass ich ihn nicht gleich mit verklage.

Wenig später vertragen wir uns wieder, aber er will nicht mehr im Theater arbeiten.

Am 23. Oktober beginnt der Prozess gegen Kurt Lischka und zwei seiner Mörderkumpane vor dem Kölner Landgericht, allerdings lautet die Anklage nicht Mord, sondern nur Beihilfe zum Mord, obwohl die sozialliberale Regierung die Verjährungsfrist für Mord gestrichen hat.

Zur gleichen Zeit beginnt der Prozess gegen Bankier Iwan David Herstatt, sodass der Lischka-Prozess in einem kleineren Saal abgehandelt wird. Inzwischen hat sich herausgestellt, dass der größte Anteilseigner der Herstatt-Bank das Kölner Versicherungsunternehmen Gerling ist. Die beiden tüchtigen Jungs Iwan David Herstatt und Hans Gerling sind schon zusammen zur Schule gegangen, was für ein Zufall …

Ich muss hier raus – sobald ich im Januar die Theatertür abgeschlossen habe, sitze ich mit Martin im Land Rover und fahre Richtung Süden. Ich will eine ganz neue Art Stück schreiben, mein Meisterstück. Es soll alle verblüffen und etwas sein, mit dem niemand rechnet. Ich brauche mehr Ernst, mehr Gewicht. Ich muss näher an mein Ideal, und dazu muss ich in die Wüste. Wir sehen ja an vielen Beispielen: Die Konkurrenz schläft nicht.

Jürgen Flimm, der Intendant im Schauspielhaus, Georg Franke, der Chef der Studentenbühne der Universität, und noch ein paar andere kleine Theater haben eine Kölner Theaterkonferenz gegründet, um ihrer Arbeit mehr Gewicht zu verleihen. Ich muss meiner Idee vom reformierten Volkstheater mehr Profil geben, wenn ich nicht untergehen will. Ich habe schon erlebt, wie schnell man von dem Weg abkommt, den man unbedingt beschreiten will. Die Wüste wird mir helfen, Kurs zu halten.

Als wir zurück sind, entdecke ich im Frühsommer, dass in einem Dörfchen im Westerwald, Oberraden, in der Nähe von Neuwied, ein Bauernhaus zu verkaufen ist. Ich muss nicht lange überlegen, das kaufe ich – und erzähle es der Presse. *Es ist die frische Luft, die nächtliche Ruhe. Das Gefühl, die Haustüre nicht abschließen zu müssen.*

Wir spielen »Drei Glas Kölsch« ab September 1980, im Grunde drei Einakter, wobei der letzte Akt ein rein musikalischer ist und ich ein sehr provokantes Lied über die Stadt singe. Nichts von der Selbstbesoffenheit, die das Kölner Liedgut für gewöhnlich im Angebot hat.

Der Abend beginnt mit dem »Auftakt zur Session«, wo ich endlich die Präsidentengattin spiele, die sie mir vor mehr als zwanzig Jahren im Karneval verboten haben. Und ich schwöre euch, sie hat nichts von ihrem Biss verloren. Ich kann jetzt nämlich spielen, wie und was ich will. Niemand verbietet mir mehr irgendwas. Gebaut ist dieser erste Akt wie ein Boulevardstück, um dem Affen ein wenig Zucker zu geben und das Publikum in Sicherheit zu wiegen.

Dann folgt der zweite Akt »Et versoffene Lenche«, eine tragische Geschichte, in deren Verlauf ich mich zum Vergnügen eines Mannes in der Kneipe zu Tode saufe und eindrucksvoll sterbe. Mein Publikum hält den Atem an und ist heilfroh, als ich für den dritten, den musikalischen Akt am Schluss im Pierrotkostüm lebendig auf die Bühne zurückkehre. Dann singe ich: »*Grau ist die Stadt, und grau ist der Strom. Blut ist rot, und alt ist der Dom. Menschen krümmen sich elend vor Not, Prunk und Blödsinn, im Dreck liegt Brot. [...] Puffs sind Schorf, Geschwüre der Zeit. Der Krieg ist nah, die Hoffnung weit.*«

Dieser Abend ist etwas ganz anderes als meine üblichen Schwänke. Er fängt nur so an wie immer, und dann entführe ich meine Zuschauer an einen Ort, wo sie auf keinen Fall hinwollen. Er zeigt schonungslos die Kehrseite des rheinischen Frohsinns, die Kölner Egozentrik in ihren dunkelsten Facetten.

Kurz aufblitzende Facetten, wie drei schnelle Glas Kölsch. »E Gläsje Kölsch« hieß meine letzte Revue im Kaiserhof, eine schöne Reprise, aber außer mir bemerkt das natürlich niemand.

Das Ende ist versöhnlich, ernst, ohne sich anzubiedern. Wir wollen die Leute ja nicht mit Herzinsuffizienz nach Hause schicken. Es reicht, wenn ich eine solche habe. Habe ich wohl, deshalb bekomme ich so schlecht Luft und habe ständig dicke Beine, sagen die im Krankenhaus.

Die Kritiker loben das Stück in den Himmel, und ich bin überglücklich. Meine erste ernste Rolle. Es geht. Ich wusste es. War das eine übermenschliche Anstrengung, bis ich endlich da angekommen bin, wo ich hinwill! Das erste Mal kann ich meinen Anspruch vom reformierten, gesellschaftskritischen Volkstheater voll umsetzen. Die Leute klatschen trotzdem. Theo spielt mit! Er ist Schauspieler, Inspizient, Bühnenbauer und Fliesenleger. Auch diese Überzeugung konnte ich wörtlich in die Tat umsetzen: Schauspiel ist Handwerk! Ich könnte die ganze Welt umarmen! Mein Geschäftsführer Bruno ist offenbar ganz anderer Ansicht. »Drei Glas Kölsch« entspricht nicht seinen Vorstellungen eines Kassenschlagers. Dann stelle ich fest, dass es ihm noch um etwas anderes geht.

Er schreit mich im Theaterbüro an: »Merkst du denn gar nicht, dass der Herbert dir die ganze Zeit die Schau stiehlt? Er spielt dich jeden Abend an die Wand! Der Kerl gehört in seine Schranken verwiesen!«

Herbert? Das war mir noch gar nicht aufgefallen. Macht er das? Eigentlich mag ich Herbert, er gehört zu den wenigen, die schon zwei Jahre ohne größeren Streit mit mir zusammenspielen. Er war Bauingenieur, bevor er Schauspieler wurde. Solche Leute sind nicht so überkandidelt. Ich mag das.

Aber vielleicht hat Bruno recht. Vielleicht bin ich nur wieder zu blöd, um zu merken, was los ist. Vielleicht können es alle sehen, nur ich mal wieder nicht. *Ich* denke, der Herbert ist ein prima Kollege, aber in Wirklichkeit versucht er die ganze Zeit, mich auszustechen. Wäre ja nicht der Erste. Und warum sollte Bruno mich anlügen? Er war mit mir in der Wüste, so jemand ist kein Judas, der lügt mich nicht an.

Ich denke darüber nach, wie Herbert sich mir gegenüber verhält. Hat er nicht neulich so hinterhältig gelacht? War *er* das nicht, der gegenüber der Presse so eine komische Bemerkung gemacht hat, die Dramaturgie habe diesmal schließlich er gemacht? Was wollte er damit sagen? Dass ich das nicht kann? Außerdem legt er nie die Requisite an den ausgemachten Platz, sondern lässt mich jeden Abend seinen Fehler ausbügeln.

Langsam, aber sicher werde ich wütend. Wieso denn schon wieder? Geht das immer von vorne los? Wieso wollen mich alle aufs Kreuz legen? Du musst kein Bundeskanzler sein, um von Menschen aus deinem nächsten Umfeld hintergangen zu werden!

Als ich Herbert mit einiger Bestimmtheit vor der nächsten Vorstellung darauf aufmerksam mache, dass der Hut immer am richtigen Platz zu liegen hat, wird er frech, und ich blaffe zurück.

»Du weißt genau, der Funkenhut hat seinen festen Platz da, wo er später gebraucht wird. Das ist so geprobt, und da gehört der hin! Ich bin nicht deine Requisitenträgerin!«

Er redet sich heraus. Wir würden Betrunkene spielen, da kriege man den Ort mitunter so haargenau nicht hingezirkelt. Könne sein, dass er auch mal zehn Zentimeter weiter rechts lande.

»Bei mir nicht, mein Freund. Ich verlange Präzision, und ich bin hier der Chef und bezahle dich. Der Hut landet haargenau da, wo er hinsoll!«

Bruno hat anscheinend recht. Der nimmt mich gar nicht ernst. Herbert spielt am nächsten Abend den Betrunkenen, unterbricht sein Spiel deutlich sichtbar für einen Moment auf der Bühne, legt den Hut exakt an die gewünschte Stelle und spielt erst dann weiter. Dieser Blödmann! Was bildet der sich ein! Was glaubt er denn, wer er ist? Der kann was erleben.

In der nächsten Szene liegt Herbert unter dem Bett, und ich habe eine Menge Gelegenheit, ihm so richtig in die Rippen zu treten. Was ich auch tue. Immer wieder. Ich höre ihn unterdrückt stöhnen, anscheinend habe ich gut getroffen. Dir werde ich's zeigen! Als er in der nächsten Szene unter der Bettdecke liegt und ich mich drauffallen lassen muss, hat er die Ellenbogen ausgepackt – ich habe Angst, dass er mir eine Rippe gebrochen hat. Dich werde ich Mores lehren!

Ab jetzt spielen wir das Stück auch wieder lustiger. Ich mache mehr Witze und nehme den übertriebenen Ernst aus der Sache. Jetzt kapiere ich erst, warum ich so ernst spielen sollte! Damit die Leute von mir nicht mehr so begeistert sind! Damit die Aufmerksamkeit zu ihm wechselt. Mir nimmt auf der Bühne so schnell keiner die Butter vom Brot. Meine Aussprache in seine Richtung wird deutlich feuchter. Um nicht zu sagen: nass. Er spuckt fleißig zurück. Hasserfüllt sehen wir uns mitunter in die bespuckten Gesichter und grinsen böse.

In der Vorstellung sitzt heute ein Kegelclub, und als ich auf die Bühne komme, schreien sie: »Tutti – Tutti!« Mitten rein in mein Stück. Das kann ich mir nicht gefallen lassen – bin ich wieder die Watschenfrau, oder was?

»Wenn Sie hier mitmachen wollen, das Besetzungsbüro ist oben«, schleudere ich einen Blitz ins Publikum wie Göttervater Zeus. »Das hier ist ein Theater. Wenn Sie sich nicht betragen können, gehen Sie besser woandershin.«

Wir gehen alle von der Bühne ab, warten ein paar Minuten und fangen wieder von vorne an. Jetzt ist Ruhe. Es gibt einen Grund, warum ich hier oben stehe und nicht ihr, ihr fidelen Prummepöhler.

Als wir das Stück abgespielt haben, haben Herbert und ich einen Haufen blauer Flecke, und unsere Wege trennen sich für immer. Er schaut mich bedauernd an, aber das hat er sich selbst zuzuschreiben. So was kann ich mir nicht gefallen lassen.

22

Das Gericht erscheint im Theater und prüft, ob man die Reibekuchen auf der Bühne wirklich riechen kann. Sie sind nicht überzeugt und geben dem Wirt recht! Der soll bloß nicht glauben, dass ich ihm eine Entschädigung zahle. Fünfzehntausend Mark! Der spinnt wohl!

Den ersten Akt »Auftakt zur Session« mit mir als Präsidentengattin drehen wir auch noch als Film für den WDR mit kleinen Veränderungen, denn Bruno hat eine Filmgesellschaft gegründet, aber jetzt spielt Hans Küster mit mir. Die Kritiker zerreißen den Film in der Luft, und das Festkomitee Kölner Karneval reibt sich vermutlich die Hände.

»Seht ihr«, denken sie bestimmt, »wir wussten, warum wir die Geschichte nicht als Büttenrede haben wollten.« In Köln erträgt man noch immer nicht, *wenn die heilige Kuh, der Karneval, geschlachtet wird.* Daran hat sich in mehr als zwanzig Jahren rein gar nichts geändert.

»1980/81 habe ich einhundertachtundsechzig Vorstellungen gespielt, drei Inszenierungen und einen Film gemacht«, diktiere ich der Presse, *»mehr schaffe auch ich einfach nicht. Das tut mir sehr leid. Zumal ich alle Stücke schreiben muss, denn für dicke Komikerinnen gibt es keine Stücke.«*

Ich muss ihnen ja nicht auf die Nase binden, dass alle drei Inszenierungen an einem Abend zu sehen waren, drei Einakter halt. So klingt es nach mehr und ist nicht gelogen. Dass wir für so viele Vorstellungen bis einschließlich März hätten spielen müssen, habe ich mir nicht so genau ausgerechnet, aber ich bin sicher, sie rechnen nicht nach. Dass

der Film quasi die Verfilmung des einen Einakters war –
geschenkt! Ich hasse solche Erbsenzählereien, wie Bruno
sie mir prompt vorhält, um meine Leistung zu schmälern.
Soll er sich doch selbst auf die Bühne stellen und zum Affen
machen! Ich reise Martin zum zigsten Mal nach, denn ich habe ein
Geschenk für ihn. Er schraubt doch immer an alten Autos
herum, und ich habe ihm einen alten schwarzen Mercedes
gekauft. Ein hochglanzpoliertes Prachtexemplar als Ver-
söhnungsgeschenk! Wir haben uns verabredet. Neugierig
ist er anscheinend doch. Er lässt mich warten und kommt
nicht. Dann ruft er wieder an und versetzt mich erneut. Es
ist furchtbar. So behandelt mich niemand.
Endlich sehen wir uns. Es scheint ihm leidzutun. Er freut
sich auch, mich zu sehen. Oder das Auto. Dann tut er etwas
Furchtbares, das ich niemandem erzählen kann.

1981 befreie ich mich von der kaufmännischen Seite des
Theaters. Bruno übernimmt alle Anteile des Theaters in der
Vringsveedel GmbH. Außerdem befreie ich mich endgültig
von Martin und von meinem Doppelkinn. Ich habe Theo
um ein Stück Gafferband gebeten, um mir mein Kinn probe-
halber nach hinten zu kleben, und war vom Ergebnis sofort
überzeugt: Das Doppelkinn muss weg. Niemand braucht
mehr als ein Kinn!
Ich habe Martin einen Nachruf geschrieben, um ihn endgültig zu den Akten zu legen, das Lied heißt »Der Mann war
Schlosser«, und bin zur Schönheits-OP ins Krankenhaus
gegangen.
Als Hermann Ahrens mich fragt, ob ich im Tanzbrunnen
bei seiner Veranstaltung für einen erkrankten Kollegen ein-
springen kann, singe ich mein komisches Requiem auf einen
Schlosser zum ersten und einzigen Mal, vom Blatt abgelesen,
so frisch ist es, und es bricht mir fast das Herz.

Nach reiflicher Überlegung von mindestens einer Stunde unterschreiben Bruno und ich den abgelaufenen Mietvertrag in der Severinstraße noch einmal für fünf Jahre. Die Stadt will mir nach wie vor kein Geld geben, auch nicht, nachdem ich dem »Express« gesteckt habe, dass ich den Laden zumache, wenn sie mich nicht unterstützen. Ignorante Sesselfurzer.

Ich weiß nicht, wie die Stadt sich das vorstellt. Wie soll ein Theater betrieben werden? Die einzige ehrliche Antwort ist: Gar nicht! Oder – was noch schlimmer ist – sie beuten einen aus, bis man zusammenbricht, und dann kommt der Nächste, der ein Volkstheater wichtig findet, und lässt sich wieder ausbeuten. Die Stadt als Feudalherrin spätrömischer Dekadenz, die ihre rechtlosen Künstler im Steinbruch der Unterhaltung schuften lässt, bis sie umfallen.

Vielleicht sollte auch ich bei dieser Kölner Theaterkonferenz um Aufnahme bitten, gemeinsam ist man stark, aber am Ende wollen auch die kein Volkstheater dabeihaben. Noch eine Abfuhr hole ich mir nicht.

Nach »Frankensteins Schwiegermutter«, wo die Presse erleichtert feststellt: »Es darf wieder gelacht werden im Theater im Vringsveedel«, legen wir »Scheidung auf Kölsch« noch mal auf, denn wir müssen Geld verdienen, und das Stück ist eine Bank. Außerdem muss ich dadurch ein Jahr lang mal kein neues Stück schreiben.

In »Frankensteins Schwiegermutter« hatte ich die Wohnungsnot der einfachen Leute zur Sprache gebracht. Meiner Hauptdarstellerin, also mir, wird aus Gründen der Gewinnmaximierung eines seelenlosen Investors gekündigt, aber darüber verliert niemand ein Wort. Es darf wieder gelacht werden, schreiben sie, weil die Herr spielt, dass sie keine Zähne mehr hat. So etwas steht in der Zeitung.

Die sozialliberale Koalition ist zu Ende. Helmut Schmidt wurde von den FDP-Ministern verraten und abgesetzt. Das ist ein Schlag ins Gesicht all derer, die an eine freiere Gesellschaft glauben. Auf jeden Aufrechten kommt ein Judas. Rolle rückwärts.

Der Fischhändler gegenüber dem Theater druckt auf sein Einwickelpapier als Ortshinweis für sein Geschäft: »Gegenüber vom Trude-Herr-Theater«. Ist der noch zu retten? »*Ich – und dann Fisch?*« *Ich* stehe auf dem Einwickelpapier von grünen Heringen? Kann man mit mir wirklich alles machen? Ich kündige ihm eine Schadensersatzklage an, und er lässt das Papier verschwinden. Er ist klüger als mein ehemaliger Wirt, der mir inzwischen mit Gerichtsvollzieher droht. Der soll mich kennenlernen!

Die nächste Premiere spiele ich mit meinem lieben alten Freund und Kollegen Klaus Dahlen. In »Fröhliches Beileid« soll ich erneut »sterben«. Ich sterbe aber im Gegensatz zum versoffenen Lenchen nicht wirklich in der Bühnenhandlung, sondern wir tun nur so, damit ich meinen Gläubigern entkommen kann.

Direkt um die Ecke am Theater, neben dem Severinsklösterchen, gibt es das Beerdigungsinstitut Kremer, bei denen parke ich immer auf dem Hof. Ich will authentische Ausstattung kaufen und statte Herrn Kremer in der Mittagspause einen Besuch ab.

»Ich brauche einen Sarg, Kissen und Decke und ein Totenhemd«, erkläre ich ihm. »Haben die alle dieselbe Größe?«

Herr Kremer guckt mich überrascht an. »Natürlich haben die alle dieselbe Größe, die sind ja hinten offen, die Leute gehen damit nicht mehr spazieren. Wollen Sie denn wirklich einen Sarg kaufen? Im Fundus der städtischen Bühnen gibt es doch bestimmt einen Sarg, den sich Ihr Theater ausleihen kann.«

Daran hatte ich noch gar nicht gedacht. Guter Mann. Ich suche mir ein Rüschenkissen und eine Decke aus, probiere das Totenhemd an, das mir viel zu lang ist und, weil es unverschlossen bleibt, auch viel zu weit, und habe eine Idee. Ich klemme meinen Einkauf unter den Arm, drehe mich in der Tür noch mal um und frage: *»Kann man das Ding auch waschen?«*

Das hat die Kremers noch niemand gefragt. Ihre Kundschaft hat für gewöhnlich keinen Bedarf mehr an waschbarer Ware, und sie müssen beide lachen.

»Bei über hundert Vorstellungen in demselben Hemd wünscht man sich ab und an eine kleine Wäsche, glauben Sie mir, ich spreche aus Erfahrung.«

Als ich das Totenhemd zum ersten Mal anziehe, setzt sich meine Idee wie von selber um. Ein todernster, wirklich empfundener Moment läuft mir ganz von allein in die Arme. Schon immer habe ich die Fallhöhe zwischen Ernst und Komik geliebt. Ich streife das Hemd über, und mir wird für einen Sekundenbruchteil wirklich angst und bange, was ich rasch mit lautem Krakeelen vertreibe: *»Das Hemd ist mir doch noch viel zu lang. Und viel zu weit.«* Nach der Schocksekunde, wo sich garantiert alle Kollegen auf der Probe an das versoffene Lenchen erinnern, biege ich messerscharf ab: *»Oder habe ich etwa schon wieder abgenommen?«*

Befreites Gelächter – die Nummer bleibt genauso im Stück. Die Gefühle meiner Zuschauer anzuspielen wie eine Klaviatur macht einfach diebischen Spaß, ich kenne sie besser als sie sich selbst.

Als ich erhitzt und überglücklich nach tosendem Premierenapplaus in die Garderobe schwebe wie eine federleichte Elfe, treffe ich auf Bruno.

»Und jetzt kommt diese Scheiße noch hundert Mal«, sagt er. Wie gesagt, auf jeden Aufrechten kommt ein Judas.

Die »Düsseldorfer Nachrichten« bezeichnen es als »schwaches Stück«, die »Kölner Rundschau« sieht »dramaturgische Schwächen«. Die können mich alle mal. Ja, es sind ein paar Witze drin, die immer drin sind, na und? Ich liebe den Satz »Wir sind doch keine Prümmen!«, und meine Zuschauer lieben es auch, wenn sich die Dicke aus kleinsten Verhältnissen vergeblich um vornehmes Hochdeutsch bemüht. Wieso so kleinlich?

Der Wald stirbt, melden sie überall in der Zeitung, der saure Regen ist schuld. Vom Hubschrauber aus filmen sie viele Kilometer schwarzer Baumleichen auf der tschechischen Seite des Erzgebirges. So wird es bald überall aussehen, und wir werden es genauso wenig aufhalten können wie die Stationierung amerikanischer Atomraketen auf deutschem Boden. Die beiden deutschen Republiken stehen sich waffenstarrend gegenüber, und es gilt als ausgemacht, dass das Schlachtfeld des nächsten Krieges Deutschland sein wird.

Das Totenhemd habe ich schon im Schrank. Ich halte das für klüger, als sich einen Atombunker in den Keller zu graben und Ölsardinen einzulagern.

23

Ein Jahr später machen Bruno und ich einen zweiten Film für den WDR, »Die schöne Bescherung«.

Auch diese Produktion war zuvor als erfolgreiche Bühnenfassung im Theater zu sehen und kommt noch schlechter weg als unser erster Film. Ich finde ihn witzig. Ich trage meinen maßgeschneiderten Taucheranzug, der auf diese Weise noch einmal zu Ehren kommt – das Ding war schließlich teuer –, und werde für immer unvergessen in die Weihnachtsgeschichte derer eingehen, die mich so gesehen haben. In puncto Humor werden wir uns wohl nicht mehr einig, der WDR und ich.

Von Bruno ganz zu schweigen. Der ist sauer, dass seine TVV-Produktion nicht den erhofften Gewinn abwirft, und macht mich dafür verantwortlich. Das wenigstens teile ich mit Heinrich Böll: Unsere Einlassungen zum Thema Weihnachten stoßen im Bürgertum auf erbitterten Widerstand. Bruno zuliebe mache ich noch einen dritten Film für den WDR in der Rubrik »Geschichten aus der Heimat«. Es ist ein Kurzfilm mit dem Titel »Sonderangebot«, der Durchbruch wird auch der eher nicht.

Im Februar interviewt uns der »Kölner Stadt-Anzeiger« für seine Wochenendbeilage. Bruno und ich geben uns nett zueinander wie Brüderchen und Schwesterchen.

Ich erzähle, dass *meine Karriere in Willi Schaeffers Kabarett der Komiker begann, in Berlin*. Das erzähle ich immer, weil praktisch alle renommierten Unterhaltungskünstler im Kabarett der Komiker bei Schaeffers gespielt haben, und es stimmt ja auch beinahe. Ich war halt ein wenig später dort, da hieß es Tingel-Tangel. Nein, nicht der berühmte Tingel-Tangel, sondern ... Wem nutzt diese Haarspalterei? Die Journalistin versucht, mir etwas anzuhängen. Sie stellt komische Fragen. Sie zeigt sich störrisch. Wo denn genau das Reformatorische an meinem Theater sein soll? Was ich denn mit Transzendenz meine? Ob ich ernsthaft glauben würde, dass die armen Leute in der Wüste da leben *wollen*? Ob sie das nicht eher müssen, weil sie zu arm sind, um wegzukommen? Mir passen ihre Fragen nicht, und ich will das Thema wechseln. Wieso wird mir ständig klargemacht, dass ich doof bin? Dass alles, was ich weiß und woran ich glaube, Blödsinn ist?

Ich erkläre der Dame etwas unvermittelt: *»Wissen Sie, ich mag die Homosexuellen. Ich habe für sie gekämpft, als es den Paragrafen noch gab. Aber jetzt finde ich das Getue, das sie machen, wie das von Frauen in den Wechseljahren. Alles nur unter sich und ihre Probleme. Statt mal für hungernde Kinder in Indien zu sammeln, bequatschen sie nur ihren Modetinnef. Und zu Frau Schwarzer kann ich – auch wenn das noch immer Mode sein sollte – keine Liebe empfinden. Die ganze Emanzipationsbewegung ... ich bin bestimmt emanzipiert, aber mir haben dabei immer Männer geholfen. Ich habe immer Männer gehabt, die mir gesagt haben, mach das, du kannst das. Wer immer neidisch war, waren die Weiber. Tut mir leid. Natürlich bin ich dafür, dass die Frauen emanzipiert sind, aber nicht gegen die Männer. Das ist so dumm.«*

Sie guckt etwas verblüfft und schreibt das wörtlich in ihren Artikel. Außerdem schreibt sie, »dass die Herr keinen einzigen Satz zu Ende bringt und dass sie nicht herauskommt aus ihren eigenen Überlegungen und Schablonen, in denen die Herr feststeckt wie in Treibsand«. Blöde Kuh.

Ich kann nicht mehr kämpfen, nicht mehr ständig in alle Richtungen kämpfen. Ich denke, ich kaufe ein Schiff. Ich will nicht mehr an einem festen Ort wohnen, sondern auf einem Schiff, das heute hier und morgen da sein kann. Das könnte die Lösung sein für mich. Das Bauernhaus in Oberraden ist viel zu endgültig, viel zu festgemauert in einer Existenz, die nicht meine ist. Wie eine Eisenkugel am Fuß, wo doch meine Füße krankheitsbedingt schon schwer und dick genug sind. Die Nachbarn dort im Westerwald starren mir nach, als sei ich eine Außerirdische. *In Köln dagegen kann ich nirgends mehr über die Straße gehen, ohne dass mir jemand auf die Schulter kloppt und begeistert erzählt, dass er mich kennt. Oder meine Mutter. Oder meine Omma.* Die Leute haben überhaupt keinen Respekt vor mir. Es kommt noch so weit, dass alle meine Nase anfassen wollen wie bei Tünnes und Schäl und die dann genauso abgegriffen glänzt wie bei den beiden Bronzefiguren in der Altstadt. Das Problem ist: Ich will nicht angefasst werden. *Ich fahre mit dem Auto ins Theater, jemand von meinen Angestellten guckt, ob der Weg frei ist, und dann husche ich mit hochgeschlagenem Kragen möglichst ungesehen hinein.* Denn anders als vor langer Zeit bei der Valente kommt bei mir kein Polizeischutz, um mich abzuschirmen.

Bruno wird immer schwerer zu ertragen. Er trinkt zu viel und macht mit einer meiner jungen Schauspielerinnen herum. Dabei waren wir doch zusammen in der Wüste. Ich war so sicher, dass uns dieses existenzielle Erlebnis für alle Zeit zusammenschweißt. *Am meisten ärgert mich daran, dass er mich in die Rolle der alternden Frau hineinpressen will. Klischee, Klischee, Klischee. Ich will weder den Rosenkavalier in kölnischer Ausgabe spielen, noch bin ich das allverzeihende Mütterlein. [...] Dass ich zum alten Eisen gehöre, weiß ich längst.*

Den Laden habe ich noch mindestens drei Jahre um den Hals wie einen Mühlstein, Unterstützung von der Stadt bekomme ich niemals, das kann ich mir von der Backe putzen. *Das Theater hängt mir zum Hals heraus, weil ich künstlerisch kein Weiterkommen sehe und Bruno mir die Arbeit in den letzten Jahren immer schwerer macht. Aber es fällt mir schwer, vertragsbrüchig zu werden.* Am Ende habe ich Leuten wie Herbert unrecht getan, als ich Bruno vertraute. Otto Hofner hat von Anfang an gesagt, mit einem eigenen Theater kannst du kein Geld verdienen, selbst wenn du immer ausverkauft bist. Es ist einfach nicht zu schaffen, Theater kann nicht rentabel sein, außer du spielst sieben Tage die Woche, zwölf Monate im Jahr. Wenn du selbst produzierst, schaffst du das nicht, dem Millowitsch ging es nicht anders. Nach vier, höchstens fünf Monaten Spielbetrieb bin ich vollkommen ausgelaugt. Mal ganz davon abgesehen, dass im Sommerhalbjahr kaum jemand ins Theater kommen wird. *Ich bin kein Mensch, der etwas behalten will, weder Heimat noch sonst etwas.* Schon gar kein Theater. Nur leben muss ich von irgendwas. Ja, ein Schiff könnte das Richtige sein, um zu wohnen. Ich brauche etwas mehr Leichtigkeit, etwas mehr Unwägbarkeit, etwas weniger Gepäck. Ein Zuhause, das schwimmt, auf den Wellen schaukelt, von ihnen davongetragen wird.

Es ist ein altes, hässliches Schiff, und das passt zu mir. Wenn ich im Rheinauhafen vor den schicken Yachten stehe, denke ich: *Das hässlichste Schiff ist meins. Ich nenne es Alptraum.* Als ich es taufe, denke ich: Ab jetzt steuerst du deinen Alptraum selbst. Da stützt für das Pressefoto Bruno von hinten beide Arme so fest auf meine Schultern, dass er mich noch kleiner macht, als ich schon bin, und ich lächele in die Kamera.

Jürgen Flimm, der Intendant des Kölner Schauspielhauses, hat mich gefragt! So lange habe ich darauf gewartet. Wenn du nicht mehr daran glaubst, passiert es doch.

Er kommt fast immer zu meinen Premieren, sicher nicht zuletzt, weil sich an diesen Abenden die gesamte Prominenz der Stadt versammelt, und noch etwas verbindet uns: Wir sind beide überzeugte Linke. Alle wollen bei meinen Premieren dabei sein, außer Heinrich Böll natürlich, der kommt nicht ins Boulevardtheater, aber immerhin schreibt er mir auf meine Einladung hin nette Grußkarten. Dass bei meinen Premieren keiner fehlen will, dafür sorgt Manfred Schmidt, seither bin ich eine Institution. Alle sind eingeladen, die ganze Sache ist natürlich ein gigantisches Minusgeschäft, aber das Who's who der Kölner Stadtgesellschaft ist es mir wert. Von wegen, sie nehmen mich nicht ernst. Als Künstlerin vielleicht nicht, am gesellschaftlichen Ereignis kommen sie nicht vorbei. Von Gerhart Baum bis Hans-Jürgen Wischnewski, mit dem ich die Liebe zur arabischen Kultur teile und dessen Porträt sogar im Theater hängt. Nur er und ich wissen, warum: die Sache mit dem Visum für Saudi-Arabien, um meinen Schlosser zu besuchen. Alfred Biolek, Dunja Rajter, Jürgen von der Lippe. Vom Oberbürgermeister van Nes Ziegler bis zum Oberstadtdirektor Kurt Rossa, vom Zeitungszaren Alfred Neven DuMont bis zum Verleger Gustav Lübbe – alle sind dabei. Meine Premieren sind inzwischen so legendär wie Agis und Bärs wilde Partys in den Sechzigern in der Mauenheimer Straße.

Die Feuilletons der überregionalen Zeitungen geben sich die Klinke in die Hand. Von der »Frankfurter Allgemeinen« bis zur »Zeit«. Alle interviewen mich, machen Fotos und versuchen, meinem Geheimnis auf die Spur zu kommen.

Ich habe es schon immer gesagt: Ich bin Medea mit den Zauberkräften. Besser, du hast mich nicht zum Feind.

Und jetzt, wo ich es praktisch nicht mehr zu hoffen gewagt hätte, nach fast fünf Jahren Intendanz am Kölner

Schauspielhaus, jetzt fragt er mich, der Jürgen Flimm. »Hör mal, Trude«, sagt er, »kannst du dir vorstellen …?«
Ich nicke heftig und kann kaum glauben, was ich höre. Nein, er fragt nicht für eine ernste Rolle. Er habe mich vor ein paar Jahren im Tanzbrunnen singen hören. Drei Jahre muss das her sein, ich war auf Bitte von Hermann Ahrens eingesprungen, weil ein anderer Künstler krank geworden war. »Der Mann war Schlosser« habe ich gesungen, mein ganz neues Lied unter Tränen und seither nie wieder. Die Liebesgeschichte dahinter war zu persönlich und zu frisch.

Jetzt sind die Werkstätten der Bühnen ausgelagert worden, und in der ehemaligen Schlosserei soll eine kleine »Werkstattbühne« eröffnet werden, erzählt mir Jürgen Flimm. »Der Mann war Schlosser«, das würde geradezu wunderbar zur Eröffnung passen. Weil es so wahnsinnig witzig ist, in einer Werkstattbühne, die »Schlosserei« genannt wird, ein Liebeslied zu singen, das »Der Mann war Schlosser« heißt.

Soll noch mal einer dieser Hochkulturheinis sagen, *meine* Witze wären platt. Aber Jürgen sagt das gar nicht. Er ist ein Netter, und mir gefällt an der »Schlosserei«, dass Jürgen damit genau meine Position einnimmt. Schauspiel ist schlicht und einfach ein Handwerk. Wie eine Schlosserei. Wenn du gut sein willst, musst du eine Begabung haben und üben, um präzise genug zu arbeiten. Das ist genau das, was ich meinen Schauspielern seit Jahren predige. Wir sind keine Philosophen, keine Intellektuellen und keine Besserwisser, wir sind Handwerker. Unser Meisterstück ist, die Menschen zum Lachen zu bringen. Das ist alles.

Ich sage also zu. Der erste Schritt auf eine städtische Bühne. Wie lange schon warte ich darauf? Das kann ich nicht ausschlagen. Das nächste Mal darf ich bestimmt eine richtige Rolle spielen.

Einen Augenblick später raubt mir meine Zusage den

Atem. Die Luftnot, meine grausame Freundin, ist immer an meiner Seite. Ich muss kurz vor die Tür. Die klare Nachtluft löst im Handumdrehen ein Flashback aus, und mir wird schwarz vor Augen. Ich sitze wieder in absoluter Dunkelheit in meinem Auto auf dem Schrottplatz. Mutterseelenallein. Das Tor ist mit mehreren Ketten und Vorhängeschlössern gesichert. Es ist kalt. Mir läuft der Schweiß in Strömen den Rücken hinunter. Martin! Diese Bloßstellung! Als hätte man mich splitterfasernackt auf dem Marktplatz angebunden. Dieses Schwein. Erniedrigter habe ich mich in meinem ganzen Leben nicht gefühlt, und das war nicht arm an Kränkung. An Zurückweisung. An Enttäuschung. Ich habe dieses Lied seit damals nie wieder gesungen.

Als ich ein paar Monate später tatsächlich vor der »Schlosserei« im Auto sitze, überrollt mich die ganze Herabsetzung erneut, und ich kann nicht aussteigen. Ich fange an zu heulen und kann einfach nicht aussteigen. Ich bin entblößter als nackt. Ich soll meine eigene Haut zu Markte tragen.

Die Gäste in der »Schlosserei« warten. Jürgen steigt zu mir ins Auto. »Trude, was ist? Kommst du?«, fragt er.

»Ach, et ist so schwer. Et ist so schwer.«

»Hör auf zu kühmen! Trude, du singst gleich für die Leute, das ist nicht schwer, alle freuen sich auf dich. Lass uns ein Kölsch trinken!«

»Nä, et ist so schwer. Et ist so schwer.«

Er schaut mich aufmunternd an, mit dem Ausdruck des Unbeteiligten, dem »Jetzt stell dich nicht so an, du Diva« ins Gesicht geschrieben steht.

Dann singe ich. Er weiß ja nicht, was er von mir verlangt. Wenn ich eines gelernt habe: Wenn das Licht angeht, ist keine Zeit für Schmerz und keine Zeit für Tränen.

»Er ist kein Scheich, kein Potentat, regiert kein Weltreich, jedoch er hat das, was mich schwach macht, das, was mich wach macht, der Mann ist Schlosser. Dat sich ming Hätz

noh ihm sehnt, dat hätt hä wirklich nit verdeent. Hä es joh
söns ne staatze Kääl, doch wenn hä blau es, weed hä schäl.
Er hat, was mich schwach macht, das, was mich wach macht.
Der Mann ist Schlosser. Wenn er kommt und es scheint, dass
er vor Freude weint, er ist stark und ziemlich groß, er ist
gefühlvoll und hemmungslos. Der Mann ist Schlosser. Er
macht mich glücklich und er betrübt mich. Der Mann ist
Schlosser.«
Jürgens Gäste jubeln.

Im Garten hinter meinem Theater steht ein aufblasbares Kinderbassin voll Wasser. Nach meinem Auftritt in der »Schlosserei« fahre ich dorthin und kühle meine Beine. Die Schmerzen sind unerträglich. Dann ist es vorbei.

In der NDR-Talkshow singe ich das Lied wieder, und ab jetzt ist es nicht mehr schwer. Ich kann wieder fliegen.

In unserer Premiere »Die Millionärin« schwebe ich zum Schlager »Völlig losgelöst« am Seil durchs Theater. Das Publikum kreischt, als ich mich ohne Vorwarnung vom Balkon stürze, und der »Kölner Stadt-Anzeiger« schreibt, in meinem Theater sei »alles auf Trude Herr zugeschnitten« – auf wen denn sonst?

Ich erkläre ihnen, dass wir die Seilwinde meines Geländewagens benutzen. Dass jeder Dübel in der Decke imstande ist, drei Tonnen Gewicht zu tragen. Mich also locker aushält. Zumal ich an insgesamt vier Dübeln befestigt bin.

Wo gelacht wird, meine lieben Freunde, bestimme immer noch ich.

Die Sache habe ich mir schon vor Jahren mit Müllers Aap gemeinsam ausgedacht. Mit ihm wollte ich als Tarzan und Jane im Volkstheater Millowitsch wie an einer Liane durchs Theater schwingen. Leider bekamen wir damals die technischen Probleme nicht in den Griff. Umso mehr freue ich mich, dass es nun im eigenen Theater gelingt. Der Effekt ist phantastisch, und ich genieße es, wie ein Vogel zu fliegen. Endlich wieder.

Heinrich Böll ist gestorben. Das Rauchen hat ihn umgebracht, liest man, und ich stecke mir erst mal eine an. In memoriam. Er kann ja jetzt nicht mehr.

Wunderbares Mädchen, lass mich nicht alleine ... ohnonononono ... Jetzt kann ich ihn nicht mehr kennenlernen, den Herrn Böll, und das gehört zu den wenigen Dingen in meinem Leben, die ich wirklich bedaure.

Petermann haben sie erschossen und seine Frau, die Susi. Ich wusste gar nicht, dass er noch da war, der kleine Schimpanse, der Zigarren rauchte und auf Karnevalssitzungen ging. Ich überlege, was besser ist, am Rauch zu sterben oder erschossen zu werden. Schneller geht der Schuss.

Als er nicht mehr so niedlich war, der Petermann, wurde er im Zoo in ein gekacheltes kleines Verlies gesperrt und von seinen jubelnden Kölnern vergessen. Mehr als zwanzig Jahre. Mit Artgenossen vertrug er sich nicht, weil man ihn an Menschen gewöhnt hatte als kleines Äffchen, nur Susi duldete er, und sie teilte seine Haft. Eines Tages gelang es den beiden, ihren Wächter niederzuschlagen und wie Bonnie und Clyde abzuhauen. Als sich Zoodirektor Nogge ihnen in den Weg stellte, biss Petermann ihm in Kopf und Gesicht und wurde im Zoo auf der Flucht erschossen. Susi stellten sie in einem Nachbargebäude, wo sie sich im Keller versteckt hatte, und erschossen auch sie.

So ähnlich werde ich wohl auch mal enden, denke ich, als ich herzhaft in zwei Plunderteilchen gleichzeitig beiße. Versteckt im Keller, weil ich mich mit Artgenossen nicht mehr vertrage. Mich muss allerdings niemand erschießen, und ich sterbe auch nicht an der Qualmerei, ich fresse mich einfach zu Tode, das macht mehr Spaß. *Ich habe mein ganzes Geld dazu verwandt, mich zu ruinieren und fett zu fressen. Manchmal könnte ich die ganzen Sahnetorten, die ich ge-*

fressen habe, an die Wand klatschen! Wenn ich das auf der Bühne laut herausschreie, kreischen die Leute vor Vergnügen.

Mein Körper spielt mir einen Streich nach dem anderen, mit Tabletten kann ich nichts mehr ausrichten. In der Vorstellungspause gehe ich über die Straße zu einem befreundeten Wirt und lege mich in seinem Sälchen an den Tropf. Müssen ja nicht unbedingt alle Kollegen mitkriegen. Dann ist ganz sicher wieder einer drunter, der der Presse steckt: Die Herr ist fix und fertig.

Ich komme schon wieder ins Krankenhaus, es gibt bald kein Fleckchen an mir, das sie noch nicht operiert haben. Meine Adern in den Beinen setzen sich ständig zu. Die Drohung steht im Raum, dass ich meine Beine verliere.

24

Bruno und ich trennen uns. Endlich. Ich erzähle der Presse, *wir hätten beide Rotz und Wasser geheult*, aber es musste sein. Das ist besser fürs Theater, diese Einvernehmlichkeit. Bruno wäre unberechenbar, wenn er sich von mir angegriffen fühlte. Er weiß zu viel und ist imstande, es auszuplaudern. Nicht nur das, ich traue ihm nahezu alles zu. Er würde mich ohne Skrupel fertigmachen, wenn er es wollte. Ich habe mit ihm vielleicht den falschen Partner gewählt, aber da gab es keine Alternative. Er behält die Filmgesellschaft und das Schiff und ich das Theater. Das muss ich teuer bezahlen, aber das trage ich nicht nach außen. Er hat sich einen Bungalow bauen lassen mit Swimmingpool und allem Drum und Dran, für ihn ist die Sache nicht so schlecht ausgegangen. Ich kündige an, das Theater zu schließen. Eine Premiere mache ich noch, Hans Fischer erledigt für mich den Bürokram, und dann ist Schluss. Wir arbeiten ja schon länger auf der Bühne zusammen, der Hans und ich.

Zum Glück muss ich die letzte Vorstellung nicht mehr mit Bruno machen. *Er hat mir die Arbeit doch sehr verleidet.* Sobald die Kerle saufen, kannst du sie vergessen, das ist immer dasselbe, ich will nie mehr mit einem Menschen zu tun haben, der trinkt. Ich bitte Hans, sich mit Herbert in Verbindung zu setzen. Es wäre schön, wenn er bei meinem letzten Stück dabei sein könnte und wir das Kriegsbeil begraben. Vielleicht war er gar nicht so feindselig, wie Bruno mir eingeredet hat. Mit dem Kollegen Rolf fliege ich nach Mexiko, als im

Januar unser Stück abgespielt ist, und dann allein weiter bis nach Fidschi, in die Wüste kann ich nicht mehr. Es ist herrlich in der Südsee und preiswert. Einfach. Still. *Hier komme ich eine lange Zeit mit meinem Geld aus, ich brauche nicht viel.* Hier kann ich jeden Tag schwimmen, was ich tun soll, wenn ich meine Beine behalten will.

Fidschi ist das richtige Ziel für mich. Ich brauche jemanden, der mir hilft und etwas zur Hand geht, und finde ihn in Samuel Bawesi, einem bildhübschen Einheimischen, dreißig Jahre jünger als ich. Das sind doch gute Aussichten!

Bei den Sowjets ist ein Atomkraftwerk explodiert. Wir hören, dass die radioaktive Wolke nach Westen gezogen sei und die Menschen in Deutschland ihr Gemüse aus dem Garten nicht mehr essen können. Die Kinder sollen keine Milch mehr trinken, wenn die Kühe auf der Weide waren. Die Leute kaufen wie verrückt Milchpulver aus früheren Jahren und Jodtabletten gegen Krebs. Ich denke, die Südsee ist genau der richtige Ort in diesen Zeiten. Weit genug ab vom Schuss. Hier kann ich Kräfte sammeln für meine letzte große Anstrengung. Ich erhole mich, um die Proben für meine letzte Premiere zu schaffen. Danach komme ich hierher zurück an den Pazifik.

Es ist schön, zu wissen, wie es nach meinem Abschied weitergeht. Die Ungewissheit hat mich doch bedrückt, seit ich das Ende des Theaters im Vringsveedel bekannt gegeben habe.

Meine Beine sind noch immer in Gefahr. Soll den Verrückten doch Europa um die Ohren fliegen! Wischnewski, »Ben Wisch«, sagt, dass es ein Fehler ist. Fidschi ist nicht Afrika, sagt er, und Urlaub machen ist etwas anderes, als dort zu leben. Die Mentalität sei eine ganz andere. Jeder einzelne Mensch auf dieser Welt weiß offenbar besser als ich, was richtig für mich ist und was falsch …! Danke, Welt! Mein Entschluss steht fest.

Wenn das Theater geschlossen ist, gehe ich nach Fidschi, solange mein Geld reicht.

Leider gibt es Terminschwierigkeiten mit Herbert, er wird nicht mitspielen. Wir haben uns kurz gesehen, aber über alte Kamellen zu reden fällt mir schwer. Wozu soll das gut sein? Eigentlich hatte er schon unterschrieben für mein letztes Stück, aber irgendwas passte dann doch nicht, es ist mir zu aufreibend und kompliziert, das nachzuhalten. Ich bin am Ende. Herbert besteht nicht auf seine Ansprüche aus dem Vertrag, das ist nett von ihm.

Die Proben für »Der zweite Frühling« sind unfassbar anstrengend für mich, ich kann mich um nichts anderes kümmern. Mir läuft der Schweiß in Strömen herunter, und ich bekomme nur noch sehr schlecht Luft. Die Beine schmerzen ungeheuer. Vom zweiten Frühling keine Spur.

Direkt nach der Premiere steht eine Plattenaufnahme mit Thomas Brück im Infostudio in Monheim an, die muss ich unbedingt noch hinkriegen vor der anstehenden Bypassoperation. Ich habe so viele schöne Coverversionen von bekannten Songs geschrieben und in meinen Theaterstücken gesungen. Die besten will ich für eine CD aufnehmen.

Bühnenarchitekt Herbert Schäfer, der mir beim Kulissenbau hilft und dessen Frau bei mir Schauspielerin ist, kennt den Produzenten Thomas Brück und den Arrangeur Jürgen Fritz. Zusammen wollen wir die Scheibe auf den Plattenteller bringen.

»Ich sage, was ich meine, und jonn ich och kapott«, singe ich.

Täglich wird ein bisschen wahrscheinlicher, dass ich kapott sein werde, bevor das Ding im Kasten ist. Ich kann nicht mehr. Eine Krankenschwester begleitet mich, weil ich im Studio immer wieder ohnmächtig werde. Zu wenig Sauerstoff. Mein Herz pumpt nicht mehr genug. Die Jungs haben mächtig Muffensausen, wenn die dicke alte Frau am Mikrofon einfach umfällt wie ein morscher Baum. Als ich das erste Mal da liege, stecke ich mir auf dem Boden liegend eine Kippe zwischen die Lippen und frage Thomas: *»Hast du mal Feuer, Schätzelein?«*

Ich versichere allen Beteiligten, dass ich die Sache im Griff habe, aber Schmerzen und Atemnot sind schlimmer, als ich irgendjemandem erzählen kann.

»Wenn es zu schmerzhaft wird«, schreibe ich Wilhelm Hirschmann, *»habe ich einen Freifahrtschein in Form von Tabletten. Wir haben das immer so gewollt. Nur schade, dass ich nicht mehr in die Sahara kann. Falls ich es noch einmal packe, komme ich in ein oder zwei Jahren zurück, aber nur, um Geld zu verdienen. Und dann bin ich wieder weg.«*

Ich will diese CD. Ich will, dass es nicht wie Kapitulation aussieht, wenn ich das Theater schließe. *Ich will, dass etwas bleibt.* Als sie mir ernsthaft weismachen wollen, dass »Niemals geht man so ganz« nicht zu der Musik von Rod Stewart passt, die ich dafür ausgesucht habe, dass es eine andere Melodie braucht, springe ich aus dem Anzug. Was denken sich diese jungen Schnösel eigentlich, wie lange so was dauert? Alles an eine neue Melodie anpassen! Was denken sie eigentlich, wie viel Zeit und Kraft ich noch habe? Ich lasse sie einfach stehen.

Da das Ding aber fertig werden soll, muss ich nach ein paar Tagen zurück ins Studio. Sie haben inzwischen eine neue Melodie, und ich schaffe mir auch die noch drauf.

Zwei junge kölsche Sänger sollen meinen Gesang flankieren, der eine heißt Tommy Engel und der andere Wolfgang Niedecken. Um der Sache mehr Pfiff zu geben, wird mir erklärt. Ein weiteres Indiz, dass die Herr aus dem allerletzten Loch pfeift, braucht es wohl kaum. Als wir fertig sind, fällt den jungen Herren mit Pfiff ein, dass sie bei »Niemals geht man so ganz« nicht hochdeutsch singen wollen. Sie wären keine Schlagersänger.

Ich könnte die Wände hochgehen. Ich kann das auf keinen Fall noch mal einsingen. Thomas findet eine Lösung: Meine hochdeutsche Version bleibt, und sie dürfen die ihre erneut auf Kölsch einsingen. Er wird das zusammenbasteln, er ist ein Könner.

Im Januar 1987 liege ich im Krankenhaus in Engelskirchen, weil sich eine Ader nach der anderen verabschiedet. Diesmal haben sie mir beide Halsschlagadern ersetzt. Die zugesetzten Dinger habe ich im Einmachglas auf dem Nachttisch stehen und zeige sie dem Filmemacher, der für den WDR einen letzten Film über mich machen soll. Abends holt mich Hans Fischer ab, wir fahren ins Theater, dort spiele ich den »Zweiten Frühling«.

In der Pause in meiner Garderobe hängen sie mich an den Tropf, damit der Kreislauf durchhält und die Schmerzen kontrollierbar bleiben. Ich spiele nach der Pause weiter und lasse mich dann von Hans zurück ins Krankenhaus bringen. Das geht eine Weile ganz gut, bis ich auf der Theaterbühne zusammenbreche. Es ist die vorletzte Vorstellung vom »Zweiten Frühling«. Sie liefern mich umgehend ins Severinsklösterchen um die Ecke ein, und angesichts der erneut anstehenden Bypassoperationen für meine Räucherbeine und mein Herz lasse ich mich am nächsten Tag nach München in eine Spezialklinik verlegen.

Die letzte Vorstellung im Theater im Vringsveedel kann leider nicht mehr stattfinden, am Ende ist es besser so. Am 15. Februar, wenige Wochen nach mehreren schweren Operationen, gebe ich meinen Abschied im Theater, singe »Niemals geht man so ganz«. Jetzt wollen alle dabei sein, wenn das Denkmal enthüllt wird.

Ich lese aus meinem Buch »Und plötzlich kippt es um«.

Die Geschichte aus dem Holzmann-Camp in dem Jahr, wo ich Martin, Bruno und Karl kennenlernte, hat es zusammen mit einer Geschichte für meine Mama und unseren Clan aus der Mauenheimer Straße tatsächlich zwischen zwei Buchdeckel geschafft! Die Leute sind förmlich aus dem Häuschen, zwischen Begeisterung und Ekel. Viele finden zu derb, was ich geschrieben habe. Die Welt ist kein parfümiertes Klopapier, meine Lieben, Scheiße muss halt auch abgewischt werden.

Niemand ahnt, dass ich mit dem »Camp« tatsächlich erzähle, wie ich die Menschen traf, die mit mir das Theaterwagnis eingehen wollten, und ob wir wirklich ein Schwein auf der Etage hatten, behalte ich für mich.

Sie haben mir für meinen Abschied ein weißes Treppchen auf meine Bühne gebaut, das ich wie eine Riesenshowtreppe ein letztes Mal gekonnt heruntersteige.

Ich trage ein Halstuch, als sie Fotos von mir im leeren Theatersaal machen, und weiß, warum. Die Narben an den Halsschlagadern sind kaum zu übersehen. Außerdem stecke ich mir ein Zigarillo an, jetzt kommt es wirklich nicht mehr darauf an. Eine »Stern«-Reporterin werfe ich raus. Keine Manieren – sie fragt noch nicht mal, bevor sie losknipst. Nicht mit mir! Jetzt nicht mehr.

Niemand sieht mir an, dass ich praktisch kaum noch laufen kann. Es sind nicht nur die Venen, da sind auch die Gicht, die vielen Operationen. Leben, dein Name ist Schmerz.

Ich lese und singe, wo andere Leute nach so einer Herz-OP drei Monate in der Rehaklinik liegen und keine zwanzig Schritte gehen können. Keine Spur von Kurzatmigkeit – auf der Bühne. Ich trage ein Shirt mit goldenem Glitzer, Perücke und Make-up wie immer, und ich trage Pumps, Schätzchen. So sehen Profis aus. *Komiker und Mitleid, das passt nicht gut zusammen.*

Wie seit Jahren läuft mir bei der kleinsten Anstrengung

der Schweiß in Strömen übers Gesicht, mit Puder lässt sich da schon lange nichts mehr ausrichten.

Ungeachtet meines Zustands habe ich meinen Umzug nach Fidschi organisiert und beginne am nächsten Tag das Ausräumen des Theaters. Das Telefon ist noch nicht abgestellt, es klingelt.

»*Was wir heute spielen?*«, frage ich. »*Wir spielen überhaupt nicht mehr. Nein. Das Theater im Vringsveedel ist geschlossen. Für immer. Ja. Danke.*«

Dann stecke ich mir eine Kippe an und trinke eine Cola.

Wie viele Filme ich eigentlich gemacht habe in meinem Leben, fragt der Filmemacher.

Ich überlege nicht lange. »Vielleicht so hundert?«, antworte ich und gucke treuherziger, als ich kann, in die Kamera. Meine Stimme kippt bei »hundert« auf der letzten Silbe ein kleines bisschen, als ob mich wer beim Lügen ertappt hätte. Ich muss an meine Alpträume denken und ärgere mich, dass ich nicht »tausend« gesagt habe, damit der Schwindel auch lohnt. Angefühlt hat es sich wie zehntausend, das darfst du mir glauben. Mehr als dreißig sind es bestimmt, und immerhin habe ich diesmal nichts von meinem Schauspielstudium gesagt, das ich mir selbst verdienen musste. Auch nichts von Gustaf Gründgens und meinem ersten Engagement am Siegener Stadttheater.

Oder hab ich immer Aachener gesagt? Ich weiß es gar nicht mehr. Inzwischen ist alles so egal geworden. Ich kann sagen, was ich will. Meine Ängste, dass irgendwer herauskriegt, was ich in Wirklichkeit kann, nämlich gar nichts, sind ein für alle Mal vorbei. Ich habe längst alle Beweise angetreten – der Preis dafür war hoch.

Ich zeige ihm meine Filme, die ich brandsicher in meinem Steinbackofen in Oberraden aufbewahre, obwohl sie niemand sehen will. Ich will den gesamten Hausrat des Theaters an jeden verkloppen, der ein Stück Trude mit nach Hause nehmen will. Besser so, als dass sie mich in Stücke reißen wie die Löwen im römischen Zirkus. Bis es so weit ist, verabschiede ich mich im Wochentakt. Von der Wüste, von meinem Haus, von diesem und von jenem Weggefährten, immer mit Presse, immer mit Bild. Ich habe ein Buch und eine Platte zu verkaufen, liebe Leute, und so ein Umzug kostet Geld. Leider liegen sowohl die Platte als auch das Buch wie Blei im Laden. So groß ist die Liebe zu Trude Herr offenbar nicht, dass sich ihre Erzeugnisse auch verkaufen lassen.

Im März bin ich noch mal in der NDR-Talkshow, diesmal gemeinsam mit Jürgen Flimm. Ich bin sehr stolz, neben ihm zu sitzen wie alte Freunde, wie Kollegen auf Augenhöhe. Er hasst Falschheit genauso wie ich, er ist eher für Understatement. Wir haben beide Lust, den Rahmen der Veranstaltung nicht ganz so ernst zu nehmen. Die Interviewer hier und da ein bisschen zu foppen. Gutmütig zu foppen.

Ich mache alle alten Witze. Dass es eine *Verleumdung meiner Plattenfirma sei, mich als Sängerin zu bezeichnen, dass ich politisch in meinem Leben einen ordentlichen Schritt nach rechts gerückt sei, als ich der SPD beitrat, und dass mich an der Kunst am meisten der Moment interessiert, wo Komik in die Tragödie kippt und umgekehrt. Dann erzähle ich die Geschichte vom Herrgottschnitzer.* Diese erprobten Schablonen platziere ich seit vielen Jahren in jedem Interview.

Sie sind aktuell die beste Werbung für meine Platte »Ich sage, was ich meine« und mein Buch »Und plötzlich kippt es um«, das natürlich nicht zufällig so heißt, dafür bin ich lange genug im Geschäft. Ich will wenigstens drei Jahre auf den Fidschis bleiben, mit leichtem Gepäck. Ich will mich endlich erholen, und dafür müssen die Moppen einfach reichen. Die Lacher kommen so sicher wie das Amen in der Kirche. Es ist wie bei einem guten Rezept, die richtigen Zutaten und die genaue Garzeit ergeben jedes Mal die gleiche leckere Lasagne. Das macht auf der einen Seite Freude und schmeckt, auf der anderen Seite langweilt mich die Berechenbarkeit entsetzlich. Ich bin froh, wenn das endlich vorbei ist!

Ich schwitze. Warum ich das Theater geschlossen habe, fragen sie mich zum hundertsten Mal, und ich antworte zum hundertsten Mal.

»Erstens meine Gesundheit. Zweitens kann ich nicht immer dasselbe machen. Und drittens die Subventionen, die ich nicht bekomme. Ich habe noch nie in meinem Leben gebettelt und ich bettele auch nicht um Subventionen. Das Anliegen meiner Stücke war immer ein ewiger Kampf gegen die Bourgeoisie, gegen die Intoleranz. Ich war immer auf der Seite der Unterdrückten, gegen die Unterdrücker. Ich habe mich bemüht, in kein Klischee zu passen, aber ich wollte die Leute auch nicht belehren. Wenn die Leute meinen, da oben sind Schauspieler, machen wir etwas verkehrt. Ich agiere halt eher aus dem Bauch heraus ...«, und da lachen sie wieder.

Klaudi Fröhlich hat die Idee, bei Jürgen von der Lippe vorzusprechen. Er ist Regisseur der Fernsehsendung und weiß genau: Wer bei »So isses« sein Buch oder seine CD vorstellen darf, kann sicher sein, sich auf der Bestsellerliste wiederzufinden.

Da sage ich nicht Nein. Wir präsentieren vor ungefähr zweihundert Leuten live die CD mit Wolfgang und mit Tommy. Das lassen sich die Herren Schlagersänger natürlich nicht entgehen und umarmen mich derart publikumswirksam, als hätten wir die letzten zwanzig Jahre einträchtig zusammen in der Gosse gelegen. Die Leute stehen auf den Stühlen und fordern eine Zugabe. Tränen strömen über ihre Gesichter wie bei mir die Schweißtropfen. Da wir keine zweite Musik mitgebracht haben, müssen sie das Lied ein zweites Mal einspielen – in einer Fernsehübertragung (!). Klaudi sagt, so was habe er noch nicht erlebt, und er kriegt sich nicht mehr ein, als er sieht, dass ich mir mit Schuhwichse die Augenbrauen nachziehe.

»*Entschuldigung, wenn ich das teure Zeug jeden Abend aufs Gesicht gespachtelt hätte, was eure Fernsehmaskenbildnerinnen verpinseln, wäre ich mit meinem Theater direkt pleite gewesen!* Außerdem ist die Schuhwichse wasserfest, sodass mir wenigstens nicht die Augenbrauen davonlaufen.«

Ich beschwere mich umgehend bei der Aufnahmeleitung, weil ich meine Schuhe nicht wiederkriege, die ich wie immer ins Publikum geschleudert habe. Die wollen mich wirklich mit bläcke Fööss nach Hause schicken, das darf doch wohl nicht wahr sein! Sie wollen mir nicht mal eine Entschädigung zahlen!

Im Hochsommer reise ich wirklich ab, und manch einer munkelt, mein endloser Abschied habe etwas vom Aufbruch alttestamentarischer Karawanen gehabt, so lange dauerte er. Einige sind sicher froh, als ich endlich weg bin. Der Kölner »Express« fragt scheinheilig, ob ich zum Sterben in die Südsee gehe. Die Niedertracht mancher kennt keine Grenzen, aber das kann mich nicht mehr erschüttern.

Ich rufe den Filmemacher Dr. Manfred Bölk aus Südfrankreich noch einmal an, aber er ist nicht zu Hause. Ich spreche auf Band: »*Ja hallo! Hier ist die Eisenbahndirektion in Marseille. Ich liege hier im Hotel Concorde am Meer, hörstes Rauschen? Morgen fahre ich nach Afrika, und dann, liebe Freunde, malocht mal schön – ich tu nix mehr! Ich wollte mich nur verabschieden, tschüss!*«

25

Es ist September, die Luft ist mild, und meine Füße baumeln im Wasser. *»Ich denke, bis Weihnachten habe ich noch«*, schreibe ich Wilhelm. *Ein Leben, das so fürchterlich viel Schmerzen hat, mag ich auch nicht. Und ich mag erst recht nicht jemand zur Last fallen.* Meine Haare sind mittlerweile melatenblond. Meine Perücken habe ich – fast – alle in die Mülltonne geworfen. Make-up und Schuhwichse waren gestern. Ich fühle mich frei und schreibe auch noch einen Luftpostbrief an meine letzte Regieassistentin:

»Liebe Katja, es war gut, dass ich gegangen bin. Die Entscheidung war richtig. Meist hatte ich um diese Jahreszeit geschwollene Füße, habe gearbeitet und wartete auf die Kritiken. Meine LP ist doch wahrhaftig in den deutschen Charts gelandet. Sie wissen nur zu gut, unter welchen Beschwerden ich die Platte gemacht habe. Sie und ein paar andere Freunde sind das Einzige, was ich hier vermisse, und natürlich auch die Sprache. Bitte schreiben Sie mir mal – Ihre Trude Herr.«

Klaudi und sein Team kommen mich wie versprochen tatsächlich auf Fidschi besuchen und sind einigermaßen konsterniert, als sie mein bescheidenes Domizil sehen und feststellen, dass mein »Pool« einer zum Aufblasen ist.

»Das habt ihr euch anders vorgestellt«, ziehe ich sie auf und fange lauthals an zu lachen.

»Samu und ich führen ein einfaches, humorvolles Leben, ohne Höhepunkte und ohne selbstzerstörerische Kämpfe.

[...] Ich vermisse nichts. Dann kaufe ich eben das billigste Gemüse und billiges Fleisch. Das musste ich früher auch. Kleider brauche ich keine mehr.«

Wenig später meldet sich Thomas Brück bei mir, ob wir nicht eine zweite CD zusammen machen könnten, die erste habe sich doch so super verkauft. Das stimmt zwar, aber bei mir ist vom finanziellen Erfolg nicht viel hängen geblieben. Zu viele Mäuler waren zu stopfen, und der Rechtsstreit bezüglich einer gerechteren Verteilung für die Künstler hat meinen Anteil gleich wieder aufgefressen. Thomas hat damit nichts zu tun, er ist ein netter Kerl, so einen wie ihn hätte ich gern als Sohn gehabt.

Da meine Gesundheit lange Flüge nicht mehr verträgt, verabreden wir uns im Dezember 1987 in Sydney – dreieinhalb Stunden, das passt so gerade noch. Noch im Flugzeug frage ich mich, warum ich überhaupt hinfliege.

Ich wollte doch in Ruhe gelassen werden, Champignons züchten, und es war doch auch diese penetrante Quengelei, die mich so weit weggetrieben hat. Ständig will einer was von mir. Und ich kann nicht Nein sagen. Es ist wie früher. Ich kann nicht Nein sagen, wenn mich jemand engagieren will, denn Geld kann man immer gut gebrauchen. Vor allem, wenn man weiß, wie bitter es ist, keins zu haben. Ich weiß genau, wenn einer »Hüh« ruft, trabt das Zirkuspferdchen von ganz allein los.

Wir verbringen ein paar lustige Tage in Sydney, bis Thomas mit der Sprache herausrückt.

Sie wollen, dass ich etwas mit Weihnachten mache für Kinder. »Wenn Kinderaugen leuchten«. Sie haben die Musik schon fertig mitgebracht, und jetzt würden sie gern meine Texte sehen. Welche Texte? Er sei davon ausgegangen, dass auch ich etwas vorbereitet habe.

Ich kann mit Weihnachten nichts anfangen, konnte ich noch nie. Ich könnte probieren, ob ich noch in meinen Taucheranzug passe aus der »Schönen Bescherung«. Das ist alles, was ich zum Fest der Liebe beizutragen hätte, aber das ist offenbar nicht gefragt. Wie kommen die denn auf Weihnachten?

Die EMI hat Dollarzeichen in den Augen, das ist alles. Weihnachten verkauft sich gut, da wird man doch noch ein bisschen Lametta rausdrücken können aus der leeren Punschpulle, denken sie.

Erwartungsgemäß gehen Thomas und ich ergebnislos auseinander. Okay, nicht ganz ergebnislos, eine Riesenportion Pommes mit Mayo war für mich drin, die kriege ich nun mal in der Südsee nicht, und einen ganzen Krug Orangensaft habe ich auf dem Frühstücksbüfett mit großer Geste umgeschmissen! Ein spektakulärer Auftritt ist für mich nach wie vor ein Klacks.

Ich habe eine Reihe Autogramme gegeben, denn selbst in Sydney erkennt mich der eine oder andere, Thomas ist überrascht. Dann waren wir Schuhe kaufen – die Verkäuferin wird mich nie mehr vergessen. Ich habe einen Schuhtaifun ausgelöst, ganz genauso wie zum Auftakt meines Wüstenfilms, und leider nichts gefunden. Schade. So viel Spaß hatte ich lange nicht. Und einen Text habe ich schnell noch aus dem Ärmel geschüttelt. »Versteh« heißt er. Wir haben das Stück aufgenommen, damit die EMI keinen Herzanfall kriegt, wenn Thomas und seine Crew nach zehn Tagen Sydney all inclusive mit leeren Händen zurückkommen. Für Herzattacken bin doch ich zuständig.

Mein Buch ist erst vor einem guten halben Jahr bei Fackelträger erschienen, da sitze ich schon auf Tausenden von Exemplaren, für die ich einen Lagerraum brauche, weil der Verlag sie loswerden will. Man brauche den Platz, und wenn ich sie nicht abnähme, würden sie verramscht. Wir hätten Platte *und* Buch bei Jürgen von der Lippe bewerben sollen, aber jetzt ist es zu spät.

Zum Glück habe ich Wilhelm, den Mann, den ich mit Unterhose in der Hand in der Wüste kennenlernte und der mir über die vielen Jahre einer der wenigen echten Freunde geblieben ist. Er lagert sie für mich ein, der Gute. Bruno sitzt mir immer noch mit alten Forderungen im Nacken und säuft zu viel. Das hört wohl nie auf. Dann habe ich Lust, tatsächlich eine neue CD aufzunehmen, und rufe Thomas wieder an. Da sind noch so viele alte Texte, die sie bei der ersten nicht wollten. Wäre doch jammerschade, die ungenutzt herumliegen zu lassen. In Wiederverwertung bin ich nach wie vor unschlagbar. Thomas sagt mir unverblümt, dass aussortierte Texte nicht besser werden, wenn sie länger liegen. Moment mal. Das kann er haben. Die Friedrich-Ebert-Stiftung hat hier auf der Insel ein Büro, und dort steht ein Faxgerät, das ich benutzen darf. Ich schicke ihm nagelneue Texte. Dass bei ihm jetzt mitten in der Nacht das Faxgerät losrattert und einen Text nach dem anderen ausspuckt, erhöht nur deren Wirksamkeit. Ernste Texte – nach Kasperletheater und Köln-Besoffenheit ist mir nicht mehr zumute. Mein Lieber, du bist weder der Erste noch der Letzte, dem ich zeige, wo der Hammer hängt!

»Der Tag versinkt in roten Farben, auf langen Spinnenbeinen kommt die Nacht. Sie sucht die Siechen, die am Tag nicht starben, zeigt ein Stilett, ein Stundenglas – und lacht.«

Er ist begeistert, und ich schreibe in kurzer Zeit vierundzwanzig neue Texte. Manche sind witzig, andere gar nicht, es macht mir großen Spaß! Ich beginne auch meine Autobiografie »Der Tränenbaum« und neue Theaterstücke. Ich habe immer schon gesagt, dass ich im Grunde meines Herzens Schriftstellerin bin, warum glaubt mir keiner? Eine Schriftstellerin kann im Sitzen arbeiten, und das kommt mir sehr entgegen.

»Ich muss es schaffen, Schriftstellerin zu werden«, schreibe

ich Wilhelm. »*Das Leben einer Schriftstellerin, die durch die Welt zieht, ist nicht das Schlechteste. Ein Buch oder eine Schreibmaschine ist so etwas wie ein Schutzschild. Man ist geachtet, man kann sich immer und jederzeit vor langweiligen Leuten mit Arbeit entschuldigen. Ich habe viel getan. Mehr automatisch und mehr, um mich zu betäuben, denn aus innerem Drang.*«

Schauspielerin, sagst du? Wollte ich Schauspielerin sein? Was kümmert mich mein Geschwätz von gestern! Volksschauspielerin, Theaterchefin, Schriftstellerin. Produzentin vielleicht, so eine wie ich produziert in einer Tour. Wenn auch weniger Filme als vielmehr Katastrophen.

Sie müssten für die Musikaufnahmen nach Fidschi kommen. Die Polydor in Hamburg zeigt großes Interesse, die Produktionskosten schrecken sie nicht, aber als sie hören, dass die Künstlerin auf keinen Fall in Deutschland auf Werbetour gehen kann, winken sie ab. Thomas versucht es bei der EMI, die auch erst begeistert ist, aber als klar wird, dass ich nicht zurückkommen kann, erlischt das Interesse schnell.

Sie wollen mich nicht.

Das passiert mir mein Leben lang.

Schon meine Eltern wollten mich eigentlich nicht. Nach den Karnevalsdirektoren, den Stadttheatern, den Fernsehproduzenten, dem WDR, der Stadt Köln jetzt also auch die Plattenfirmen.

Letztere riechen wohl förmlich, dass das dicke alte Zirkuspony nicht mehr durch den Reifen springen können wird. Niemand sagt etwas vom Abdecker, der in solchen Fällen an der Toreinfahrt zu warten pflegt. Das wäre pietätlos. Zutreffend ist es wohl dennoch, und der, der mich da ausliefert, ist einer, dem ich vertraut habe. Thomas sagt, er könne leider gar nichts für mich tun. Betretenes Schweigen ist so schlimm wie mitleidige Blicke. Ich sage auch nichts mehr, sondern schreibe ihm einen bösen Brief. Dass ausgerechnet er mich enttäuscht, ist bitter.

Im Januar 1988 fliege ich nach Köln, um erneut operiert zu werden, und hole ein paar Sachen, die ich bei Thomas untergestellt hatte, bei ihm zu Hause ab. Er ist zum Glück nicht da.

In der Zeitung lese ich, dass es bei der Puppensitzung im Hänneschen-Theater eine Trude Herr gibt. Gérard Schmidt, der Leiter des Theaters, hielt es für eine gute Idee, mich ausgerechnet in seine Karnevalssitzung zu stecken. Es gibt sogar eine Fernsehübertragung mit dieser Puppe, gegen die ich sofort Sturm laufe.

Was fällt denen ein, mit meinem Namen Geld zu verdienen, ohne mich zu fragen! So weit geht meine Liebe zum Hänneschen wahrhaftig nicht, dass ich mich zu einem ewigen Leben mit Stock im Arsch verdammen lasse! Leider kann ich offenbar nichts dagegen ausrichten, es ist unfassbar! Ich könnte in die Luft gehen vor Zorn, aber ich stecke mir erst mal eine an.

Sie wollen in diesem Jahr tatsächlich ein NS-Dokumentationszentrum eröffnen, steht in der Zeitung. In dem Haus, wo im Keller Lischkas Gestapogefängnis war. Da waren eine Menge Widerstände zu überwinden – neun Jahre hat es gedauert, bis der Opfer der Meuchelmörder in Köln gedacht werden darf! Die Stadtgesellschaft will noch immer nicht gern daran erinnert werden, wer sie ist. Ich glaube nicht, dass sich daran jemals etwas ändert. Zum Glück geht es mich nichts mehr an.

Die Show, in der ich noch einmal auftreten soll, heißt »Na siehste!« und wird von einem netten Jungen namens Günther Jauch moderiert. Er fragt mich, warum ich denn nach Fidschi gegangen bin, wo ich doch da gar keine Freunde habe, und wie denn die Stimmung so ist bei uns Fidschis.

»... heiter, das heißt nicht, dass wir von morgens bis abends am Kronleuchter hängen«, antworte ich wahrheitsgemäß. Ob dies jetzt wirklich mein letzter öffentlicher Auftritt sei, will der junge Mann wissen.

»Ich will es hoffen«, antworte ich, »dass ich nicht wieder wortbrüchig werde«, und dann soll ich mein neues Lied zum Halbplayback singen. Bei Licht besehen ist die neue Scheibe ein schlechter Abklatsch der alten. »Tausend kleine Lügen« ist wohl die wahrhaftigste Zeile darin. Die Cashcow gibt keine Milch mehr. Ich brauche einen Stuhl, denn stehen und singen kann ich nicht. Einen billigen weißen Plastikstuhl besorgen sie für mich.

Der nette Günther Jauch nimmt meine Hand und macht es mir leicht. Er spürt, dass sich der Kreis hier schließt. Er sorgt für Würde und einen roten Teppich aus Respekt, der gute Junge in seinem etwas albernen kurzen Spencerjäckchen. Der alte Zirkusgaul schüttelt ein letztes Mal die Mähne. Diesmal gehe ich ganz. Versprochen.

Vielleicht sollte ich ihn als Trauerredner für meine Beerdigung engagieren. Ob er ein ordentliches schwarzes Jackett hat?

Ab dem nächsten Tag widme ich mich dem eigentlichen Zweck meiner anstrengenden Reise: Es stehen schon wieder langwierige Operationen meiner Beinvenen an, erst im März kann ich zurück, und ich bin froh, dann endlich ausruhen zu können.

Ende des Jahres sitzen Samu und ich wieder im Flugzeug. Diesmal geht es nach Wellington, Neuseeland, in die deutsche Botschaft, damit ich es nicht so weit habe. Auf Vorschlag Hans-Dietrich Genschers wird mir das Bundesverdienstkreuz verliehen. Eine lächerliche Angelegenheit mit viel Tamtam.

»Für meine großen Verdienste um das Kulturleben der

Stadt Köln und der Bundesrepublik.« Schmiert euch das Scheißding in die Haare, denke ich, dafür kann ich mir rein gar nichts kaufen, und erzähle ausnahmslos jedem, dass ich das Bundesverdienstkreuz verliehen bekomme.

EPILOG

Standesgemäß ist das Ende des Buches über Trude Herr nicht das Ende ihrer Geschichte.

Trude Herr lebte nach ihrem letzten Auftritt bei Günther Jauch Anfang 1988 noch gut zwei Jahre. Es ging ihr zwischendurch gesundheitlich besser, sodass sie doch noch einmal Hoffnung schöpfte.

Bruno Krupki reiste 1990 für mehrere Monate auf die Fidschis, wo er Aufnahmen mit ihr machte, die er versilbern wollte, wie sie einem Freund schrieb. Er brachte sie dazu, ihm immer wieder Geld zu geben und mindestens einen Vorvertrag mit RTLplus zu unterschreiben. Es hat den Anschein, dass er sich aufgrund dieser Vereinbarung einen Vorschuss auszahlen ließ, den er für sich behielt und von dem Trude Herr nichts wusste.

Die Aufnahmen erwiesen sich als unbrauchbar. Zu geschwächt und unkonzentriert war die Protagonistin bereits, auch wenn sie manchem Anrufer aus der Heimat glaubhaft versichern konnte, dass es ihr gut gehe.

Wilhelm Hirschmann schrieb sie, dass er selbst, ihr Manager Hermann Ahrens und Filmemacher Dr. Manfred Bölk, der kurz vor ihrer Abreise für den WDR die Dokumentation über sie gemacht hatte, die einzigen drei Menschen seien, die sie nie enttäuscht hätten.

Manfred Schmidt, Eventmanager und unter anderem maßgeblicher Organisator ihrer äußerst erfolgreichen Premierenfeiern, besuchte sie über den Jahreswechsel 1990–91 und berichtete, wie sehr sie sich gefreut habe. Ende Januar 1991 erschien sie in Köln bei der von ihm gestalteten Pressekonferenz und kündigte an, ab März im Millowitsch-Theater als Stargast bei Bläck-Fööss-Konzerten aufzutreten, die Konzertserie veranstaltete ihr alter Freund und Agent Otto Hofner. Außerdem würde sie Sketche für RTLplus schreiben, der Deal, den Krupki eingefädelt hatte. Manfred Schmidt brachte sie (und Samu?) nach eigenen Angaben im Ramada Renaissance Hotel in einer geräumigen Suite unter. Damit sie niemand erkannte, war sie unter falschem Namen angemeldet und mit Kopftuch verhüllt. Samu sollte bei der vorgesehenen Pressekonferenz in seinem Fidschi-Outfit präsentiert werden.

Ein bisschen exotische Folklore erwartet die Presse doch, wenn die dicke alte Herr ihren jugendlichen Liebhaber vorstellt, mag sie gedacht haben. Als sie seinen Rock bügeln wollte, klingelte das Telefon, und sie brannte versehentlich ein paar Löcher in das gute Stück, womit sich sein pittoresker Auftritt leider erledigt hatte. Natürlich berichtete sie den Presseleuten zum großen Vergnügen von diesem Missgeschick und hatte die Lacher wie immer auf ihrer Seite.

Ob die Geschichte stimmt oder sie sich diese ausgedacht hat, um Samus Abwesenheit zu erklären, erscheint unklar. Es gibt Aussagen, nach denen Samuel Bawesi zu diesem Zeitpunkt bereits nach Amerika gegangen und von Beginn an mehr bezahlter Assistent als Lebensgefährte war.

Als sie im Februar 1991 allein nach Südfrankreich zog, war Trude Herr quasi mittellos und fand heraus, so wird berichtet, dass ihren Vorschuss von RTLplus jemand anders ausgegeben hatte. Sie lieh sich Geld von Wilhelm Hirschmann, vielleicht, um die Kaution und/oder die Reise zu bezahlen.

Ihr Geschichtenband war gefloppt, ihre Champignonzucht ebenfalls, und eine neue CD-Produktion hatte sich als illusorisch herausgestellt. Die neue Aufgabe bei RTLplus machte ihr Angst, berichtete Schwester Agi, zumal der Sender nicht gerade als Synonym für Seriosität oder gar Fair Play stand und Bruno im Gegensatz zu Hofner oder Ahrens nicht dafür, die Interessen der Künstlerin zu vertreten. Sie war kränker als je zuvor, ihre Schwester glaubte entgegen der Einschätzung ihrer Ärzte, dass das karibische Klima den Zustand eher verschlimmert habe. Trude Herr starb allein am 15. März 1991 in Lauris und wurde von der Reinigungskraft aufgefunden. Agi holte die Asche nach Köln zur Beisetzung auf dem Nordfriedhof.

Eigenen Angaben zufolge wollte sie somit allen Anfeindungen aus dem Weg gehen. Sie glaubte, eine Beerdigung in Frankreich wäre von Trude-Herr-Fans nicht hingenommen worden, die unter großer Anteilnahme ihre Ikone zu Grabe tragen wollten. Nicht wenige nahestehende Menschen gehen davon aus, dass Trude Herr ihr Leben selbst beendet hat, und hängen es nicht an die große Glocke. Über die Mittel, die dafür notwendig waren, verfügte sie wohl schon lange.

Bruno Krupki bestand nach Aussagen mehrerer Personen auf seinem Anspruch als Alleinerbe, bis er feststellte, dass da nichts mehr zu holen war. Er beteiligte sich nicht an den Kosten für die Beisetzung und soll geblafft haben: »Warum habt ihr die Alte nicht da unten in Frankreich verscharrt?«

Der große Kölner Volksschauspieler und ewige Konkurrent, Herr Millowitsch, soll auf der Gedenkfeier einen großen Schein hingeworfen haben mit der Bemerkung: »Damit ihr sie anständig unter die Erde bringt. Da ist ja nichts mehr.« An ihrem Grab erklärte er, laut und deutlich in der Fernsehaufzeichnung zu hören, mit gekonnter Rührung in der Stimme: »Trudchen, auf eins bin ich ein bisschen stolz: dass du bei *mir* angefangen hast! Wir gehen alle den gleichen Weg. Wir sehen uns wieder. Tschüss.«

Wie in ihrem Leben mischten sich auch auf ihrer dritten Abschiedsfeier – der Beerdigung – die Anständigen, die sich ernsthaft verbunden fühlten, die Gewissenlosen, die sie ausnahmen wie eine Weihnachtsgans, und die Abstauber, die mit dicken Krokodilstränen große Reden schwangen für ein wenig Trudenglanz. Der Plot hätte für einen ihrer Schwänke getaugt. Es gelang ihr zu Lebzeiten offenbar in vielen Fällen nicht, die einen von den anderen zu unterscheiden.

Menschen, die sich mit ihr verbunden fühlen, zeigen sich bis heute tief beeindruckt von einem Menschen, der sich in keine Schublade pressen lassen wollte und genau darunter litt: nirgendwo dazuzugehören. Ein Mensch, der ungeheuer schonungslos mit sich und anderen umging und diesbezüglich keine Wahl zu haben schien. Ein Mensch, der anderen im Handumdrehen den Eindruck einer ganz besonderen Nähe vermittelte. Ausnahmslos alle erinnern sich an ihre Magie und ihren Witz und mussten beim Erzählen immer wieder lachen. Ich denke, das würde ihr gefallen.

Mittels einer anonymen Spende als »kölscher Lösung«, wie die Stadt Köln bis heute verlauten lässt, kann das bescheidene Urnengrab erhalten werden, in dem auch die Eltern und Schwester Agis Schwiegereltern zur Ruhe gebettet sind. So gerät die Vaterstadt nicht in den Verdacht, auch nur einen Cent für ihre große kleine Tochter auszugeben. Die Freundin der Familie und jetzige Nachlassverwalterin Hilde Schmitz kümmert sich darum.

Schwester Agi ist im April 2015 mit vierundneunzig Jahren verstorben. Nichte Gigi starb am Nikolaustag 2023 mit einundachtzig Jahren. Die Wohnung in der Mauenheimer Straße 62 wurde anschließend geräumt, und damit endet die Ära der Herrinnen in Köln.

Trude Herr hat neben dem Bürgerhaus Stollwerck einen Park, der ihren Namen trägt. Mutter Agnes war »Schokoladenmädchen« der Stollwerck-Schokoladenfabrik. Der

Kampf um den Erhalt des Geländes als selbst verwaltetes Kulturzentrum in den Siebzigern zwischen jungen Besetzern, Künstlern, unter anderem Circus Roncalli, dem Galeristen Ingo Kümmel und dem Intendanten des Kölner Schauspiels Jürgen Flimm auf der einen Seite und der Stadt auf der anderen ist lange vergessen. Längst ist die revolutionäre Bewegung von damals der Gentrifizierung zum Opfer gefallen. Die Stadt hat das ehemalige Postzentrum in der Nähe gekauft und betreibt es als Bürgerhaus Stollwerck, um mittels des Namens den Anschein eines Kompromisses zu wahren. Die, die sich erinnern, wie es eigentlich war, werden bald nicht mehr da sein. Trude Herr war nie Teil dieser Auseinandersetzung oder Szene, es ist unklar, ob sie überhaupt davon wusste. Sie war zu diesem Zeitpunkt mit ihrem Theater beschäftigt.

Eine Erklärung, warum ausgerechnet dieser Park ihren Namen trägt, könnten ein paar ehemalige Besatzer sein, die nach ihrem Marsch durch die Institutionen und dem Kauf einer teuren Eigentumswohnung auf dem ehemaligen Stollwerck-Gelände mit Hilfe ihrer inzwischen erworbenen (politischen) Position ein wenig Sternenstaub der Künstlerin beanspruchten. Einer Künstlerin, die zu Lebzeiten keinerlei Unterstützung erhielt und stattdessen, wie sie selber sagte, »zum Volkseigentum« deklariert wurde.

Aktenkundig ist Folgendes:

Schon wenige Wochen nach ihrem Tod, am 15. April 1991, wurde im Rat der Stadt Köln die Bitte von Staatsminister a. D. Hans-Jürgen Wischnewski und anderen vorgetragen, einen Spielplatz nach Trude Herr zu benennen. Ein knappes Jahr später liegt die Bitte von Fred Ostrowski an den Herrn Oberbürgermeister vor, dem Platz An der Eiche, quasi auf der Rückseite der Severinstraße gegenüber ihrem Theater, ihren Namen zu geben. Beides lehnt die Verwaltung im April 1992 ab. Verwaltungschef war zu der Zeit Lothar

Ruschmeier, der aus einer ganzen Reihe von Skandalen über seinen Tod hinaus in Erinnerung bleibt.

Am 16. Februar 1995 beschließt der Rat auf Vorschlag der SPD-Fraktion einstimmig, die Grünanlage neben dem Bürgerhaus Stollwerck Trude-Herr-*Park* zu nennen, »Platz« ging aus formalen Gründen nicht. Die Idee dazu soll laut »Kölner Stadt-Anzeiger« ihr erster Biograf Gérard Schmidt eingebracht haben, den die SPD-Fraktion übernahm.

Die Kölner SPD kann leider keine Auskunft darüber geben, ob und wann Trude Herr wirklich Mitglied wurde, wie sie in der NDR-Talkshow zum Besten gibt.

Das bedarf keines Kommentars.

Ihre Fans haben zum achtzigsten Geburtstag 2007 in diesem Park auf eigene Kosten ein Denkmal errichten lassen, liebevoll ausgestattet mit Elementen, die Trude Herr wichtig waren, von Saharasand bis zu den Brettern, die die Welt bedeuten. Beim diesbezüglichen Spendenaufruf in der Zeitung hat deren Herausgeber zwar großspurig eine Spende angekündigt, jedoch nie etwas gegeben, wie übrigens viele, die gern das Hohelied auf sie anstimmen. Seither kann Trude wieder in Richtung »ihres« Theaters blicken, das ihr wohl genauso zum Hals heraushing, wie sie es geliebt hat.

Eine Erinnerungsplakette findet sich im Musentempel an der Severinstraße, der heute wieder ein Kino ist, das Odeon. Hier hält der Künstler Cornel Wachter die Erinnerung an Trude Herr lebendig und zeigt regelmäßig die wenigen Aufzeichnungen ihrer Theaterstücke, die es gibt, wobei er spannend von persönlichen Erlebnissen mit Trude Herr erzählt, mit deren Schwester er bis zu ihrem Tod sehr eng befreundet war.

Es gibt nach wie vor die Puppe von ihr im Hänneschen-Theater. Bis heute taucht sie ab und an im Kölner Stockpuppentheater auf, meistens mit Willy Millowitsch einträchtig als Engelchen auf der Wattewolke, was ihr sicher bis heute die Zornesröte ins Gesicht triebe.

Eine Erinnerungsplakette für sie und zwei andere berühmte Nippeser wurde 1996 am Gedenkbrunnen auf dem Schillplatz, nahe der Mauenheimer Straße, angebracht. So befindet sie sich in der Gesellschaft eines Radio- und Fernsehhändlers aus dem Viertel und eines jungen Pastors, der sich in der Nippeser Jugendarbeit engagiert hat – die Initiative für den Brunnen geht auf den örtlichen Pfarrer, die CDU und die ehemalige Stadtkonservatorin Hiltrud Kier zurück.

Die Sitzungspräsidentin Biggi Wanninger spielt mit großem Vergnügen und einem schönen Seitenhieb auf das Karnevalsverbot die Büttenrednerin Trude Herr Jahr für Jahr in der alternativen »Stunksitzung«, auf deren Bühne die Komikerin 1999 »urplötzlich vom Himmel gefallen« sei.

Eine Gesamtschule hat sich 2019 nach ihr benannt, vielleicht der Ort, der am ehesten das Potenzial hat, die Erinnerung mit neuem Leben zu füllen. Bildungschancen für alle, Gleichberechtigung, die Förderung von Mädchen, die nicht mit dem Silberlöffel im Mund auf die Welt gekommen sind oder keinem gängigen Schönheitsideal entsprechen – da geht etwas.

Trude Herr wäre nicht Trude Herr, wenn nach Abschied vom Theater und Rückkehr als Künstlerin nach Köln mit erneutem Abschied die Beerdigung wirklich ihr dritter und letzter Akt geblieben wäre. Da geisterten ja noch Texte herum.

Thomas Brück und sein Kollege Jürgen Fritz fanden sie zu schade für die Schublade. Vielleicht spielte der Wunsch eine Rolle, die Texte wenigstens posthum zu veröffentlichen, wenn man schon zu Lebzeiten keinen Geldgeber mehr für die Produktion finden konnte. Überlegungen wurden angestellt.

Klaudi Fröhlich, der Regisseur der »So isses«-Show, stieß dazu, der Bühnenarchitekt Herbert Schäfer, dessen Frau als Schauspielerin bei Trude Herr gespielt hatte, der Unterhaltungschef des WDR Axel Beyer. Ein Trude-Herr-Gedenkkonzert sollte her, mit ihren letzten Texten, von Jürgen Fritz mit Kompositionen und Arrangements versehen, und es sollte auf den prominentesten Platz der Stadt, den Roncalliplatz.

Trude würde dabei sein, riesig auf eine Jumbotronleinwand gespielt. Das Motto war: Think big! Und welches hätte wohl besser gepasst …?

Für jeden Song wurden Künstlerinnen oder Künstler gesucht, die auf ihre Art für die Facetten standen, die Text und Musik entsprachen. Der wunderbare, inzwischen leider auch verstorbene Dirk Bach sang die »Schokolade«. Jürgen Becker moderierte die Veranstaltung, und das Kölner Rundfunkorchester unter der Leitung von Peter Falk begleitete sie.

Überflüssig zu erwähnen, dass die Musik-Karnevals-Unterhaltungs-Media-sonst-wie-Mafia Kölns jede Menge böses Blut über die Veranstaltung goss, überall da, wo irgendwer nicht prominent genug oder überhaupt nicht an der Futterkrippe Platz fand.

Bruno Krupki als Alleinerbe verkaufte die Rechte der letzten Texte Trude Herrs und konnte also doch noch etwas versilbern. Die Veranstalter hätten nach eigenen Angaben an beiden Abenden insgesamt zwanzigtausend Tickets verkaufen müssen, um die Unkosten einzuspielen, zehntausendfünfhundert wurden verkauft, es blieb also ein beeindruckendes Loch in der Kasse. Alle, die dabei waren, waren dennoch begeistert.

Und jaa, natürlich waren die beiden kölschen »Schlagersänger« von »Niemals geht man so ganz« auch dabei … dem Hit, der immerhin Platz zwanzig der deutschen Charts erreiche und heute aus dem Beerdigungsgeschäft nicht mehr wegzudenken ist.

2020 erschien Trude Herrs Konterfei wie die Wiedergängerin aus einem Zombiefilm über vier Etagen als Graffiti des österreichischen Künstlers Sizetwo in einer Baulücke in Köln-Ehrenfeld. An der Giebelwand Venloer Straße/Körnerstraße wollte eine Berliner Agentur mit dieser uneigennützigen Hommage den Ärger der Kölner Streetart-Szene besänftigen, den sie zuvor durch ein kommerzielles Graffiti an dieser Stelle ausgelöst hatte.

Hätte man sich auch nur einen Moment mit Trude Herr beschäftigt, wäre möglicherweise aufgefallen, dass sie nur ein paar Straßen weiter, fast genau auf den Tag genau siebzig Jahre zuvor, hier ihr erstes Theater eröffnet hatte …

Nachwort

»Dem Mimen flicht die Nachwelt keine Kränze«, erinnert mich der hochgeschätzte Kollege Philipp Sebastian an Schillers Wallenstein, als ich ihm von meinem Buch und Trude Herr erzähle. Er hat recht.

Die Kunst des Schauspiels auf dem Theater ist flüchtig, muss flüchtig sein, um ihre Kostbarkeit zu bewahren. Ich möchte Trude Herr ganz sicher keinen Kranz flechten mit diesem Buch, obwohl sie ein bescheidenes Geflecht aus Lorbeer vermutlich nicht für so übertrieben gehalten hätte. Ich will den Menschen kennenlernen und dadurch ein bisschen besser verstehen, in welcher Stadt ich lebe und welchen Weg die Gesellschaft auf der Reise in die Demokratie zwischen Zivilisationsbruch und Wiedervereinigung zurückgelegt hat.

Wie ist es nach dem Zusammenbruch Mitte der vierziger Jahre weitergegangen? Nach dem Tod so vieler Menschen, wie der Puppenspielerin Fanny Meyer aus dem »Lumpenball«? Nach dem Exodus derer, die überlebten, aber in dieser Stadt keine Heimat mehr sahen und nicht zurückkehrten. Wie ließ sich der Verlust so vieler Kreativer, so vieler Intellektueller verkraften hier in unserer Stadt am Rhein? Waren die Menschen klüger geworden und gingen nicht mehr jedem dahergelaufenen Rattenfänger auf den Leim, wenn er nur kölsche Lieder sang? Fanden die tüchtigen Frauen, die mit großer Selbstverständlichkeit die fehlenden Männer ersetzten, schnell zur jetzt gesetzlich verankerten Gleichberechtigung? Wie lebte es sich »in den guten alten Zeiten«, auf die gerade heute so gern nostalgisch zurückgeschaut wird?

Schnell stieß ich auf Trude Herr. Meine Begeisterung hielt

sich in Grenzen. Mit Trude Herr beziehungsweise dem Bild, das ich von ihr hatte, konnte ich nicht viel anfangen. Dann erinnerte ich mich eines dieser Filme von Hermann Rheindorf über das alte Köln, in dem ich verblüfft auf Agi Herr gestoßen war. Die lebhafte Schwester mit dem gleichen heiseren Lachen und der ungewöhnlichen Lebensgeschichte als Lkw-Fahrerin erzählte von Tutti, dem ungewollten Püngelskind, der kleinen, dicken Schwester, die schon immer auf die Bühne wollte. Schwups, hatten die beiden mich am Haken.

Trude Herr verkörpert Fluch und Segen dieser Stadt wie keine andere. Diese gnadenlose Feierlaune, die Lust, jemand ganz anderer zu sein, die kindliche Freude am Widerstand, das unstillbare Geltungsbedürfnis, die Entschlossenheit zu mitunter sehr trotzigen Richtungswechseln, die große Empfindsamkeit, komplett verborgen in einer Krawallschachtel, die unbekümmert skrupellose Raffgier, all das lässt mich in der Summe bis heute immer wieder an ausufernde Feste des frühen Mittelalters bei Pestausbrüchen denken. Sie hasste es, litt darunter, und es war doch unauslöschlicher Teil von ihr.

Mein großer Wunsch war, Trude Herr mit diesem Roman jenseits der Schablone sichtbar werden zu lassen, die sie selbst von sich schuf. Zu verstehen, warum sie als Kind ihrer Zeit so wurde, wie sie war. Sie ist ihr Leben lang beurteilt, verurteilt, stilisiert, verehrt, gewertet, betrogen, gehasst, auf Sockel gestellt, verkauft, verklärt, vereinnahmt und trotz ihrer Lautstärke nicht gehört worden. Deshalb muss ich aus *ihrem* Blickwinkel und in *ihrer* Gegenwart erzählen. Atemlos, fast wie ein Livestream, permanent der Presse und/ oder ihrem Publikum Zeugnis ablegend.

Jürgen Flimm sagte, für ihn war sie so sehr Köln wie nur ganz wenige, Heinrich Böll vielleicht oder – nein, ich nenne seinen Namen nicht, aus Rücksicht auf ihre persönliche Befindlichkeit. Während Heinrich Böll für mich in den schwierigen siebziger Jahren eine unverzichtbare Stimme wurde, hat mich Trude Herr zu ihrer Zeit nicht erreicht. Wenn ich heute ihre Filme sehe, aufgezeichnete Theaterstücke oder Interviews, gibt es Momente inmitten schlimmster Banalität, wo ich laut herauslache, so viel Situationskomik ist hier selbstironisch, laut und äußerst präzise auf den Punkt gebracht. Gleichzeitig wirkt sie oft so verletzt, so schutzlos, dass man sie die ganze Zeit in den Arm nehmen möchte. Welche Wirkung muss sie erst live auf der Bühne gehabt haben! Ich frage mich, ob das Lachen, das sie bis heute – auch bei mir – auszulösen imstande ist, wirklich ein gutes Lachen ist. Oder ob es nicht nackte Schadenfreude ist, Häme gar, die sie reflexhaft bei uns – als konditionierten Kaninchen – auszulösen versteht, um uns damit gnadenlos klarzumachen, wer wir wirklich sind.

Vor der eigenen Recherche waren mir die beiden Bücher, die es über ihr Leben gibt, Quelle und Inspiration. Gérard Schmidts mit heißer Nadel geschriebene, umgehend nach ihrem Tod veröffentlichte Biografie »Niemals geht man so ganz« und Heike Beutels und Anna Barbara Hagins Interviews mit zwanzig Weggefährten »Trude Herr. Ein Leben«, die 2022 neu aufgelegt wurden. Ohne diese Basis wäre vieles, was sich auf dieser Grundlage noch recherchieren ließ, im Dunkeln geblieben. Ich beziehe mich immer wieder auf beide Bücher.

Die meisten Zeitgenossen sind verstorben. Ich habe Trude Herrs Geschichtenband gelesen, ihre Wüstenfilme geschaut, eine Rohfassung von »Jaakob und Rahel«, ihre Produktionen für den WDR sowie die Aufzeichnungen ihrer Theaterstücke. Außerdem habe ich ihre CDs gehört, sehr viele Zeitungsberichte gelesen, mir Talkshows, Interviews, Zeitzeichen, Nachrufe, Fotos, Biografien, Texte vom Landschaftsverband Rheinland einverleibt oder schlicht auf

Wikipedia geschmökert. Sie widersprechen sich zum Teil erheblich, sobald es um konkrete Daten und Fakten geht! Ich habe mit Menschen gesprochen, die sie gekannt und mit ihr gearbeitet haben – vielen Dank an den Schauspieler Herbert Meurer, der mehrere Jahre im Theater im Vringsveedel gespielt hat, Thomas Brück, der ihre letzte CD produzierte, und Dr. Manfred Bölk, der den WDR-Film »Ich bin eine Vagabundin« gemacht hat.

Ich habe mit Hilfe der Journalistin Monika Salchert – vielen Dank an dieser Stelle – einen Aufruf nach Zeitzeugen in der Zeitung gestartet. Vielen Dank an alle, die sich daraufhin gemeldet haben: Karin Herrmann, die junge Doppelgängerin, Giesela Kremer, die ihr das Totenhemd verkaufte, Monika Nitschke, deren Eltern Nachbarn der Familie Herr waren und als überdimensionierte Kommunionkinder Karneval feierten, Helena Schlösser, die in der Lohsestraße gegenüber von Trude Herr und Gustl Schellhardt wohnte, und Gerhardt Haag, ehemaliger Leiter des Theaters im Bauturm und Gründer des AfriCologne Festivals, der Geschichten aus Burkina Faso (ehemals Obervolta) und eine Rohfassung aus dem Film »Jaakob und Rahel« beitragen konnte und den schönen jungen Jaakob von damals, heute natürlich ein alter Herr, kennenlernen durfte. Außerdem machte er mir ein tolles Interview mit Klaus Kreimeier aus »Spuren – Zeitschrift für Kunst und Gesellschaft« zugänglich.

Ich habe mich mit Trude Herrs Künstleragenturen in Verbindung gesetzt, Einblick in Verträge und Korrespondenz genommen. Ich habe mich durch das Zeitungsarchiv der Universitätsbibliothek Köln gewühlt, bin sowohl im Historischen Archiv als auch in der Theaterwissenschaftlichen Sammlung Schloss Wahn fündig geworden – auch dorthin vielen Dank –, obwohl es keine systematische Archivierung zu ihrem Leben und Schaffen gibt – vielleicht mal eine schöne Aufgabe für Doktorand*innen.

Und ja, ich habe mir auch Ausschnitte aus ihren frühen Kinofilmen angesehen, die nicht vergnügungssteuerpflichtig, sondern eher als Zeitdokumente zu sehen sind. Ich habe Kontakt zur Nachlassverwalterin aufgenommen, dort den Führerschein eingesehen – an dieser Stelle ein sehr großes Dankeschön an Hilde Schmitz für ihr Vertrauen. Ein weiterer Dank gilt Cornel Wachter für viele Kontakte und tolle Geschichten und an Günther Jauch für seine schnelle Antwort zum letzten Auftritt Trude Herrs.

Eine theaterwissenschaftliche Arbeit der Uni Berlin zu ihrem reformierten Volkstheater und die damit verbundenen Aufzeichnungen ihrer frühen Stücke ließen sich trotz ernsthafter Bemühungen der Archivmitarbeiter leider nicht mehr auffinden. Herzlichen Dank dennoch an Herrn Dr. Jammerthal und sein Team.

Ich glaube und hoffe, dass ich nichts ausgelassen habe, dessen man noch habhaft werden kann, um ihren Sound und möglichst genaue Informationen zu Trude Herr zu erfassen. Dazu kommt ein Haufen Sekundärliteratur über die Zeit hier in Köln, Ratsprotokolle, Reden von Herrn Burauen, Herrn Hackenberg, die Dokumentation über den Lischka-Prozess und vieles andere mehr sowie Abhandlungen darüber, was sich in Sachen Kunst und Kultur in dieser Zeit so tat. In meinem Roman ist nichts komplett erfunden, vieles ist ausgemalt und ergänzt oder in der Chronologie zusammengesetzt und damit neu erzählt. Hier und da ist etwas ausgesprochen, das sich nur in diesem Rahmen aussprechen lässt. Plausible Schlüsse wurden von mir gezogen, Verbindungen hergestellt, alles mit der Zielvorgabe, den Ereignissen und Beweggründen so nahe wie möglich zu kommen.

Den Originalton von Trude Herr habe ich im Schriftbild immer abgesetzt, sodass er erkennbar bleibt. In Bezug auf die Stelle im Text, *wo* das Zitat eingesetzt wird, bin ich manchmal frei nach dramaturgischen Gesichtspunkten verfahren, und manchmal habe ich ihr schönes Kölsch ins Hochdeutsche übersetzt, wenn es besser in den Kontext passte. Die kölschen Wörter, die im Buch vorkommen, sind recht universell, finden sich aber dennoch mit Übersetzung im Anhang. Die größte Schwierigkeit, die sich mir entgegenstellte, war die unverblümte Fabulierlust nahezu sämtlicher Protagonist*innen einschließlich Trude Herr persönlich.

Im Band »Ein Leben« legt Kurt Rossa, ehemaliger Oberstadtdirektor, der ihr nach eigenen Angaben freundschaftlich äußerst verbunden war, schriftlich nieder, dass Trude Herr keine Subventionen haben wollte. »Sie hätte ja nur ein Wort sagen müssen ...« Belegt ist, dass sie es versucht hat, mindestens einmal sogar direkt beim Rat der Stadt und nicht nur bei der Kulturverwaltung. Wahrscheinlich ist, dass sie es 1977 und 1982 ernsthaft versucht hat, jedes Mal wenn sie den Mietvertrag neu unterschrieb. Beim zweiten Mal soll sie gedroht haben, das Theater zu schließen, wenn sie nicht unterstützt wird.

Man hat sie abblitzen lassen, was sie sehr gekränkt hat, was sie ungerecht fand, wie sie in mehreren Interviews bis zum Schluss immer wieder beklagte. Innerhalb ihrer Lebensgeschichte war es ein erneuter Beleg dafür, dass man sie für nicht würdig, nicht wertvoll genug befand, ihre Kunst nicht ernst nahm oder für schlecht hielt. In Sachen Unterhaltung, Humor oder Satire im Theater hat die Stadt ihre Förderpraxis übrigens bis heute nicht geändert.

Jürgen Flimm beschreibt, dass sie eine große Traurigkeit in sich trug und er sehr bedauert, sie nie für sein Schauspiel engagiert zu haben, nie erkannt zu haben, was sie wirklich umtrieb. Er hat nach ihrer Abreise auf die Fidschis den berührendsten Abschiedsbrief geschrieben, den ich mir vorstellen kann.

Die Probleme, die unbequeme oder auch nur unorthodoxe Künstler*innen beim WDR/öffentlich-rechtlichen Fernsehen hatten, haben sich durch den Konkurrenzdruck der privaten Medienanstalten und des Internets inzwischen vervielfacht. Wolfgang Menge, der Vater von Ekel Alfred, Stahlnetz, Millionenspiel, Smog und Kölner Tatortkommissar Kressin, sagt resigniert in einem späten Interview: »Wenn Loriot heute mit seinen Ideen zum Fernsehen käme, hätte er keine Chance!«

Ganz zu schweigen von den Verwaltungsungetümen, die wir in unseren Sendern geschaffen haben und die den Kreativen die Luft zum Atmen nehmen.

»Die Leute sollen mich genau so sehen, wie sie mich haben wollen«, zitiert ihr Schauspielkollege Herbert Meurer Trude Herrs erklärtes Ziel.

»Natürlich liebe ich meine Vaterstadt.« Mit etwas aufgesetzter Arroganz, die uns Kölner*innen wohlvertraut ist und sich immer einstellt, wenn wir hochdeutsch sprechen wollen, deklamiert sie in einer Talkshow: »Natürlich liebe ich meine Vaterstadt, aber das ist noch lange kein Grund, darüber den Verstand zu verlieren.«

Ob diese Liebe echt war oder zu Dekorationszwecken ausgestellt, spielt keine Rolle. Fest steht, die Vaterstadt erwiderte ihre Liebe zu keinem Zeitpunkt, was Politik und Verwaltung angeht. So wie die Stadt nach Kulturdezernent Kurt Hackenberg nie mehr echte Leidenschaft oder gar eine Vision für Kölner Kunst und Kultur entwickelte. Leider war Hackenbergs Zeit in Köln im Mai 1979 bereits zu Ende. Der gemeinsame Zeitraum mit Trude Herrs Theater im Vringsveedel war vermutlich einfach zu kurz, denn für Volksbildung hatte Hackenberg eine Menge übrig und mit der VHS, der Stadtbibliothek und dem Historischen Archiv auch großen Einsatz gezeigt. Mit einem reformierten Volkstheater hätte man bei ihm vermutlich offene Türen eingerannt.

Die ausführlich dokumentierte Ignoranz der Stadt gegenüber Kulturschaffenden galt und gilt nicht nur Volksschauspielern, sie ist systemimmanent. Diese Erkenntnis hätte vielleicht die persönlich so schmerzhaft empfundene Zurückweisung abmildern können.

Schwester Agi erklärte mitfühlend, dass Trude halt auch nie den richtigen Mann an ihrer Seite finden konnte und dadurch keine Kinder hatte, was sie sehr bedauerte.

»Vielleicht habe ich mich nie akzeptiert, wie ich war, das kann schon sein«, sagte sie in ihrem letzten Film »Ich bin eine Vagabundin« von Manfred Bölk, und es bleibt offen, ob sie damit kokettiert oder ob sie es ernst meint.

Ihre beiden Agenten, Hermann Ahrens und Otto Hofner, waren Menschen, denen sie vertraute, und dass diese beiden ein Künstlerinnenleben für sie da waren, tröstet ein wenig. Vom eigenen Theater hatten beide abgeraten.

Als Trude Herr starb, waren viele alte Feindschaften in der Welt begraben, ideologische Gräben zugeschüttet, die Mauer zwischen beiden deutschen Staaten gefallen, die Apartheid in Südafrika einer Demokratie gewichen, die allen Menschen dort die gleichen Rechte einräumt. Hoffnung keimte zunehmend, dass eine freie, gerechtere Welt überall möglich wird. Kaum jemand ahnte, dass nur wenige Monate später, nach Titos Tod, mitten in Europa ein neuer Krieg ausbrechen würde und gut dreißig Jahre später die Demokratien in der ganzen Welt – auch in Deutschland – wieder ernsthaft vom Rechtsextremismus bedroht werden.

Mein lieber Hermann!
Mit Dir habe ich angefangen
und mit Dir werde ich auch
eines Tages aufhören!! 1000 Dank
für alle Liebe und Fürsorge!!
Ewig Deine

Danke
für
Alles!!

TRUDE HERR

Dank an die Agentur Hermann Ahrens für die Erlaubnis,
die Karte abzudrucken

Glossar – Übersetzungen für Nicht-Kölner*innen und solche, die es werden wollen

Appeltaart – Apfelkuchen, genauer: Apfeltorte, und zwar die französische Variante

Bekloppte – Verrückte

bläcke Fööss – nackte Füße

Botz nit verjesse – Hose nicht vergessen

Britz – etymologisch: Birke, kölsch: Brett. Gemeint ist die hölzerne Spielleiste im Puppentheater, hinter der die Puppenspieler stehen.

Bütt – Wanne

Bützje – Küsschen. Kann allerdings auch Höschen heißen, wenn es von der Botz, der Hose, kommt, wird dann aber Bötzje geschrieben. Bei der Aussprache ist oft kein Unterschied festzustellen, was für delikate Situationen sorgen kann ...

Dat sich ming Hätz noh ihm sehnt, dat hätt hä wirklich nit verdeent. Hä es joh söns ne staatze Kääl, doch wenn hä blau es, weed hä schäl. – Dass sich mein Herz nach ihm sehnt, das hat er wirklich nicht verdient. Er ist ja sonst ein schicker Kerl, doch wenn er betrunken ist, wird er unangenehm.

Die Wienands han 'nen Has em Pott. – Die Wienands haben einen Hasen im Topf.

doof Noss – doofe Nuss, Dummkopf; eine Bühnenfigur von Büttenredner Hans Hachenberg im Karneval

Dummse Tünn – Dummer Anton

Fastelovendprinzessin – Karnevalsprinzessin

Fiesling, fieser Möpp – unangenehmer Mensch, unangenehmer Hund, meint dasselbe

Fischköppe – Fischköpfe, gemeint sind Norddeutsche

Flönz – Blut(!)wurst mit Speckstücken, nicht zum Verzehr geeignet, gesundheitsgefährlich!

Fluppe – Zigarette. Auch hier gibt es nur Vermutungen bezüglich der Herleitung: Die Verniedlichung, das Flüppchen, ist ein leichtfertiges Mädchen, fluppen bedeutet aber auch eine schnelle Bewegung und/oder, dass etwas zügig klappt (s. u.).

fluppt – klappt

fröher in Colonia – früher in Köln

Gürzenich – mittelalterlicher Festsaal der Stadt Köln

Haute Volaute – Hautevolee, höhere Gesellschaft

höösch – »wie bei Hofe«, fein, zierlich, vorsichtig

Ich bin kommunistisch verseucht. – Trude Herr zitiert hier wörtlich ihre Lehrerin, die bedauernd ihre Einschätzung bezüglich der Herr-Kinder kundtat.

Ich sage, was ich meine, und jonn ich och kapott. – Ich sage, was ich meine, und breche ich auch entzwei.

Kamelle – Bonbons

Kappes – sowohl Kohl als auch Unfug

Kochpott – Kochtopf

Kommissköppe – Militärköpfe, also Leute, die durch Befehlston und Kadavergehorsam ahnen lassen, dass es noch der einen oder anderen Demokratieschulung bedarf

kühmen – klagen, stöhnen. Hier gibt es tatsächlich eine Herleitung aus dem Althochdeutschen und Altsächsischen, also keine kölsche Besonderheit.

Kumm ens herr, do verbrannt Marizebell! Mer han e jroß Dier op dr Kellertrepp, dat welle mer met dir verschreck maache! – Komm mal her, du verbrannte Maria Sybilla, wir haben ein großes Tier auf der Kellertreppe, das wollen wir mit dir erschrecken!

Leck mich en dr Täsch! – Leck mich in der Tasche! Ausruf des Unglaubens, denn wer würde jemand anderem schon in der Tasche lecken?

Lumpenbälle – Karnevalsveranstaltungen der Avantgarde und Künstler

maggeln – makeln, aushandeln, (heimlich) Geschäfte machen

Mama, ich ben esu bang. – Mama, ich bin so bange, habe solche Angst.

Mer losse de Poppe danze. – Wir lassen die Puppen tanzen. Die persönliche Ausgestaltung, wie das umzusetzen ist, bleibt jedem selbst überlassen.

Müllers Aap – Müllers Affe. Gemeint ist der Boxer Peter Müller, Spitzname: der Affe, wegen Ähnlichkeiten ...?

'ne Jode – ein Guter

Perrong – Perron, Bordstein, Bahnsteig

Pittermännche – Zehn-Liter-Fass Kölsch. Die Legende sagt, dass unter anderem der Pitter (Peter, häufiger Name in Köln) am Vatertag ein kleines Bierfass mit auf die Herren-Tour nahm, das Pittermännchen.

prinzdeniert – karnevalistische Veralberung von prädestiniert; einer der vielen absichtlich gescheiterten Versuche, vornehmes Hochdeutsch zu sprechen

Prümmen – der vergebliche Versuch, Prumme, also Pflaumen, hochdeutsch auszusprechen

Prummenenz – Prominenz, mit Parallele zur Pflaume: Prumme

Prummepöhler – Pflaumenpuhler. Hoffen wir mal, dass gemeint ist, den Kern aus einer Pflaume herauszupulen.

Püngelskind – herumgetragenes Wickelkind. Ein Püngel ist ein Bündel.

Rahmkamelle – Sahnekaubonbons, auch Plombenreißer genannt

Schäfers Nas, Dummse Tünn oder Düres – Schäfers Nase, Dummer Anton oder Teuerster; Spitznamen für die Granden der Kölner Gangsterwelt

Schafföttchen – Schafott, mit Kölner Hang zum Verniedlichen

schäl Sick – Schiel-Seite, abgewandte Seite, das rechtsrheinische Köln. Schäl bedeutet auch: schief, doof, schlecht, nicht zu retten.

Schmier – Polizei. Die Herleitung lasse ich aus Respekt weg.

Schüsschen – Schuss. Vielleicht von »gut in Schuss sein«? Eine besonders schöne Frau ist gemeint, im Zuge der Gleichberechtigung natürlich auch ein schöner Mann, in der Verniedlichung.

Severinsklösterchen – Krankenhaus der Augustinerinnen, bei St. Severin

Sößheu – geraspeltes Süßholz, selbsterklärend

Tünnes und Schäl – Anton und der Schielende (hier nicht der Dumme, sondern der Falsche, Verschlagene (s. o.), Unangenehme; ein sehr bekanntes kölnisches Duo, das als Bronzefiguren in der Altstadt steht und im Puppentheater mitspielt

Veedelszoch – Viertelszug, ein kleinerer (Karnevals-)Umzug im Stadtviertel

Wir sind die Eingeborenen von Trizonesien. – Trizonesien war ein Phantasiename für das in drei Besatzungszonen eingeteilte Rheinland.

Wolkenburg – ehemaliges Kloster der Alexianer, heute Veranstaltungsort

Zinker, zinken – fälschen. Spitzel ist gemeint.

Marina Barth
LUMPENBALL
Broschur, 240 Seiten
ISBN 978-3-7408-0162-5

Köln in den 1930er Jahren: Das Nachtleben sprüht vor Freizügigkeit und Kreativität. Frauen entdecken Selbstbestimmtheit und
Kreativität. Die quirlige Künstlerszene dreht dem bürgerlichen
Karneval auf ihren »Lumpenbällen« eine lange Nase und bildet
einen Gegenpol zur sich radikalisierenden politischen Stimmung.
Für die junge Fanny, Puppenspielerin am Hänneschen-Theater, wird
es ihr erster und letzter Lumpenball sein, denn ihre Welt verändert
sich über Nacht dramatisch.

www.emons-verlag.de